Jayne Ann Krentz
Mentiras en el Paraíso

Editado por Harlequin Ibérica.
Una división de HarperCollins Ibérica, S.A.
Núñez de Balboa, 56
28001 Madrid
© 1983 Jayne Ann Krentz. Todos los derechos reservados.
MENTIRAS EN EL PARAÍSO, Nº 28
Título original: Serpent in Paradise
Publicada originalmente por Harlequin Enterprises, Ltd.
Traducido por Victoria Horrillo Ledesma.

Todos los derechos están reservados incluidos los de reproducción, total o parcial. Esta edición ha sido publicada con permiso de Harlequin Enterprises II BV.
Todos los personajes de este libro son ficticios. Cualquier parecido con alguna persona, viva o muerta, es pura coincidencia.
TOP NOVEL es marca registrada por Harlequin Enterprises Ltd.

®™ son marcas registradas por Harlequin Enterprises Limited y sus filiales, utilizadas con licencia. Las marcas que lleven ™ están registradas en la Oficina Española de Patentes y Marcas y en otros países.

I.S.B.N.: 84-671-4195-6

No era en absoluto el tipo de mujer con el que le apetecía tener una aventura.

Arrellanado a sus anchas en la enorme y umbría tumbona de *rattan*, Jase Lassiter la observaba con los ojos ligeramente entornados. Estaba sentada al otro lado de la terraza al aire libre de la taberna, junto a la barandilla. Protegida en parte por el respaldo curvo y elevado de la silla, miraba a cada hombre que entraba en el bar con una expectación extraña y tensa que se disipaba pasado un instante, al ver que el tipo en cuestión no se dirigía hacia su mesa.

Estaba esperando a alguien, pensó Lassiter. A un hombre. Aquella idea le produjo un desasosiego indefinible y del que sólo tenía una vaga conciencia. ¿Un hombre cualquiera? ¿O un hombre en particular? Allí, en Saint Clair, debía de estar a varios miles de kilómetros de su hogar, y se notaba. Fuera de su elemento, se dijo Jase. ¿Sería una turista cuyas vacaciones en el Pacífico sur no estaban a la altura de las promesas que ofrecía el folleto de la agencia de viajes? ¿O habría planeado quizás unas vacaciones clandestinas en los trópicos con su amante?

Esta última posibilidad parecía encajar con las circunstancias. Explicaba la tensa expectación con la que contemplaba a cada hombre que entraba en La Serpiente. Explicaba por qué había acudido sola a un bar frecuentado principalmente por gentes de la zona y un puñado de turistas avisados que empezaban a descubrir Saint Clair. Explicaba muchas cosas acerca de ella.

Pero ¿por qué no acababa de gustarle aquella explicación?

Jase giró la boca con expresión irónica y echó mano del ron que tenía delante. Aquella mueca sardónica era casi ajena a su carácter. Cualquier gesto o movimiento innecesario lo era. Había en él cierto aire de espera: una inmensa quietud que parecía proceder del fondo de su ser.

No había, sin embargo, nada de apacible ni de calmo en la mujer que había surgido de la cálida noche tropical y había escogido un asiento apartado en su bar. Estaba tensa, nerviosa, inquieta, y parecía sumamente vulnerable.

No era, desde luego, la clase de mujer con la que, por lo general, habría preferido acostarse. Así pues ¿por qué no lograba apartar los ojos de ella?

Quizá llevara demasiado tiempo en Saint Clair. Orilló bruscamente la insidiosa impresión de deterioro que roía las márgenes de su conciencia. La cuestión no era que hubiera pasado demasiado tiempo en el trópico, se dijo con determinación. Sencillamente, llevaba demasiado tiempo sin una mujer. Bebió otro trago de ron.

Pero aquélla no era la adecuada. Lo que él necesitaba era una viajera mundana, de clase alta y tirando a hastiada, para la que el pasar unas pocas noches en su cama no fuera más que un recuerdo interesante y divertido de su viaje. Algo mucho más entretenido de lo que hablar cuando volviera a casa que una colección de caracolas marinas. Los turistas que recalaban en Saint Clair solían encajar en la categoría adecuada. La isla estaba lo bastante alejada del camino trillado como para desalentar al típico turista de clase media para el que un viaje a los mares del Sur era una experiencia que sólo se daba una vez en la vida. Aparte de algún que otro barco de la Armada estadounidense, algunos expatriados y los pecios y echazones que solían acabar en los puertos de los mares del Sur, Saint Clair tendía a atraer a reducidos grupos de turistas que, cansados del mundo, andaban en busca del edén.

Los visitantes no solían quedarse mucho tiempo, pero mientras duraba su estancia siempre se dejaba caer alguno por La Serpiente, un floreciente oasis en el paraíso algo desaliñado de Saint Clair. Y entre los que aparecían por el bar, Jase lograba a veces encontrar lo que necesitaba.

Pero esa noche, no. Esa noche, se encontraba extrañamente intrigado por una mujer que debería haber estado a salvo en su casa, en Estados Unidos, atendiendo a un par de críos y a un marido devoto. Exactamente el tipo menos indicado de mujer, se dijo de nuevo mientras bebía otro sorbo de ron. Claro, que estaba justamente en el lugar menos indicado.

¿Dónde se había metido el hombre al que a todas luces estaba esperando? A pesar de sí mismo, Jase se descubrió siguiendo la mirada rápida y expectante con que ella vigilaba la entrada. ¿Cómo sería aquel hombre con el que había ido a encontrarse en un lugar tan remoto? ¿Qué se sentiría al ser el hombre capaz de satisfacer aquella expectación, el único que podía apaciguar aquel temperamento frágil y nervioso?

—Soy idiota —se dijo en voz baja con cierta aspereza mientras se levantaba y recogía el vaso de ron que había estado bebiendo. Eso era lo que pasaba cuando se estaba demasiado tiempo sin una mujer, pensó lacónicamente al cruzar despacio la terraza en dirección a la mesa ocupada por la turista. La abstinencia prolongada le hacía a uno cometer tonterías: como presentarse a una mujer que sin duda alguna le diría que se fuera al infierno.

Aunque, por otro lado, pensó con ironía, ella estaba en su territorio y había logrado despertar una curiosidad que Jase creía muerta. Le intrigaba, era culpable de ello y, por tanto, se merecía descubrir cómo tratar con él cuando se le acercara. Sería interesante ver cómo se las apañaba.

Iba a ser divertido comprobar si aparecía en sus ojos aquella mirada de expectación al acercarse él. Y más divertido aún sería ver si duraba. Jase observaba el perfil de su cara mientras avanzaba hacia la mesa. Ella no se había dado cuenta aún; tenía la mirada fija en la entrada del bar.

La pregunta chisporroteó de nuevo en su cerebro. ¿Estaba esperando a un hombre en particular? ¿O le serviría cualquiera? Si éste era el caso, ¿por qué no él? Quizá, a fin de cuentas, fuera una turista en busca de una aventura tropical. Si sólo ansiaba un poco de aventura, tal vez pudiera persuadirla para que le dejara proporcionarle lo que andaba buscando. «Bien sabe Dios que a mí también me hace falta», pensó, y acto seguido sintió una punzada de desagrado dirigido contra sí mismo. ¿De veras estaba empezando a autocompadecerse? Aquello era ridículo. Había un remedio para lo que afligía a un hombre en momentos como aquél. Se preguntaba si la mujer del otro lado de la terraza estaría dispuesta a procurárselo.

Ella no lo vio hasta que estuvo casi junto a la mesa. Cuando su visión periférica detectó al fin su presencia, Amy Shannon dio un respingo, sorprendida, y, como habría predicho cualquiera que la conociera, acto seguido se produjo un estropicio.

Sus dedos chocaron con la copa de vino que descansaba, casi llena, junto a su mano derecha. La copa se volcó, el borgoña que en La Serpiente se servía como vino de la casa se derramó formando una pequeña oleada sobre la superficie de madera pulida de la mesa y se precipitó por el borde.

Amy observó todo el proceso con resignación cargada de fatalismo.

—Lo siento —dijo él suavemente, arrastrando las palabras, con una voz tan oscura y rica en matices como un buen jerez—. No quería asustarla.

—Entonces no debería acercarse a la gente a hurtadillas —replicó Amy, más por una cuestión de formas que por otra cosa, y se puso a recoger automáticamente y sin muchos resultados el vino derramado con la diminuta servilleta que acompañaba la copa.

El hombre que permanecía de pie a su lado no se movió. Observó sus ineficaces y torpes esfuerzos y luego dijo suavemente:

—Diré que se ocupen de eso —hizo un gesto con la cabeza al joven delgado y provisto de una fina barba que atendía la barra.

—Tenga cuidado o se le llenarán los pantalones de vino —dijo Amy, irritada. Miró los pantalones de color caqui como si sólo fuera cuestión de tiempo que acabaran empantanados en aquel desastre.

El desconocido, sin embargo, ignoró el peligro inminente y se limitó a apartarse educadamente para que el barman pudiera recoger con una bayeta la prueba palmaria de su torpeza.

—No se preocupe —dijo el barman con simpatía—. Tómese otra copa a cuenta de la casa.

—Gracias, Ray —dijo Amy, humildemente agradecida. Había conocido a Ray un rato antes, cuando el camarero le había servido la primera copa. Le había preguntado quién era el autor de las bellas y misteriosas pinturas de Saint Clair que adornaban las paredes de La Serpiente. Ray Matthews le había confesado con cierta timidez que el pintor era él.

—Sólo un aficionado —se había apresurado a asegurarle.

Limpió la mesa y volvió a retirarse tras la barra.

Para cuando se solucionó el desaguisado y una nueva copa de vino apareció sobre la mesa, Amy se había dado cuenta ya de que tenía compañía. Aquel taciturno desconocido se había invitado a sí mismo a unirse a ella.

Parpadeó, desconcertada, cuando él se sentó en la silla de *rattan*, frente a ella. Luego, en un tardío arranque de perspicacia, se le ocurrió que tal vez aquél fuera el hombre al que estaba buscando.

—¿Quién es usted? —preguntó sin rodeos.

—Él, espero.

Amy lo miró a la cara por primera vez por encima de la llama temblorosa de la vela que había sobre la mesa, y se descubrió contemplando los ojos más extraños que había visto nunca.

«Turquesa», pensó con cierto asombro. «Tiene los ojos de color turquesa. Y tan duros e ilegibles como una gema».

—¿A qué se refiere?

Un destello de ironía iluminó el rostro de Jase al reclinarse en la amplia silla.

—Espero ser él —explicó con suavidad—. El hombre al que, obviamente, está esperando.

Amy tragó saliva, atónita. ¿Sería aquél Dirk Haley? Recorrió rápidamente sus facciones, intentando adecuar el rostro de aquel hombre con la idea que se había formado de él.

El color de sus ojos era sin duda su único rasgo bello, pensó con desasosiego. El resto sólo podía describirse en términos negativos: ni hermoso, ni guapo, ni suave, ni del todo civilizado. Seguramente rondaba los treinta y cinco, pensó. Pero habría podido apostar a que conocía mejor el lado oscuro de la vida que la mayoría de sus conocidos cuando fueran octogenarios.

Llevaba el pelo, del color oscuro de la caoba, cortado en un estilo informal y peinado con desaliño hacia atrás, apartado de la cara de toscas facciones. La nariz era un trozo de granito toscamente labrado que iba a juego con la agresiva mandíbula. La boca daba la impresión de poder ser cruel o sensual, y aquella dicotomía hizo estremecerse a Amy. Viniendo de él, no le habría gustado ser el objeto de ninguna de aquellas emociones.

Curiosamente, casi nada en aquel desconocido sugería que hubiera sucumbido al sórdido y tramposo influjo del trópico. El ron no le había pasado factura aún, supuso Amy. O eso, o había logrado desafiar de algún modo las leyes de la probabilidad aprendiendo a dominar la bebida, y no al contrario. Pero sin duda sólo era cuestión de tiempo que acabara con aquella mirada cansina y disipada que ella asociaba con los expatriados que vivían en los mares del Sur.

Era consciente, sin embargo, de que el cuerpo que se ocultaba bajo la camisa y los pantalones caquis era fornido y recio. Aquel hombre poseía una apacible autoridad que se dejaba sentir por sí misma. Y a Amy no le gustaba aquella sensación.

Sus gustos personales, sin embargo, carecían de importancia. Estaba allí por motivos de trabajo.

—Está en un error, ¿sabe? —dijo él despreocupadamente mientras la observaba con fría atención.

Amy frunció el ceño, desconcertada.

—¿De veras?

—Umm. Debería ser fría y sofisticada. Un poco cansada del mundo y algo aburrida, quizá. Idealmente, debería ser lo bastante bella y displicente como para salir airosa de esta situación como es debido.

Amy lo miró entornando los ojos.

—Vaya con sus quejas a otro departamento. Yo sólo

estoy aquí para obtener algunas respuestas, no para que evalúen mi persona y mi carácter.

—No era una queja —dijo él con calma—. Su persona y su carácter me intrigan bastante, a decir verdad.

Amy movió la cabeza de un lado a otro en un silencioso gesto de negación. Sabía perfectamente lo que aquel hombre veía al mirarla, y resultaba algo difícil imaginarse por qué la encontraba interesante. Entonces lo entendió.

—Supongo que soy una especie de novedad —dijo secamente.

—Digamos que parece un poco fuera de lugar aquí, en La Serpiente. O, pensándolo bien, en Saint Clair.

Amy aguardó mientras Jase recorría despacio con la mirada su tensa figura. No le agradaba su lacónico escrutinio, pero creía entender lo que había tras él. Probablemente era cierto que parecía un poco fuera de lugar en aquella isla remota. Los turistas como ella no solían pasar de Hawai. Claro, que ella no era en realidad una turista.

Los ojos de color turquesa de Jase vagaban sobre su pelo, cuyos mechones castaños tirando a rubios había sujetado en un moño suelto sobre la coronilla. Se había recogido así la larga melena para defenderse del calor y de la humedad de la tarde.

Aquel peinado realzaba sus ojos grandes y cándidos, cuyo tono oscilaba entre el gris y el verde. Amy se resistía tenazmente a apartarlos del rostro de aquel hombre, que seguía calibrando el efecto estético de su nariz recta y firme, de sus pómulos algo menos que clásicos y de un cuello razonablemente bien definido. Su apariencia, considerada en conjunto, era lozana y atractiva, al menos en su opinión. Invertía gran cantidad de tiempo y de energía intentando disfrazar su lozanía y resaltar su atractivo. Por desgracia, ello resultaba difícil en las presentes circunstancias. Con el calor y la atmósfera bochornosa de Saint Clair, ni siquiera se había molestado en maquillarse, como solía. Su boca expresiva se torció ligeramente al pensarlo, y en sus ojos de color gris verdoso brilló un destello de sorna. ¿Qué esperaba Dirk Haley?

A su cuerpo le faltaba también la sofisticación que hubiera deseado poseer. No tenía ni la elegante esbeltez propia de un elfo, ni un asomo de voluptuosidad sensual. Sus pechos eran bonitos y redondeados, pero pequeños, y sus caderas demasiado redondas para su gusto. Aun así, era un cuerpo sano y vigoroso y, habiendo alcanzado la edad de veintiocho años, Amy había decidido dejar de preocuparse por su figura.

Iba ataviada con un vestido de algodón blanco que apenas le rozaba el cuerpo y que dejaba la garganta y los brazos al descubierto. Hacía demasiado calor para llevar medias, de modo que, antes de encaminarse a La Serpiente, se había puesto unas sandalias bajas de color blanco. Su único adorno era una finísima cadena de oro que le rodeaba el cuello.

—Completamente fuera de lugar —dijo Jase casi con melancolía.

—Mire —comenzó a decir Amy con cierta acritud—, no sé qué esperaba, pero dudo que tenga importancia. ¿Va a presentarse?

—Cuánta franqueza —suspiró él—. ¿Ni siquiera va a coquetear un poco?

Ella lo miró con estupor.

—¿Por qué iba a hacerlo?

—Porque a eso sé cómo reaccionar. En cambio, no estoy seguro de saber cómo afrontar un estilo tan directo y profesional —explicó él.

—Pues es lo único que va a conseguir de mí —replicó ella con vehemencia—. ¡Preséntese!

—Jase Lassiter —dijo él obedientemente, inclinando la cabeza, muy serio y educado.

Ella respiró hondo.

—Está bien, señor Lassiter... —si prefería usar ese nombre, a ella la traía sin cuidado.

—¿Tenemos que ser tan formales? ¿No podría al menos llamarme Jase?

—Jase —repitió ella adustamente, y sus cejas descendieron hasta formar una línea—. Ahora, ¿podemos entrar en materia?

—¿Es así como se hace ahora en los Estados Unidos? ¿Sin coqueteos? ¿Sin insinuaciones sutiles? ¿Sin una pizca de romanticismo? —sacudió la cabeza, fingiéndose apesadumbrado.

Ella agarró con fuerza el pie de su copa de vino.

—No estoy para bromas —siseó—. ¿Tendría la amabilidad de ahorrarse los chistes, señor Haley... o señor Lassiter, como quiera hacerse llamar, e ir al grano?

Jase la miró pensativo.

—¿Haley? —preguntó por fin.

Amy se quedó paralizada.

—¿No es usted...? ¿No es Dirk Haley? —musitó con cautela.

—En una palabra, no. No tengo ni la menor idea de quién es ese tal Dirk Haley, pero estoy más que dispuesto a ocupar su lugar. Creo —su recia boca se curvó ligeramente mientras observaba los ojos de Amy, que parecían ir agrandándose. Luego, con una velocidad tersa y controlada que sorprendió a Amy, alargó el brazo y le quitó la copa de la mano crispada—. El vino no es muy bueno, pero sería una lástima desperdiciar otra copa —dijo con calma, dejando la copa fuera de su alcance.

La mirada atónita de Amy se dirigió a la copa y después volvió a posarse sobre su cara.

—Si no es Haley, entonces ¿quién demonios es? ¿Por qué ha venido a mi mesa?

—Ya se lo he dicho, soy Jase Lassiter —dijo él con calma—. El dueño de este local.

—Ah —Amy se quedó mirándolo sin saber qué decir.

—Sí, lo sé. A veces, eso es también lo único que se me ocurre decir a mí: ah —levantó una de sus fuertes manos en un ademán negligente y desdeñoso, y algo semejante al humor apareció en sus ojos turquesa–. Pero es una forma de ganarse la vida. ¿Va a decirme quién es?

Amy sopesó con cuidado la pregunta un momento y llegó a la conclusión que probablemente no había nada de malo en revelarle su nombre. Quizás incluso pudiera ayudarla a encontrar al hombre con el que debía reunirse.

—Amy Shannon.

—Amy Shannon —Jase repitió cuidadosamente su nombre, como si lo saboreara–. ¿De dónde es, Amy Shannon?

—De San Francisco.

—Dos críos y un marido, ¿no? ¿Sabe el marido lo lejos de Hawai que la ha llevado su pequeña escapada? —preguntó Jase. Su tono se había vuelto de pronto mucho más frío.

Los ojos de Amy se endurecieron mientras se recostaba en la silla y alzaba la barbilla.

—Ni marido, ni escapada, ni hijos, desde luego. Ni más preguntas, creo. Y, a no ser que pueda ayudarme a encontrar a la persona con la que debía encontrarme esta noche, señor Lassiter, le agradecería que se alejara de mi mesa.

Él asintió con la cabeza como si le diera la razón.

—Debería irme. Ha sido un error acercarme.

—Muy cierto.

—Claro, que quizá debamos considerar la situación al revés. Quizá sea usted la que no debería estar aquí.

Yo, a fin de cuentas, estoy en mi terreno. Es usted la que parece haberse equivocado de sitio.

−Estoy aquí por motivos profesionales, señor Lassiter −Amy sintió que su tensión se acrecentaba. Aquel asunto era un embrollo, pero al menos no había causado aún problemas graves. Todo había salido conforme a lo previsto. Jase Lassiter, sin embargo, no formaba parte del plan.

−Acaba de decir que ha venido a encontrarse con un hombre. Sea quien sea, ha tenido la mala educación de faltar a la cita. ¿Por qué no me permite ocupar su lugar?

−¡Eso es completamente ridículo! −exclamó Amy con voz crispada−. ¿Tendría la bondad de marcharse?

En lugar de responder inmediatamente, Jase bebió un largo trago de ron. Amy tuvo la extraña sensación de que estaba reuniendo valor para seguir hablando.

−Me han dicho −dijo por fin muy suavemente, con extrema deliberación− que soy un bonito souvenir.

−¿Se puede saber de qué está hablando? −preguntó ella, sorprendida.

Él sonrió a medias.

−Mucho más interesante que un surtido de caracolas y dulces de coco.

−¿Está sugiriendo que lo lleve a casa conmigo? −replicó ella con aspereza. Creía advertir en sus palabras una especie de menosprecio dirigido contra sí mismo, y no le gustaba la reacción que suscitaba en ella. ¿Qué le pasaba? Sentía el absurdo impulso de ofrecerle una muestra de amabilidad a aquel torvo desconocido. Lo cual era ridículo, dadas las circunstancias.

—No, no espero que llegue a ese extremo —le aseguró él, muy serio—. Estaba pensando más bien en una experiencia pasajera. Ya sabe, algo sobre lo que conversar cuando vuelva a casa.

—Entiendo. ¿Algo parecido a «Qué hice durante mis vacaciones»? —masculló ella, enojada—. Olvídelo. No he venido hasta aquí para tener una aventura con un expatriado que regenta un bar de mala muerte en los mares del Sur.

—Dicho así, suena un poco chabacano, ¿no? —suspiró él. Pero no hizo intento de levantarse de la silla.

—Muy chabacano.

—¿Está segura de que no hay ni niños ni un marido ingenuo esperándola en San Francisco? —preguntó de nuevo.

—¡Desde luego que estoy segura! —Amy asió con vehemencia su copa de borgoña y bebió un largo trago. Luego, sintiéndose aguijoneada, preguntó—: ¿Por qué? ¿Le importaría eso acaso?

—Tal vez —reconoció él.

—Me asombra usted —replicó ella con sorna.

—¿Cree que los dueños de bares de mala muerte en el Pacífico sur no tenemos principios? —preguntó Jase arrastrando las palabras. Por primera vez había un asomo de acero enterrado bajo su voz rica como el jerez.

Amy reconoció instintivamente aquella advertencia. Jase Lassiter estaba dispuesto a dejarse pinchar un poco, pero sólo hasta ciertos límites.

–Sólo quería decir que me asombra que le preocupe tener una aventura pasajera con una mujer casada. Al fin y al cabo, dudo que vuelva a ver a las turistas que conozca cuando dejan la isla.

Él la miró muy fijamente por encima del borde del vaso.

–Si hubiera de por medio un marido o un novio, podría sacrificar algunos de mis principios éticos. Sobre todo, si la mujer en cuestión hiciera un claro esfuerzo por sacrificar sus propios principios. Pero por extraño que parezca, si hay hijos trazo una línea muy clara. Si tiene hijos además de marido, Amy Shannon, está usted a salvo de mis insinuaciones sexuales.

Amy no pudo evitarlo. Se echó a reír. Su risilla floja se convirtió en una risa ahogada, y ésta se transformó en carcajada.

–¿Le parece divertido? –preguntó Jase con curiosidad.

Amy hizo un esfuerzo por dominarse.

–Lo siento –logró decir–. Pero ni siquiera por salvarme de un ligue de tres al cuarto diría que hay un hatajo de críos esperándome en casa –sofocó los últimos estertores de la risa y dejó que ésta se desvaneciera en una sonrisa genuina.

Jase se quedó mirando su boca como si le fascinara su sonrisa. Luego la miró a los ojos.

—¿No le gustan los niños?

Amy sacudió la cabeza, todavía ligeramente divertida.

—No todas las mujeres somos maternales por naturaleza. ¿Y usted, Jase? ¿Dejó una esposa y un montón de críos en los Estados Unidos cuando decidió perseguir el sol?

—Fue ella la que me dejó a mí. Y no había hijos.

Amy comprendió por la crispación de su respuesta que el asunto estaba zanjado. Levantó un hombro en un intento por demostrarle que, de todos modos, la conversación no le interesaba. Pero, para sus adentros, se descubrió preguntándose por la vida que Jase Lassiter había dejado atrás al marchar al Pacífico sur. ¿Sería la suya la típica historia del que no soportaba por más tiempo el peso de la responsabilidad y prefería escapar a un mundo donde sus congéneres no hacían demasiadas preguntas ni se presionaban los unos a los otros? ¿O habría de por medio alguna tragedia personal?

—En fin —dijo Jase resueltamente—, ahora que hemos dejado claro que ninguno de los dos tiene pareja ni hijos a los que traicionar, ¿hay alguna razón por la que no pueda seducirla?

—Se me ocurre una de peso —replicó Amy—. No estoy interesada.

—Pero ha dicho que estaba aquí para encontrarse con un hombre.

—Por cuestiones de negocios.

—Esto se pone cada vez más interesante. Hábleme de esos «negocios».

—No.

—¿No tengo derecho a saberlo todo sobre ellos? —preguntó persuasivamente—. A fin de cuentas, intenta resolverlos aquí, en mi bar.

—No fue idea mía. Me dijeron que esperara aquí —explicó Amy con sequedad.

—¿Para encontrarse con quién?

—Con un tipo llamado Dirk Haley —replicó ella, irritada.

—¿Quién es ese tal Haley?

—Creía que aquí se respetaba la intimidad de las personas —replicó ella.

—Eso es un mito. La gente es igual en todas partes. Aquí sentimos la misma curiosidad por el prójimo que en Estados Unidos —murmuró Jase—. Y yo siento cada vez más curiosidad por ti en particular, Amy Shannon.

—Porque parezco fuera de lugar —concluyó ella con un bufido—. Mira, tú mismo has dicho que no estoy en mi elemento —comenzó a decir enérgicamente.

Jase de inclinó hacia delante con un movimiento brusco que la hizo dar un respingo. Amy comprendió que no esperaba de él ninguna reacción impaciente o innecesaria. Cuando Jase Lassiter se movía, lo hacía siempre con un propósito, y eso podía ser peligroso. Amy miró con recelo sus facciones firmes e inflexibles.

—Estás fuera de tu elemento —le dijo él implacablemente—, porque hay en ti algo más bien suave y vulnerable. Porque te enfrentas a un hombre con franqueza y no con frialdad calculadora. Porque da la impresión de que deberías llevar un anillo de compromiso en vez de dar tumbos por el Pacífico sur para acudir a una cita ilícita. Porque hay en ti algo entrañable y seductor que hace que desee quedarme cuando debería marcharme. Y porque me interesa demasiado descubrir con quién vas a encontrarte y por qué os habéis citado en mi bar. ¿Está él casado, Amy? ¿Es ese tal Dirk Haley un empresario casado de regreso de un viaje a Oriente que te ha hecho venir hasta aquí para pasar contigo unos cuantos días robados?

—¡No! —ella lo miró fijamente, pasmada de asombro—. No conozco a Haley en persona. Y, si tú no te permites salir con una mujer con hijos, yo no me permito salir con hombres casados. Sé que probablemente vivir aquí no propicia el desarrollo de un punto de vista objetivo sobre la naturaleza humana, así que permíteme decirte que tu juicio sobre mí no ha dado en el clavo. Ahora, si no te importa...

—¿Cuál es tu juicio sobre mí? —la interrumpió él con calma.

Aquello la desconcertó por un instante.

—¿Disculpa?

—Ya me has oído.

Amy sacudió la cabeza.

—Nos vas a darte por vencido y a marcharte, ¿verdad?

—Éste es mi sitio —le recordó él con ecuanimidad—. La forastera eres tú. Eres tú quien debería darse por vencida y marcharse si no te gusta el ambiente.

—Seguramente tienes razón —contestó ella con pesar, para sorpresa de Jase—. Pero he llegado demasiado lejos. Ahora no puedo rendirme y regresar a casa.

—Entonces dime qué piensas de mí —dijo él hoscamente, recostándose en las umbrías profundidades de la silla.

Quizá fuera el efecto acumulado del *jet lag* y la tensión a la que estaba sometida. Quizá fuera porque se sentía ridiculizada y un tanto aguijoneada. O quizá, sencillamente, se sentía un poco audaz estando tan lejos de casa. La noche tropical, el bar que parecía salido de las páginas de una novela de aventuras, el desconcertante sujeto sentado frente a ella... todo ello se sumaba para crear una escena ligeramente irreal. Fuera cual fuese la razón, Amy miró los bellos ojos turquesa de Jase Lassiter y le contó lo que pensaba de él.

—Creo que eres un hombre bastante peligroso —dijo con crudeza

Las largas pestañas de Jase descendieron levemente, pero no antes de que ella viera un destello de sorpresa en el fondo de sus ojos. Hubo un tenso silencio antes de que Jase dijera con calma:

—Creía que era un expatriado propietario de un

bar de mala muerte en una isla remota. Molesto, quizá, pero no peligroso.

—¿Ah, sí? —Amy, que ya empezaba a lamentar sus palabras, apartó la mirada—. Bueno, probablemente tú te conoces mejor que yo.

—Eso es discutible. Pero sí sé lo que quiero ahora mismo. ¿Vendrás conmigo a casa esta noche, Amy Shannon?

Ella giró la cabeza bruscamente. Jase no se había movido. Permanecía arrellanado en una pose tranquila pero peligrosa, observándola fijamente.

—No —susurró ella—. No, no pienso ir a casa contigo. Ni siquiera te conozco.

—Me conoces mejor de lo que pareces conocer a ese tal Dirk Haley con el que ibas a encontrarte —replicó Jase con lógica caprichosa.

—No es lo mismo.

—¿Crees que, como souvenir, será mejor que yo?

—¡Por el amor de Dios, deja de hablar de ti mismo como de un souvenir! —estalló ella. De pronto estaba furiosa y no sabía por qué. Sólo sabía que no le gustaba que Jase Lassiter se ridiculizara a sí mismo de esa manera. Aquello, en cualquier caso, era inexacto. Acostarse con aquel hombre jamás podría ser tan intrascendente como coleccionar souvenirs. Eso, Amy lo sabía con profunda certeza—. ¿Te suele dar resultado esa frase? —prosiguió, malhumorada.

—A veces —contestó él con indolencia.

—¿Y las mujeres nunca se dan cuenta de que en

realidad eres tú el que colecciona souvenirs? –preguntó ella mordazmente.

Por primera vez esa noche, Jase le sonrió: una sonrisa encantadora, irresistible y viril que hizo que Amy se quedara mirándolo fijamente un instante. Aquel hombre era realmente peligroso.

–En general –dijo él, pensativo–, no creo que les importe un comino lo que yo saque en limpio. ¿Te importaría a ti?

–¿Lo que saques en limpio? No especialmente –contestó Amy con falsa franqueza–. Pero no tengo intención de dejarme utilizar. Y no ando buscando souvenirs de ninguna clase. Así que, ¿por qué no te vas a buscar una turista corriente? –añadió con dulzura.

–Eso es muy cruel. ¿No te doy un poco de pena? –preguntó él suavemente.

–No. ¿Preferirías que así fuera? –preguntó ella con amabilidad. Era cierto. No sentía lástima por él. Nadie podía apiadarse de un hombre que irradiaba aquella fortaleza interior, apacible y contenida. Había algo en él que la atraía, y no sabía a qué atribuir aquella atracción. Lo cual hacía que Jase Lassiter fuera aún más peligroso, pensó con acritud.

–No –dijo él reflexivamente–. Creo que no quiero darte lástima. Creo que, si consigo llevarte a la cama, me gustaría saber que no es porque te doy pena.

–Descuida, no voy a acabar en tu cama.

Él asintió con la cabeza dócilmente, como si aceptara sus palabras sin creerse el argumento.

–¿Cuánto tiempo vas a esperar a tu misterioso acompañante?

Amy se encogió de hombros y miró hacia la puerta.

–No mucho más. Estoy cansada. Aún no he podido recuperarme del vuelo. En cuanto aterricé, me registré en el hotel, cené y vine directamente aquí.

–¿Y si no aparece?

–Entonces volveré mañana por la noche. El mensaje decía...

–¿El mensaje? –la interrumpió Jase con calma.

–Da igual. Es un asunto privado –Amy se levantó con determinación–. Pero se está haciendo tarde y creo que ya he esperado bastante por hoy. Si me disculpas, me voy –dejó dinero sobre la mesa para pagar las dos copas de vino.

–Te acompaño al hotel –dijo Jase, muy serio, al tiempo que ponía la mano sobre la de ella–. Invita la casa –le puso los billetes de nuevo en la mano.

Amy se removió con nerviosismo.

–No hace falta que me acompañes –se apresuró a decir, e intentó apartar la mano. Él la soltó inesperadamente, y el impulso hizo que Amy golpeara con la mano la copa medio llena de vino–. ¡Oh, no!

Había pasado muchas veces por aquello, sin embargo, y no había en su exclamación sorpresa alguna, sino más bien una suerte de desalentada resignación.

La copa pareció volcarse a cámara lenta y el borgoña lanzarse hacia el borde con avidez.

Luego, como por arte de magia, unos dedos fuertes y masculinos se cerraron alrededor de la copa, la enderezaron y la sostuvieron antes de que se desencadenara el desastre. Amy contuvo el aliento.

—Tienes buenos reflejos, ¿no? —murmuró con voz algo débil.

Jase esbozó una sonrisa, soltó la copa y rodeó la mesa para reunirse con ella.

—¿Siempre eres tan... patosa?

—Cuando estoy nerviosa, me vuelvo un poco torpe —confesó ella, y se preguntó cómo iba a librarse de él. Ya la había agarrado del brazo y la llevaba hacia la puerta.

—¿Te pongo nerviosa? —preguntó Jase amablemente.

—Pues sí.

—Míralo de esta manera —dijo él cuando salieron a la cálida noche y la instó suavemente a caminar sujetándola del brazo—. A mí ya me conoces. Es mucho más seguro que te acompañe al hotel que arriesgarte a volver sola a pie.

Amy se sorprendió.

—¿Esta zona de la ciudad es peligrosa? —preguntó, mirando la calle casi vacía. Los edificios portuarios, iluminados por la luz de la luna, parecían de pronto sombríos y ligeramente amenazadores. En el agua se mecían unas cuantas chalupas amarradas.

—No estás en Waikiki, bonita —gruñó él.

Amy frunció el ceño.

—No hace falta que te impacientes conmigo. Nadie te ha pedido que me acompañes al hotel.

—¿Dónde te alojas, por cierto? —preguntó él con tranquilidad.

—En el Marina Inn. ¿Lo conoces?

—Claro. El dueño es amigo mío. Allí estarás a salvo.

—Estupendo —masculló ella cáusticamente, consciente de que seguía agarrándola del brazo.

Jase marcaba el ritmo y la mantenía fácilmente a su lado. Amy tenía la clara impresión de que, de haber querido, podría habérsela puesto bajo el brazo y haber seguido andando con idéntico brío. Ahora que estaba a su lado, se daba cuenta de que era alto y fornido. Se sentía un poco empequeñecida por su estatura y su fuerza. Su metro sesenta y cinco parecía insignificante al lado de su corpulencia viril.

—Relájate —dijo él con calma, y Amy comprendió que había advertido su súbita oleada de nerviosismo—. No voy a hacerte daño.

—¿No?

—No. Hace mucho tiempo que no acompaño a una mujer a su casa a la luz de la luna —comentó él en voz baja—. Las cazadoras de souvenirs suelen acompañarme a mí.

Amy se echó a reír.

—Creo que regentar un bar en el fin del mundo te ha malacostumbrado.

Jase miró de soslayo su perfil risueño.

–Puede ser. Pero no he olvidado por completo las pintorescas costumbres del mundo civilizado.

–¿Como cuáles? –preguntó ella con aire desafiante, y contuvo el aliento cuando él se detuvo junto al pretil de cemento que separaba el puerto de la orilla. Cuando, al levantar la vista, se topó con sus ojos, comprendió que se había adentrado en terreno peligroso.

–Como la de robar un beso a la luz de la luna camino de casa –dijo él con voz ronca.

Entonces, antes de que Amy comprendiera del todo lo que ocurría, se recostó contra el cemento caldeado por el sol, separó los pies y la apretó contra su cuerpo recio y caliente.

—No —musitó Jase cuando ella apoyó las manos contra su pecho—. Por favor, no te resistas. Es sólo un beso.

Durante los primeros segundos, Amy se había preocupado más por conservar el equilibrio que por resistirse a él. Clavó instintivamente las uñas en la camisa caqui para enderezarse. Luego levantó la cabeza bruscamente y una protesta furiosa comenzó a tomar forma en su expresiva boca.

Un instante después, la boca de Jase cubrió la suya, y las palabras quedaron atascadas en su garganta. De pronto cobró conciencia de una serie de sensaciones que deberían haber ocupado un lugar secundario y que, sin embargo, en ese momento, prevalecían sobre el problema de cómo zafarse de Jase.

Notaba el sabor a ron mezclado con el calor de su boca. Él le sujetaba los antebrazos; la mantenía quieta para abrazarla, pero no le hacía daño, y el contacto de sus fuertes dedos se le antojaba de pronto inolvidable. Luego estaba la impresión indeleble de su cuerpo mientras la sostenía y la obligaba suavemente a recostarse contra él.

Amy era vívidamente consciente de cada plano, de cada línea de su cuerpo. Tenía los pechos aplastados contra su torso musculoso y terso, y las caderas arqueadas hacia su parte inferior, cuya dureza notaba acrecentarse. Se sentía atrapada entre sus recios muslos.

—Eres muy agradable —susurró él contra sus labios—. Suave. Cálida. Muy femenina —deslizó las manos hasta sus hombros y alrededor de su cuello, hasta tocar su nuca.

Consciente de que sólo una mezcla de frescura y hastío podía hacerla salir airosa de aquella situación, Amy intentó ponerse una máscara.

—Has dicho... has dicho que estaba fuera de mi elemento —logró decir. Sentía en él cierta agresividad, pero en realidad no se sentía amenazada por su sensualidad. Aún no, al menos. Lo cual no tenía sentido. A fin de cuentas, se dijo, apenas conocía a aquel hombre, y lo que sabía de él era motivo suficiente para desconfiar.

—Estaba equivocado —Jase mordisqueó sus labios, saboreándolos—. Ven a mi casa esta noche, Amy. Haré que lo pases bien. Y te necesito muchísimo.

—Necesitas una mujer —replicó ella, diciéndose

con determinación que estaba en lo cierto–. Una cualquiera. O eso crees. No pienso permitir que me utilices para compensar la reciente escasez de turistas en Saint Clair.

Las poderosas manos de Jase se crisparon sobre ella y a continuación se deslizaron a lo largo de su espalda, apretándola contra él.

–Tal vez consiga que tú también me necesites un poco –masculló con un nuevo grado de intensidad. Se apoderó nuevamente de su boca y la obligó a abrir los labios. Buscó con la lengua el calor de su boca mientras deslizaba las manos sobre sus nalgas.

Amy contuvo la respiración cuando sus nervios detectaron los avances de Jase. Cuando la lengua de éste se encontró con la suya y la obligó a responder, intentó romper el contacto y no pudo. Su única alternativa era devolver el golpe, pero por alguna razón la batalla sólo pareció acrecentar la profunda sensualidad de aquel beso. Clavó las uñas en su camisa y sintió debajo los hombros musculosos. Jase profirió un gruñido. Pero era un gruñido de ansia, no de protesta.

Amy no se asustó hasta que comenzó a percibir los indicios de su propio deseo. Allí era donde residía el verdadero peligro, y era lo bastante madura como para saberlo.

–¡Basta, Jase, por favor! –masculló en tono imperioso, más que suplicante, y logró apartar la boca.

–¿Por qué tengo que parar ahora que nos estamos

divirtiendo? –preguntó él con suavidad, y comenzó a juguetear con un mechón suelto de su pelo. Con la otra mano mantenía la parte inferior de su cuerpo apretada contra el suyo.

–Porque quiero volver al hotel. Porque se suponía que ibas a acompañarme a casa, no a seducirme, y porque he dicho que pares. Razones más que de sobra –le espetó. Pero, cuando sus ojos se encontraron a la luz de la luna, casi olvidó lo que estaba diciendo. El deseo que relucía en su mirada turquesa, plateada por la luna, le produjo un extraño estremecimiento que le recorrió la espina dorsal, la dejó débil y jadeante y le hizo sentir toda clase de cosas absurdas que podían acabar metiéndola en un buen lío.

–¿Me tienes miedo? –preguntó él, pensativo.

–No, no te tengo miedo, pero me estoy enfadando un poco contigo.

Los dedos que habían estado jugueteando con su pelo descendieron con ligereza hasta su hombro y luego, con una naturalidad que la dejó pasmada, resbalaron hasta la curva de su pecho.

–Noto tu pezón –susurró Jase con voz ronca–. Ya está duro. Dios mío, eres muy sensible, ¿verdad?

–¡Suéltame! –Amy lo miró con furia, intentando ignorar el contacto de su mano.

De pronto se halló libre. Jase la observó con los ojos entrecerrados mientras ella procuraba recuperar el equilibrio y se apartaba de él.

—¿Ves? —dijo—. Soy inofensivo. De mí no tienes nada que temer.

—No imaginas cuánto me alegra saberlo —masculló Amy con acritud mientras se atusaba el pelo con excesivo empeño—. Ahora, si me disculpas, me voy.

Él esbozó una sonrisa.

—Pienso acompañarte hasta tu habitación —la tomó del brazo y siguió recorriendo el muelle a su lado.

Ninguno de los dos volvió a hablar hasta que se hallaron en el vestíbulo, pequeño y algo raído, del Marina Inn. El soñoliento recepcionista saludó a Jase con una inclinación de cabeza y volvió a fijar la vista en la revista pornográfica que estaba leyendo.

—Nos vemos mañana —dijo Jase en voz baja cuando Amy se disponía a subir la pequeña escalera.

—¿No me digas? —Amy intentó aparentar un perfecto desinterés.

Jase sacudió la cabeza, divertido.

—Te empeñas en hacerte la dura, ¿eh? Pero yo veo la ternura que hay detrás.

—Te has equivocado de oficio, ¿no crees? Deberías haber estudiado la carrera de psicología en vez de regentar un tugurio en una isla perdida del Pacífico —sin aguardar respuesta, Amy corrió escaleras arriba y desapareció por el pasillo que llevaba a su cuarto.

Jase la vio huir y, al darse la vuelta, se encontró con la sonrisa del viejo canoso del mostrador.

—¿Qué pasa, Jase? ¿No le interesaba un souvenir de la isla?

—Creo que no le parezco pintoresco —murmuró Jase y, acercándose al mostrador, miró el póster central que el recepcionista tenía desplegado sobre las rodillas—. Deberías tener cuidado con esas revistas porno, Sam. De tanto ver pósters, acabarás por quedarte ciego, ¿sabes?

—Me arriesgaré —Sam cerró la revista de mala gana y la dejó sobre el mostrador—. ¿Dónde te has tropezado con nuestra pequeña turista?

—Entró en La Serpiente hará un par de horas. Me extraña que no le advirtieras que no se acercara por allí, Sam.

—Lo hice. No hay más que verla para darse cuenta de que no es sitio para ella. Demasiados marineros buscando bronca. Claro, que Saint Clair tampoco es precisamente la clase de isla para una mujer como ésa.

—Cierto —Jase se quedó mirando el techo un momento con aire pensativo—. ¿Alguna vez has oído hablar de un tal Dirk Haley?

—¿Haley? —Sam sacudió la cabeza con firmeza—. No. No recuerdo a nadie con ese nombre.

—¿No tenéis ninguna reserva a su nombre?

—Creo que no. Déjame ver —Sam repasó los escasos nombres que había en su archivo de reservas—. No hay ningún Haley.

—¿Podrías avisarme si supieras algo de él? —insistió Jase.

—Claro. Pero ¿para qué? ¿Por qué te interesa ese Haley?

—Es a ella a quien le interesa —contestó Jase con sencillez.

—Y por eso te interesa a ti.

—Sam, te has equivocado de oficio. Deberías haber estudiado psicología en vez de regentar la recepción de un hotelucho de mala muerte en una isla perdida del Pacífico.

Sam se quedó pensando un momento.

—¿Los psicólogos pueden leer revistas porno mientras trabajan?

—No. Saben que podrían quedarse ciegos —explicó Jase.

—En ese caso, creo que me quedo con mi oficio —decidió Sam, y volvió a abrir la revista.

Jase regresó a La Serpiente sintiendo una nueva y extraña energía. Debería haberse sentido frustrado, se decía de camino al bar. Frustrado, enfadado y molesto con una turista de pelo castaño y ojos sinceros, poco dispuesta a cooperar. O quizá contrariado consigo mismo por perder el tiempo con una mujer que —lo sabía— era poco adecuada para él.

No sentía, sin embargo, ninguna de aquellas cosas. De hecho, pensó con irónico regocijo, experimentaba una curiosa ilusión. Aquel beso le había resultado, a su modo, extrañamente satisfactorio, a pesar de que le había dejado con la miel en los labios. El contacto con el cuerpo de Amy había despertado en él el deseo de una cama cálida que ella estuviera dispuesta a compartir, pero por esa noche tendría que conformarse con el beso.

Y al día siguiente volvería a verla.

De ahí era de donde procedía aquella expectación, pensó. Estaba deseando ver a Amy al día siguiente, aunque esa noche no hubiera conseguido lo que buscaba. Y él no estaba acostumbrado a pensar en el mañana.

Estaba en la terraza de La Serpiente cuando le asaltó otra idea: ¿qué le habría parecido la perspectiva de ver a Amy Shannon al día siguiente si hubiera logrado acostarse con ella esa misma noche?

El instinto le decía que habría sentido algo mucho más intenso que simple expectación. Cerró los puños con cierta violencia sobre la barandilla de bambú. No quería pensar en las implicaciones de todo aquello. La última cosa que podía permitirse en el mundo era encapricharse de una mujer como Amy Shannon.

Pero la ironía de vivir en los confines del planeta era que a veces uno se encontraba pensando en las últimas cosas del mundo.

—¡Maldita sea!

—¿Pasa algo, jefe? —Ray, el barman, enarcó una ceja cuando Jase se deslizó en un taburete en cuyo estribo metálico apoyó el pie. Acabó de secar un vaso y con una mano lo puso en el estante que había sobre la barra mientras con la otra agarraba una botella de ron. Sin que nadie se lo pidiera, le sirvió una copa a Jase—. ¿Te ha ido mal con la turista?

—No, la llevé a rastras hasta la playa y le hice el amor apasionadamente en la arena. Como en una película —Jase tomó el vaso que tenía delante.

—Pues no tienes encima ni un grano de arena —comentó el joven con una sonrisa.

—Soy limpio por naturaleza —masculló Jase—. Ray, ¿conocemos a alguien llamado Dirk Haley?

Ray Matthews repasó el apabullante archivo mental de nombres y caras propio de un barman y luego movió despacio la cabeza de un lado a otro.

—No me suena de nada. ¿Debería?

—La turista le estaba buscando —explicó Jase con el ceño fruncido antes de beberse el ron de un trago.

—Ah.

—¿Qué demonios significa ese «ah»?

Ray, que se resistía a dejarse intimidar por el brillo de los ojos turquesa de su jefe, se encogió de hombros. Sabía por experiencia cuándo Jase Lassiter era peligroso y cuándo no.

—Quiere decir simplemente «ah». Ahora ya sé por qué te interesa ese tal Haley: porque le interesa a ella.

—¿Sabes?, tú y Sam el del Marina Inn os habéis equivocado de oficio —masculló Jase—. Con vuestra asombrosa facilidad para percibir las emociones de tipos como yo, deberíais haber sido psicólogos.

—Yo no me he equivocado de oficio. Un buen barman es siempre un buen psicólogo. Sólo que no ganamos tanto dinero como nuestros colegas, los que tienen diploma.

—Consigue un diploma para colgarlo detrás del armario de los licores y te subo el sueldo por lo menos un dólar a la semana.

—Vamos, jefe, con un dólar más por semana no tendría ni para pagar al falsificador del diploma —se quejó Ray.

—Sí, bueno, así son las cosas cuando uno decide ejercer su profesión en una isla perdida del Pacífico. Las posibilidades de ascenso son limitadas.

Ray apoyó ambos codos sobre la superficie pulida de la barra y miró a su jefe fijamente.

—Esa turista te ha impresionado, ¿eh? ¿Cómo ha sido?

—No tengo ni idea —Jase se quedó mirando su copa—. ¿Cuántos de éstos llevo esta noche, Ray?

Ray siguió su mirada hasta el vaso de ron.

—No los he contado. ¿Quieres que empiece?

La boca de Jase se tensó.

—No, pero tal vez debería andarme con más cuidado. Los dos sabemos lo que el ron puede hacerle a uno por estos contornos.

—A ti te queda mucho para llegar a ese estado —murmuró Ray.

—Seguramente eso es lo que dicen todos cuando van camino de «ese estado» —repuso Jase, que miraba sombríamente lo que quedaba del ron.

—Vaya, esa turista te ha impresionado de verdad, ¿eh? —dijo Ray con un suave silbido—. No te preocupes, jefe. Se irá dentro de unos días. Los turistas nunca se quedan mucho tiempo en Saint Clair. Sobre todo, los simpáticos. Le gustaron mis cuadros, ¿sabes?

—Y eso la convierte en simpática, ¿no? —Jase se rió

secamente. Apartó el vaso y se levantó–. Mantén los oídos bien abiertos por si oyes algo sobre ese tal Haley, ¿de acuerdo?

–Claro –Ray asintió con la cabeza y se puso de nuevo a sacarle lustre a los vasos.

Jase decidió hacer algo que no hacía desde mucho tiempo atrás: irse a la cama antes de las dos de la madrugada. Era un cambio agradable, para variar.

Amy también se fue a la cama antes de las dos, pero no logró quedarse dormida hasta casi las tres. Se descubrió dando vueltas entre las sábanas viejas y gastadas que ofrecía a sus clientes la dirección del Marina Inn. El traqueteo del viejo aparato de aire acondicionado, empotrado en la ventana, resultaba más agobiante que el calor, de modo que se levantó, con el camisón francés de doscientos dólares volando elegantemente tras ella, y lo apagó.

Antes de regresar a la cama, se quedó un momento junto a la ventana abierta y, apoyándose en el alféizar, contempló el puerto envuelto en sombras. A aquellas horas de la noche, los principales indicios de vida eran las luces de La Serpiente y de otros locales de las inmediaciones del muelle. Había un barco de la Armada atracado en la bahía, y de vez en cuando una pandilla de marineros cruzaba el puerto dando tumbos.

¿Cómo había acabado un hombre como Jase Lassiter en un lugar así? Por alguna razón, aquel interrogante despertaba en ella una curiosidad profunda y duradera. Había en Jase Lassiter un ímpetu esencial que parecía reñido con una sórdida ciudad portuaria de los mares del Sur. Por otro lado, se recordó adustamente, tal vez aquel ímpetu fuera necesario para sobrevivir en una atmósfera como aquélla. Se preguntaba por la esposa que le había dejado. Pocas mujeres cometerían la estupidez de establecerse para siempre en Saint Clair. Probablemente la esposa desconocida tenía sobrados motivos para divorciarse de Jase Lassiter.

Dejó escapar un leve suspiro y, apartándose de la ventana, volvió a la cama. Tenía otros asuntos de que preocuparse en Saint Clair. El pasado y el porvenir de un tal Jase Lassiter era la más insignificante de sus preocupaciones.

Aun así, cuando por fin logró quedarse dormida, soñó con unos ojos de color turquesa en los que brillaba una ira contenida, y con la boca de un hombre que buscaba tanto dominar como persuadir. De algún modo, su ansia parecía en sueños algo más que simple deseo, y su capacidad de dominio y de persuasión se traducía en una súplica que para Amy carecía por completo de sentido.

El sol de la mañana se las arreglaba para bañar Saint Clair con un deslumbrante resplandor tropical que ocultaba en parte los muelles sórdidos y desgastados por la intemperie. Era realmente una isla muy hermosa, pensó Amy mientras se vestía para desayunar. Pero ¿quién querría pasar allí su vida entera? ¿Un hombre incapaz de enfrentarse a sus responsabilidades?

Se cepilló el pelo y se lo recogió sobre la cabeza con un pasador. Se puso unos cómodos pantalones blancos con pequeñas pinzas y una camisa a juego, el mejor atuendo que pudo encontrar para enfrentarse al húmedo bochorno que auguraba el día. Se ató un cinturón de tela negra a la cintura y se puso unas playeras blanquinegras antes de bajar al pequeño café contiguo al hotel.

El local estaba ocupado por un colorido surtido de isleños y un puñado de turistas veteranos. Amy eligió una mesa en un rincón y pidió café. Al ver que algunos pescadores engullían huevos fritos, decidió probar suerte.

Desde donde estaba sentada podía ver la entrada del café, pero estaba tan ocupada examinando el enorme y grasiento plato de huevos fritos con pan tostado que acababan de llevarle a la mesa que no se dio cuenta de que Jase Lassiter había entrado en el local. El primer indicio que tuvo fue la oleada de saludos que recorrió la sala. Cuando levantó la mirada, Jase estaba casi junto a su mesa.

—Buenos días, Amy —la obsequió con una sonrisa amable y optimista mientras se sentaba en un taburete, frente a ella—. No pongas esa cara de sorpresa. Te dije que me pasaría por aquí esta mañana, ¿no? He pensado que a lo mejor te apetecía ir a nadar.

Llevaba otra vez unos pantalones caquis y una camisa a juego. Se había arremangado la camisa, dejando al descubierto parte de los brazos fibrosos y salpicados de vello color caoba. A la vigorosa luz de la mañana, su densa mata de pelo castaño rojizo relucía, todavía húmeda por la ducha. Los ojos de color turquesa, vívidos y penetrantes, observaban su semblante cauteloso. Parecía, pensó Amy con desconcierto, algo más joven que el día anterior.

—Eres muy amable —comenzó a decir con precaución—, pero me temo que…

—Bien. Cuando acabes de desayunar, podemos ir a una cala muy bonita que conozco al otro lado de la isla. ¿Vas a comerte el pan?

—Eh, no. No, no me lo voy a comer —contestó ella mientras inspeccionaba su plato lleno a rebosar—. Sírvete —le invitó amablemente. No se le ocurrió nada más que decir—. Pero, respecto a lo de ir a nadar, creo que será mejor que decline la invitación. El hombre con el que debía encontrarme podría presentarse esta tarde. Puede que anoche tuviera algún contratiempo.

—No te preocupes —dijo Jase despreocupadamente mientras masticaba una tostada—. Le dije a Ray que estuviera atento por si veía a algún desconocido. Si el tipo aparece, le dirán que estás aquí, en la isla —Jase aguardó.

Amy vio la expresión estudiada de sus ojos turquesa y sofocó un gruñido. Sabía sin necesidad de que nadie se lo dijera que Jase podía rebatir cualquier excusa que se le ocurriera. ¿Qué importaba?, se dijo. Le habían dado instrucciones de reunirse con su contacto de noche. No había razón alguna para pensar que Dirk Haley pudiera hacer acto de presencia durante el día con esperanzas de encontrarla. ¿Por qué no aceptar la invitación de Jase?

—Está bien —se rindió con una leve sonrisa—. Gracias.

A Jase pareció hacerle gracia su expresión.

—Descuida. Te aseguro que soy inofensivo.

Amy frunció las cejas.

—¿Por qué será que tengo la molesta sensación de que tus opiniones sobre ti mismo tal vez no sean muy precisas?

—Eres un poco desconfiada, ¿no?

Amy se quedó pensando un momento.

—Sí —dijo por fin—. Me temo que sí.

—Acábate el desayuno y nos pondremos en camino —Jase tomó otra rebanada de pan tostado, zanjando limpiamente la discusión.

Veinte minutos después, Amy se hallaba en un Jeep descapotable que corría por una angosta carretera de la isla. A un lado, las olas que se estrellaban contra las rocas componían una escena tan pintoresca que parecía digna de Hawai. Al otro, altas palmeras flanqueaban la sinuosa carretera. La isla estaba prácticamente deshabitada más allá de la pequeña ciudad portuaria, y no había ni una sola casa a la vista.

Pero no era el panorama lo que atraía constantemente las miradas cautelosas y reflexivas de Amy, sino el perfil del hombre sentado a su lado. Al ver a Jase esa mañana había pensado que parecía más joven que la noche anterior. Ahora, mientras el viento enredaba su pelo caoba y su mano reposaba con lánguida pericia sobre el volante del Jeep, se dio cuenta de que no parecía más joven, sino simplemente más feliz. Había un entusiasmo casi desenfadado en su modo de conducir, y las duras facciones de su cara parecían más relajadas.

—¿Sigue preocupándote que te secuestre? —Jase le lanzó una mirada provocativa mientras aminoraba la velocidad para apartarse de la carretera.

—¿Debería preocuparme?

Él sonrió fugazmente antes de apagar el motor y estirar el brazo hacia el asiento de atrás para recoger una bolsa.

—Tal vez. Hace mucho tiempo que vivo alejado de la civilización.

Amy enarcó una ceja al salir del Jeep y recogió la pequeña bolsa de playa que había llenado con todo cuidado antes de salir del hotel.

—Si intentas algo, te denunciaré ante la Cámara de Comercio de Saint Clair.

Jase soltó una carcajada y cerró la portezuela del Jeep.

—Primero tendrías que encontrarla. Y, aunque existiera tal institución en Saint Clair, tengo la impresión de que una denuncia contra mi mala conducta sólo engrandecería la reputación de La Serpiente. A la gente le encantan los sitios con ambiente.

—Algo me dice que tú no tienes que esforzarte mucho para dar ambiente a tu bar —masculló Amy de buen humor mientras se dirigían a la cala solitaria que Jase había elegido—. La Serpiente rebosa ambiente.

—Sí, sobre todo cuando hay un buque de la Armada atracado en el puerto —convino Jase con sinceridad—. A veces, regentar un bar puede ser un auténtico reto.

—A ti parece que te va muy bien —Amy mantuvo un tono cuidadosamente neutral.

—Deduzco que no apruebas en absoluto la carrera que he elegido.

—En realidad, no es asunto mío, ¿no crees? —replicó ella al tiempo que desplegaba la toalla sobre la arena. Mantuvo la mirada fija en la toalla de rayas.

—¿A qué te dedicas tú, Amy Shannon? —preguntó él arrastrando las palabras con tono excesivamente despreocupado.

—Dirijo un par de boutiques en San Francisco —le dijo ella con mucha cautela.

—¿Ropa de mujer?

—Ajá —fingió observar la hermosa caleta y admirar la estrecha franja de arena y la suave ondulación de las olas. Con un poco de suerte, Jase no insistiría. La mayoría de la gente no insistía. Era ridículo que aquel asunto la azorara, pero resultaba un poco difícil dar explicaciones.

—¿Qué clase de ropa? —mientras observaba la cara de Amy, Jase comenzó a desabrocharse lentamente la camisa—. ¿De sport?

Allí estaba: la pregunta que había confiado en poder evitar.

Se atareó desabrochándose los vaqueros para dejar al descubierto el elegante bañador blanco que llevaba debajo.

—Lencería —masculló.

—¿Lencería? ¿Ropa interior fina?

Amy notó que sus palabras estaban impregnadas de sorna. No era la primera vez que se topaba con aquella reacción cuando hablaba de sus negocios.

—Lencería de diseño. Francesa, italiana, neoyorquina... Cosas muy caras. Y muy bonitas —añadió con énfasis mientras se quitaba la camisa.

—Espera un segundo. ¿Me estás diciendo que vendes ropa interior sexy? —preguntó él con los ojos turquesa rebosantes de regocijo—. ¿Te dedicas a eso y tienes la caradura de criticar mi profesión?

—No es lo mismo —bufó ella y, tras acabar de desvestirse, se dirigió con decisión hacia el borde del agua.

Cuando se zambulló en el ligero oleaje, Jase se estaba riendo a mandíbula batiente tras ella. Amy se preguntó si se reía a menudo así. Su risa tenía un timbre inesperadamente agradable, lleno de alborozo, masculino y rico en matices. Le daba ganas de sonreír.

Jase la alcanzó un momento después. Su cuerpo surcaba el agua con tal ligereza que Amy comprendió de inmediato cómo se mantenía en tan buena forma.

Ella iba nadando con facilidad, sin rumbo fijo, cuando notó su mano sobre la cintura. Sus fuertes dedos se cerraron suavemente, la asieron con facilidad y la hicieron incorporarse hasta quedar frente a él.

Amy se quedó parada con el agua a la altura del pecho y lo miró inquisitivamente. Jase le ofreció unas gafas y un tubo de buceo que llevaba consigo.

—He pensado que te gustaría acompañarme a ver los peces —dijo—. Hay muchas bellezas por aquí.

Para Amy, el resto de la tarde fue un momento intemporal. Exploró con Jase la fascinante y deslumbradora belleza del mundo submarino de la caleta. Entre baño y baño tomaron el sol en la arena y se comieron los sándwiches que Jase había llevado consigo.

Pero mucho más fascinante que la vida acuática era el propio Jase. A medida que avanzaba la tarde, parecía más relajado y tranquilo. Cuando volvieron a montarse en el Jeep para regresar a la ciudad, Amy casi había olvidado que su acompañante se ganaba la vida regentando un bar en una lejana isla del Pacífico. Aquel Jase Lassiter podía llegar a gustarle. Era un hombre con el que, de haber vivido en San Francisco, habría estado dispuesta a salir.

—¿En qué estás pensando? —preguntó él mientras cambiaba de marcha.

—Me estaba preguntando cómo acabaste en Saint Clair —contestó ella con franqueza.

De inmediato deseó haber mantenido la boca cerrada. El entusiasmo despreocupado y fácil de Jase desapareció de golpe de su semblante.

—Es una larga historia. Una historia que seguramente no te parecerá entretenida.

—O sea, que no quieres contármela —insistió ella suavemente.

—¿Quieres decirme tú qué estás haciendo en Saint Clair? —replicó él—. Podemos intercambiar nuestras historias, si quieres.

—No, gracias —Amy adoptó una actitud distante—. La mía es un poco complicada.

—Quieres decir que no es de mi incumbencia, ¿no? —preguntó él con severidad.

—Sí —respondió Amy con firmeza.

—Entonces parece que estamos en un callejón sin salida —comentó Jase educadamente—. Sugiero que busquemos otro tema de conversación.

—¿Antes de que consigamos echar a perder el día? —repuso ella con un desenfado que no sentía.

—Exacto. ¿Vas a ir a La Serpiente esta noche?

—Sí, a no ser que el hombre al que estoy esperando me encuentre antes.

Jase le dedicó una sonrisa lacónica.

—Puedes sentarte conmigo y ver desde dentro cómo se dirige un bar de mala muerte en una isla perdida del Pacífico.

Amy no respondió. Sabía que Jase intentaba aguijonearla, y sabía también que posiblemente no podía elegir cómo pasar la tarde en La Serpiente. Allí estaba en el territorio de Jase. Si él decidía pasar la velada en su compañía, ella no podía hacer nada para impedírselo. Y por lo que había visto de la clientela la noche anterior, seguramente no era mala idea tener como acompañante al dueño del bar.

—Gracias por la invitación —dijo con reserva.

—No era precisamente una invitación —respondió Jase.

—Soy consciente de ello. Intentaba fingir que era eso lo que pretendías.

—¿Porque así te resulta más fácil aceptar? —la mirada perspicaz que le lanzó parecía en cierto modo una celada, y Amy comprendió que la estaba castigando un poco por negarse a explicarle qué hacía en la isla.

—Sé que en La Serpiente tú eres quien da las órdenes, Jase —dijo con calma.

Él se ablandó y esbozó una sonrisa.

—No es un reino muy extenso, pero yo estoy al mando.

—¿Y disfrutas mandando? —replicó ella. De pronto le interesaba mucho la respuesta. ¿De veras le gustaba ser quién era, vivir donde vivía?

—Más o menos —saltaba a la vista que era lo único que pensaba decir al respecto.

Amy decidió que no estaba dispuesta a dejar correr el asunto. Al menos, hasta que hubiera dejado clara su opinión.

—Apuesto a que pones en práctica todas las fantasías masculinas. Seguro que te defiendes muy bien.

Él frunció el ceño.

—¿Todas las fantasías masculinas? ¿En Saint Clair? ¡Estarás de broma!

—Nada de eso —sacudió la mano descuidadamente, abarcando con el gesto el exuberante paisaje tropical que los rodeaba—. Aquí estás, regentando un próspero bar en el paraíso. Una vida de aventuras en una isla del trópico. A miles de kilómetros de la segadora de césped más cercana, de niños chillones y una esposa gruñona. ¿Qué hombre no daría su alma por estar en tu lugar? El estilo de vida ideal. Nada de responsabilidades. Sólo tumbarse, beber un poco de ron, o quizás un montón de ron, y esperar a que una turista de paso te escoja para pasar una noche de sexo libre y sin ataduras. Está claro que cualquier hombre te envidiaría.

—No siempre podemos tener lo que queremos —replicó Jase con aspereza. Era evidente que Amy había puesto el dedo en la llaga.

Ella resolvió dejarse guiar por su intuición y abandonar de inmediato aquel tema de conversación. Además, era consciente de que no quería oírle cantar las alabanzas de una vida tan irresponsable.

Esa noche acabó agradeciendo la presencia de Jase en la pequeña mesa que ocupaba. Desde el principio se hizo evidente que varios marineros del buque de la Armada atracado en el puerto habían encontrado el camino a La Serpiente. El local estaba repleto de juerguistas con ganas de armar jaleo, y hubiera resultado sumamente comprometido ser la única mujer sentada a una mesa.

–Pintoresco, ¿no? –dijo Jase malévolamente por encima del estruendo de las risas.

Amy paseó su mirada desdeñosa por la bulliciosa multitud.

–¿Pasas muchas noches así?

–Las noches así son buenas para el negocio –contestó Jase amablemente, a pesar de que en sus ojos turquesa había un brillo sardónico.

–¿No te preocupa que pueda haber una pelea o algo por el estilo?

–Los chicos son así. Nos las arreglaremos, si llega el caso.

–¿Pasa a menudo? –preguntó ella, preocupada. La idea de que pudiera desencadenarse una pelea le producía cierto desasosiego.

–No, no mucho. La Serpiente tiene su reputación. Aquí no toleramos esa clase de cosas.

—Lo cual significa que tú tienes fama de no tolerar peleas —puntualizó ella.

—Cuesta mucho cambiar la cristalería —contestó él con sorna—. Se tarda meses en conseguir un cargamento nuevo desde Estados Unidos. No, no me gustan las peleas.

Amy se estremeció.

—Eso espero —luego, la curiosidad la impulsó a formular otra pregunta—. ¿Cuánto tiempo hace que diriges el bar, Jase?

—Empecé trabajando como barman para el anterior propietario, hará unos diez años. Le compré La Serpiente cuando se hartó de vivir en la isla y decidió regresar a Estados Unidos.

—¿Cuántos años tenía cuando dio ese gran paso?

—Más de sesenta. George tenía hijos a los que hacía años que no veía. Descubrió que era abuelo y se dio cuenta de que quería conocer a sus nietos.

—Me pregunto cómo le recibieron los hijos a los que había ignorado durante tantos años —masculló Amy con ironía.

Jase la miró con fijeza.

—No lo sé. No he tenidos noticias suyas desde que se marchó. Puede que sus hijos se mostraran caritativos.

—Puede. Yo no sé si lo haría.

—Pareces hablar por experiencia —observó Jase secamente.

—Mi padre nos dejó a mi hermana y a mí con mi madre cuando yo tenía seis años —le dijo con franqueza–. Tener una familia era demasiada carga para él. He observado que a muchos hombres les pasa lo mismo.

—Pareces convencida de ello –repuso él.

—No hay más que echar un vistazo a las estadísticas. El número de mujeres que crían solas a sus hijos es muy elevado. No me sorprendería que ahora mismo estés sirviendo a unos cuantos padres huidos en este mismo local.

—Espera un segundo, Amy. No voy a permitir que me culpes por cada padre que decide largarse al Pacífico sur.

—No te estoy culpando, pero reconocerás que sitios como éste perpetúan esa imagen de un estilo de vida placentero, irresponsable y muy masculino que tanto atrae a la mayoría de los hombres –respondió ella, muy seria.

Un estrépito de cristales rotos interrumpió su discurso. Se giró, sobresaltada, y notó que Jase ya se había puesto en pie.

—¿Qué demonios está pasando? –susurró. Al otro lado del bar, cuatro marineros estaban discutiendo a puñetazo limpio. Con la velocidad de un volcán en erupción empezaba a desencadenarse una pelea a gran escala.

—Esto es lo que llamamos «ambiente» –explicó Jase lacónicamente. Luego se alejó para abrirse paso entre el corro de espectadores que gritaban y jaleaban a los marineros.

La brutalidad de la pelea dejó atónita a Amy. El macho de la especie podía ser muy peligroso y parecía tener muy poco control sobre sus instintos violentos, pensó. Unos minutos antes, el bar rebosaba risas. Ahora, el escalofriante estruendo de los puños golpeando la carne resonaba en el local.

Incapaz de apartar la mirada, Amy vio que Jase alcanzaba el centro de aquel pequeño huracán. Los cuatro púgiles seguían ajenos a su presencia, pero todos los demás parecían aguardar con expectación.

—Está bien, Ray, vamos a refrescar un poco a estos muchachos —dijo con calma.

—Vale, jefe —Ray desapareció un momento detrás de la barra.

Amy notó que el grado de expectación de la concurrencia subía un par de peldaños. Era como si muchos de los espectadores supieran qué iba a pasar y estuvieran deseando presenciarlo.

Cuando Ray volvió a aparecer, sujetaba en la mano una pequeña manguera de jardín. De ella surgió un chorro que regó a los cuatro combatientes. Los camorristas se separaron dando tumbos, llenos de estupor, y entre la gente se alzó un grito de júbilo.

Antes de que entendieran qué estaba sucediendo, Ray cerró la manguera y Jase se interpuso entre ellos con semblante plácido.

—Caballeros —dijo con una voz tersa que no admitía discusión—, aquí no permitimos esta clase de cosas. Si quieren ejercer su derecho inalienable a pelear, tendrán que continuar fuera. Estoy seguro de que la patrulla costera estará encantada de servirles de árbitro. Ahora, les agradecería que tuvieran la amabilidad de marcharse.

A pesar de que había hablado con suavidad, los cuatro hombres empapados obedecieron. Al parecer, la mención de la patrulla costera no les había pasado inadvertida.

Amy sabía, sin embargo, que no era ni la manguera, ni aquella orden proferida con suma suavidad lo que les había hecho dirigirse rezongando hacia la puerta. Era el propio Jase. Su autoridad y su aplomo natural saltaban a la vista. Alto, seguro de sí mismo y falto de impostura, había tomado las riendas del local y de la situación y se había enfrentado a los camorristas con arrogancia. No cabía duda de que su actuación había sido del agrado de la concurrencia. El resto de los clientes del bar había conseguido lo que esperaba.

Entonces, justo cuando parecía que todo estaba bajo control, uno de los cuatro marineros dio media vuelta. Había en su rostro una expresión de rabia frustrada. Era evidente que las mofas de la gente habían acabado de lacerar su ego, ya herido.

Una navaja brilló en su mano cuando se abalanzó hacia Jase.

—Te crees muy listo, ¿eh, cabrón? ¡A ver qué te parece esto!

Lo que sucedió a continuación dejó casi paralizada de asombro a Amy. Se quedó fría, helada literalmente en el sitio, mientras aquel sujeto se lanzaba furioso hacia Jase y la navaja describía un arco en el aire.

Jase reaccionó con la velocidad de un rayo. Levantó el brazo y detuvo el golpe de su atacante. La navaja salió volando y se deslizó por el suelo mojado. Desequilibrado por el golpe, el marinero resbaló en un charco de agua y cayó de espaldas.

Antes de que pudiera levantar la cabeza, el frío acero se posó sobre su garganta. Una navaja había aparecido en la mano de Jase como por arte de magia.

—Puede que no me haya expresado con claridad —dijo Jase con una voz que hacía juego con la hoja que mantenía apoyada sobre la garganta del otro—. Aquí, en La Serpiente, no nos gustan las peleas.

Dejó que el marinero notara el filo de la navaja durante a lo que su víctima debió de parecerle una eternidad. En el bar no se movía ni una mosca. Luego retrocedió y le dio la navaja a Ray, que la colocó cuidadosamente al alcance de su mano.

—Sacadlo de aquí —les ordenó Jase con tranquilidad a los otros tres implicados en la pelea—. Y si conseguís no volver a acercaros a La Serpiente, yo procuraré no informar a vuestro superior. Como volváis a aparecer por aquí, tendréis que rendir cuentas ante él. La decisión es vuestra.

Los cuatro salieron por la puerta dando trompicones, cosa que a nadie sorprendió. Un suspiro colectivo recorrió el bar. Un suspiro de satisfacción.

Amy, sin embargo, no sentía el alivio y la satisfacción que parecían experimentar los demás. Seguía paralizada, mirando con espanto indisimulado al hombre que había resuelto la trifulca como si fuera pura rutina.

¿Cómo podía haber olvidado, aunque fuera pasajeramente, lo violenta que era la vida en aquella isla? ¿Cómo era posible que no se hubiera percatado de que, en un lugar como aquél, Jase Lassiter no imponía respeto únicamente por regentar un establecimiento próspero y ser un pilar de la comunidad? Allí, uno tenía que defenderse recurriendo a la violencia, si era necesario. Formaba parte de aquella fantasía masculina.

Salvo que no era una fantasía. Era demasiado real.

Perpleja y furiosa consigo misma por haberse sentido atraída por un hombre semejante, logró por fin recuperar el dominio sobre sus miembros agarrotados, no sin antes volcar su copa de vino.

—Amy...

Vio el semblante ceñudo y sorprendido de Jase y, apartándose bruscamente de la mesa, corrió hacia la salida más cercana. Pero Jase estaba demasiado lejos para alcanzarla. Antes de que pudiera cruzar el local, Amy salió a la noche y se encaminó hacia el hotel, en cuya habitación podía encontrar hasta cierto punto refugio. Tras ella, el vino tinto goteaba por el borde de la mesa.

Corrió hacia el Marina Inn sin mirar atrás para ver si Jase la había seguido. Sólo aminoró el paso al entrar en el vestíbulo y toparse con Sam, que parecía intrigado.

—¿Ocurre algo, señora? —preguntó el recepcionista con cierta preocupación.

—Sí. No. Es igual —masculló, distraída—. Acabo de presenciar cómo solucionan los problemas en esta ciudad, eso es todo —prosiguió con acritud mientras se dirigía hacia las escaleras.

—Ah, ha habido algún problemilla en La Serpiente, ¿no? —Sam, cuya silla estaba apoyada contra la pared sobre dos patas, se echó hacia delante de modo que las cuatro patas del asiento tocaron el suelo.

—Podría decirse así. Aunque sospecho que esas cosas son el pan de cada día en esta isla —Amy ya estaba en medio de la escalera.

—Jase se las apaña muy bien —dijo Sam, que observaba su figura en retirada.

—Le aseguro que esta vez se ha comportado con gran aplomo —ella había llegado al pasillo y estaba buscando la llave.

—¡Amy! —no era la voz de Sam la que la llamaba desde el pie de la escalera. Era la de Jase. La había seguido.

¿Cómo había llegado tan rápidamente? Y, lo que

era más importante, pensó Amy con nerviosismo, ¿cómo iba a librarse de él?

Se detuvo en seco, sobresaltada, en el umbral de su cuarto.

Aquélla parecía ser una noche para la violencia, pensó al borde de la histeria. Alguien había registrado minuciosamente su habitación.

3

Seguía mirando con estupor el cuarto revuelto cuando Jase llegó a lo alto de la escalera.

–¿Qué demonios…? –se detuvo tras ella y miró por encima de su hombro la caótica escena–. Vaya, parece que estás teniendo una noche movidita en Saint Clair –le pasó el brazo por los hombros en un gesto posesivo y natural, como si tuviera todo el derecho a hacerlo.

–No me lo digas, déjame adivinar –le espetó Amy con ferocidad–. Éste es otro ejemplo de las costumbres de la isla, ¿no? Unos cuantos muchachos deciden reírse a costa de los turistas.

Jase no la miró. Seguía observando pensativamente la habitación.

–No, la verdad es que esto se sale de lo normal. Lo creas o no, Amy, aquí no hay muchos delitos como los que se ven en la gran ciudad. La gente se conoce demasiado. Sé que nuestra estructura social no te merece mucha estima, pero existe, y a su modo es bastante efectiva. Unas cuantas reyertas, un hurto en el muelle de vez en cuando... A eso se reducen nuestros problemas.

—Y de tarde en tarde alguien se degüella accidentalmente, ¿no?

—Sólo accidentalmente —repuso Jase con sorna, negándose a morder el anzuelo—. Pero me apostaría La Serpiente a que el que ha hecho esto no es de por aquí. Ni siquiera venía del buque de la Armada.

Amy no dijo nada mientras intentaba asumir las consecuencias de la escena que tenía ante los ojos. Notó que estaba temblando y, de pronto, el peso del brazo de Jase le pareció reconfortante. El que había hecho aquello no era, por supuesto, un isleño. Dirk Haley estaba tratando de incumplir su acuerdo.

Llena de nerviosismo, Amy intentó desasirse. Sentía la necesidad de poner cierta distancia entre Jase y ella. Esa noche parecía rodeada de machos violentos.

Jase giró la cabeza mientras ella intentaba soltarse.

—No pasa nada, cariño —dijo—. Yo me encargo de todo.

—No, gracias. Ya he visto cómo te encargas de las cosas —el gesto posesivo de su brazo la ponía nerviosa. Tampoco le gustaba el brillo de sus ojos turquesa. Lo último que necesitaba en ese momento era que Jase Lassiter comenzara a hacerle exigencias.

Nunca le había concedido derechos sobre ella a ningún hombre, y no pensaba concedérselos al propietario de un bar del sur del Pacífico que solventaba reyertas con la ayuda de un cuchillo.

—No me tengas miedo, Amy —musitó él—. Por favor.

—No te tengo miedo —mintió ella—. Pero ahora mismo estoy un poco tensa. ¿No crees que tengo motivos? —no le agradaba el modo en que había reaccionado a la súplica de Jase. ¿Por qué diablos se mostraba tan absurdamente blanda con Jase Lassiter? No era la primera vez que le pasaba ese día.

Él inclinó la cabeza en respuesta a su cáustica pregunta.

—Creo que tienes motivos —apartó el brazo de sus hombros y entró en la habitación mirando a su alrededor con curiosidad—. Pero ¿podrías decirme cuáles son? —añadió con despreocupación.

—¡No! —Amy se detuvo, sorprendida por lo mucho que había revelado con aquella respuesta impulsiva—. Quiero decir que el motivo es evidente. Acabo de ver a cinco hombres hechos y derechos pegándose y amenazándose con navajas. Luego llego a mi habitación y descubro que alguien ha estado revolviendo mis cosas. ¿No te parece motivo suficiente?

Él se encogió de hombros sin decir nada mientras caminaba hacia la cama. Amy sofocó un gruñido cuando se detuvo y se quedó mirando el camisón francés de doscientos dólares que el intruso había sacado de un cajón junto con otras prendas íntimas igualmente caras.

Jase se inclinó sin decir palabra y hundió la mano en la tela exquisitamente suave del camisón. Parecía fascinado por aquella prenda de color champán.

–Muy bonito –murmuró, soltándolo con evidente desgana–. Sofisticado y suave.

–Gracias –contestó ella, envarada–. Es uno de mis modelos más vendidos.

–No me extraña. Me gustaría vértelo puesto alguna vez.

–Pues será mejor que no contengas el aliento.

–Estás un poco malhumorada esta noche, ¿no? ¿Qué andaba buscando, Amy?

Ella parpadeó e intentó organizar rápidamente sus defensas.

–¿Quién? ¿El que ha hecho esto? ¿Cómo quieres que yo lo sepa? Dinero, supongo. O joyas.

Jase suspiró.

–Amy, el sol tropical no ha desintegrado por completo mi cerebro. No esperes que me trague ese cuento. Ya te he dicho que aquí no se dan esta clase de delitos. Llegas a la isla para encontrarte con un hombre al que nadie conoce. Te niegas a hablar de tus «negocios». Pasas dos noches en un bar del puerto, esperando a tu misterioso contacto. Y, la segunda noche, alguien registra tu habitación. No me digas que no sabes lo que está pasando.

—No tengo por qué darte explicaciones, Jase —dijo ella, intentando recalcar tranquilamente sus palabras.

—No, supongo que no. ¿Prefieres dárselas a Fred Cowper?

Amy entornó los ojos.

—¿Quién es Fred Cowper?

—Pasa por ser la ley en la isla. Un ex poli de Nueva York que probablemente dejó esposa y cinco niños atrás cuando partió rumbo al Pacífico sur. Cuando pasa algo así, Fred representa los intereses del gobierno.

Amy se removió, inquieta.

—No quiero darle explicaciones al señor Cowper, Jase. ¿Qué podría decirle? Está claro que esto es obra de unos vándalos. O de algún ladronzuelo.

Jase la obsequió con una mirada compasiva, como si no fuera muy brillante. A decir verdad, pensó Amy con pesar, en ese momento no se sentía muy brillante.

—Elige, Amy, cariño —dijo él ásperamente—. O me lo cuentas a mí o se lo cuentas a Cowper.

Ella lo miró con cara de pocos amigos. Era consciente de que hablaba en serio.

—No tienes derecho a darme órdenes de ese modo —dijo, enfadada, a pesar de que sabía que no le serviría de nada protestar.

—¿Quién va a impedírmelo? —preguntó él con curiosidad.

—¡Maldita sea! Sé que estás acostumbrado a tomarte la justicia por tu mano, pero eso no te da derecho a tratarme así y a salirte con la tuya. ¡No pienso dejarme avasallar!

Jase observó un momento su tenso semblante, como si intentara decidir cómo enfrentarse a ella. Luego cruzó despacio la habitación y se detuvo delante de ella. Su voz sonó baja, casi apaciguadora, pero cada línea de su cuerpo exudaba dureza y determinación.

—Amy, está más claro que el agua que estás metida en algún lío. Sé que no soy tu ideal del caballero de brillante armadura, pero ésta es mi isla y la conozco, como conozco a la gente que vive en ella. Te guste o no, en este momento soy posiblemente el más indicado para ayudarte. Yo lo sé, aunque tú no quieras admitirlo. Voy a obligarte a aceptar mi ayuda. Y no pienso permitir que te enfrentes sola al tipo que ha hecho esto.

Amy contuvo el aliento. Sabía que no iba a poder escabullirse, pero sentía la necesidad de hacer un último intento.

—Esto es un asunto privado, Jase...

—Entonces, lo discutiremos en un lugar más privado. Recoge tus cosas. Nos vamos de aquí.

—¿Qué? —exclamó ella al ver que se daba la vuelta y echaba mano de su maleta, que yacía abierta en el suelo—. No voy a ir a ninguna parte contigo, Jase.

—Sí, vas a venir a mi casa. ¿Quieres hacer tú la maleta o la hago yo? —había recogido el camisón de color champán, cuyo tejido sedoso flotaba sobre la tosca tela de su manga.

–¡Jase, por favor! –asustada, Amy percibió la súplica desesperada que había invadido su propia voz.

Él dejó caer el camisón en la maleta sin decir nada y recogió otra prenda que yacía sobre la cama: un sujetador de color marfil con pequeñas flores bordadas. Amy hizo una mueca al ver aquella delicada prenda sobre su mano morena.

–Está bien –dijo con los dientes apretados, y corrió a rescatar las braguitas de color rosa que Jase se disponía a guardar–. Ya lo hago yo. Dame cinco minutos, ¿quieres?

Jase asintió con la cabeza, satisfecho.

–Te espero abajo.

Ella levantó la mirada con renovado temor.

–¿No irás a decirle a Sam lo que ha pasado?

–Todavía no. Por lo menos, hasta que sepa toda la historia –prometió él. Dio media vuelta y salió de la habitación.

Amy se dejó caer en la cama con las braguitas sobre el regazo. ¡Qué lío! ¿Qué iba a hacer ahora? ¿Tenía acaso elección? Jase hablaba en serio; avisaría a las autoridades locales y la obligaría a explicárselo todo si se negaba a hacer lo que quería.

Pero ¿le convenía irse a casa de Jase Lassiter? ¡En absoluto! Todo parecía muy claro cuando cerró su acuerdo con Dirk Haley. ¿Por qué se retractaba ahora Dirk? Lo único que quería de él a cambio de la máscara era saber la verdad sobre la suerte que había corrido Ty Murdock. Su hermana y ella se merecían eso, al menos.

Malditos fueran Murdoch y Haley. Quizá tuviera que meter a Lassiter en el mismo saco. Probablemente todos los hombres eran igual de detestables. Arrojó las braguitas a la maleta y recogió otra prenda.

Dejaría que Jase la llevara a su casa. Pero, si creía que, además de unas cuantas explicaciones, iba a conseguir una compañera de cama, ¡iba listo!

Unos minutos después, mientras guardaba las últimas cosas en la maleta, se le ocurrió que, aunque estuviera enfadada con él, no le temía. Al menos, a nivel personal. De no ser así, no se habría dejado convencer para recoger sus bártulos e irse con él.

Si lo manejaba con habilidad, quizá todavía pudiera salvar la situación. Y quizá Jase tuviera razón. Tal vez pudiera serle de alguna ayuda. Al salir por la puerta de la habitación con la maleta en la mano, otra idea asaltó su aturdido cerebro.

Ignoraba hasta qué punto era peligroso Dirk Haley. Tal vez, al acordar el trato, se había pasado de lista. Si era así, le vendría bien contar con la protección de un hombre que sabía tratar con camorristas y navajeros.

Animada por aquella idea, bajó lentamente y encontró a Jase esperándola al pie de la escalera. Él le quitó la maleta y se despidió de Sam con una inclinación de cabeza. El recepcionista se limitó a sonreír alegremente y regresó a su revista pornográfica.

—Me imagino lo que estará pensando Sam —masculló Amy con fastidio mientras caminaba obedientemente junto a su nuevo anfitrión.

—No te preocupes por él. Lleva cuarenta años aquí. Ha visto de todo.

—¿De veras? —preguntó ella con sorna—. Qué gran alivio. ¿Cuántas veces te ha visto sacar a rastras a una mujer del hotel y llevártela a casa?

Jase le dedicó una sonrisa inesperadamente maliciosa.

—Eso sí que es una pregunta de doble filo. Es como preguntarme si he dejado de pegar a mi mujer.

—¿Lo hacías?

—¿El qué? ¿Pegar a mi ex mujer? ¿Tú qué crees?

Amy cruzó los brazos sin mirarlo.

—No —masculló, sintiéndose ridícula—. Creo que no.

—¿Debería tomármelo como un cumplido? —preguntó él secamente.

—Tómatelo como quieras.

—Tienes razón, ¿sabes? —prosiguió él con voz suave—. No le pegaba. Lo cual no significa que no sea capaz de pegar a una mujer, si se me provoca lo suficiente —añadió con énfasis.

—¿Eso es una amenaza?

—Tómatelo como quieras.

Ella dio un respingo al oír que le devolvía sus propias palabras.

—Vamos a dejar una cosa clara, Jase. Esta noche me voy a tu casa porque no me has dejado alternativa. No quiero que nadie se entere de mis asuntos en Saint Clair, y me has amenazado con hacerlos públicos obligándome a hablar con ese tal Fred Cowper. Así que voy a darte la explicación que pareces querer, pero nada más. No pienso compartir tu cama. Soy consciente de que las turistas escasean en Saint Clair, pero tendrás que esperar a la próxima tanda si lo que buscas es una amante. ¿Entendido?

—¿Sabes?, tienes todos los ingredientes para ser una arpía de primera clase —observó él—. Si algún hombre no te mete pronto en cintura, acabarás volviéndote intratable.

—No estoy de humor para bromas machistas. Limítate a decirme que entiendes y aceptas las condiciones bajo las que acepto acompañarte a casa.

—Teniendo en cuenta que las he fijado yo mismo, supongo que las entiendo —replicó él.

—Estás tergiversando mis palabras, Jase.

—Relájate, Amy. En mi casa estarás a salvo —dijo con repentina seriedad—. Y yo no tendré que pasarme la noche en vela, preguntándome si el que ha registrado tu habitación planea volver a buscarte.

Amy tragó saliva.

—Sí, a mí también se me ha pasado por la cabeza.

—Es lo más sensato —dijo él—. Más vale lo malo conocido que lo bueno por conocer, ¿no crees?

—Yo a ti apenas te conozco —musitó ella con desgana.

—Pero te fías más de mí que de ese tipo al que has venido a ver, ¿no es cierto? Aunque, teniendo en cuenta lo que opinas de mí, eso seguramente no le deja en muy buen lugar. ¿Cómo demonios te liaste con ese tal Dirk Haley?

—No estoy liada con él. Al menos, personalmente. Tenemos un... un acuerdo de negocios —dijo Amy, eligiendo cada palabra con sumo cuidado—. Ni siquiera le conozco. Sólo nos hemos escrito una o dos veces.

—No me obligues a sonsacártelo —gruñó Jase—. Háblame con frases breves y claras de ese «acuerdo de negocios». ¿Qué estaba buscando tu visitante desconocido?

—Una máscara. Una máscara africana de madera labrada —contestó ella ásperamente.

Jase la miró de soslayo.

—¿Cómo es de grande esa máscara?

—No mucho. Cabría dentro de mi bolso, que es donde estaba esta noche cuando entraron en mi habitación —concluyó Amy con cierta satisfacción—. No la he perdido de vista desde que dejé San Francisco. Es la única cosa con la que puedo negociar.

—¿Y qué tiene de especial esa máscara? —preguntó Jase desapasionadamente.

—Si quieres que te diga la verdad, no lo sé. Hice que la examinara un experto de San Francisco. Me dijo que tenía cierto valor como pieza de coleccionista, pero no mucho. Sólo sé que Haley parece quererla a toda costa.

—¿De dónde la has sacado?

Amy cerró los ojos un instante.

—El ex marido de mi hermana se la mandó poco después de que naciera su hijo.

—¿Qué le pasó a su ex marido?

—Eso es lo que quiero que me diga Haley.

Hubo un largo silencio mientras Jase digería lo que acababa de contarle. Luego dijo:

—¿Cómo se llamaba el ex marido?

A ella no le gustó la tersura con que hizo la pregunta. Pero ¿qué mal podía haber en responder? Ya le había contado muchas cosas.

—Ty Murdock.

—Está bien, ahora acaba de contarme el chiste —dijo Jase—. ¿Qué significaba para ti el ex marido de tu hermana? ¿Por qué estás tú en Saint Clair, buscando respuestas, en vez de ella?

—Mira, el lado personal de este asunto es totalmente irrelevante —Amy levantó la barbilla con aire de desafío.

—Y un cuerno —replicó él sin inmutarse—. Yo diría que tiene mucho que ver con el problema —mientras hablaba, tomaron una calle mal pavimentada a un par de manzanas de donde las luces de La Serpiente se reflejaban en el agua.

—¿Adónde vamos? —Amy escudriñó la oscuridad. En Saint Clair no se conocían las modernas ventajas del alumbrado público. Sólo distinguía unas cuantas casas de apariencia apacible y edad y estructura indeterminadas. Allí, en los trópicos, todo se volvía viejo y gastado rápidamente, decidió Amy. Incluso las personas.

—Ya te lo he dicho. A mi casa. No te asustes, no voy a llevarte entre las palmeras para violarte.

—Ojalá estuviera segura —replicó ella, furiosa.

—Puedes estarlo absolutamente —afirmó él—. Cuando te viole, lo haré en una cama bonita y cómoda, no en el duro suelo, encima de un montón de hojas de palma puntiagudas. Los años no pasan en balde —añadió sombríamente a modo de explicación.

—No estoy de humor para aguantar tus chistes de mal gusto. No me provoques, Jase. Tengo una mala noche.

Él se detuvo bruscamente. Tanto, que Amy, que estaba pensando si había huido del fuego para caer en las brasas, chocó con él.

—¡Maldita sea! —exclamó, pero, al agarrarse a las mangas de su camisa para conservar el equilibrio, su voz quedó sofocada contra la tela. A pesar de lo inesperado del choque, él no pareció inmutarse. Seguía firme como una roca. La apartó y la sujetó hasta que recobró el equilibrio.

—Con lo patosa que eres —dijo con calma—, probablemente caerás en mi cama por tu propio pie cuando llegue el momento —dejó la maleta en el suelo, junto a su pie derecho, y le tocó la cara con la yema de los ásperos dedos. Amy apenas distinguía su cara en medio de la sobrecogedora oscuridad de la noche, pero de pronto sentía tan vivamente su presencia que apenas podía respirar—. No te estaba provocando, cariño —prosiguió él con suave seriedad—. No era una broma. Te deseo. Creo que tarde o temprano tendré que llevarte a la cama.

—Dijiste... dijiste que estaba completamente fuera de lugar —le recordó ella con desesperación—. Y tenías razón. Además, esto es cosa de dos, Jase. Y tú tampoco me convienes.

—Lo sé —contestó él casi con melancolía—. Pero la culpa es tuya por estar aquí. No debiste cruzar el paraíso si no estabas preparada para tropezar con una serpiente —apartó la mano y, al perder su contacto, Amy se sintió extrañamente desvalida—. Vamos, Amy. Ya casi hemos llegado.

Su casa resultó ser una rústica edificación de dos plantas que miraba al puerto. Había sido construida a principios de siglo, le explicó Jase distraídamente mientras encendía las luces, y servido de hogar a un capitán retirado. Más tarde, durante la Segunda Guerra Mundial, el ejército de Estados Unidos la había utilizado durante un tiempo como residencia de oficiales. Después de la guerra, había tenido diversos propietarios, hasta que Jase la compró ocho años atrás.

—Es preciosa, Jase.

Él notó que se fijaba en los suelos de tarima, en los altos techos envigados y en las ventanas abiertas y curvas que se extendían entre el suelo y el techo.

—Pareces sorprendida —dijo con sospechosa blandura—. ¿Dónde creías que vivía? ¿Encima de La Serpiente?

—Pues sí, francamente. O en una de esas casitas de los alrededores. Pareces pasar mucho tiempo en el bar, así que pensaba que probablemente no te interesaba mucho tener una casa como ésta.

Jase se acercó al armario de los licores y levantó una botella de ron.

—Tienes muchos prejuicios sobre los hombres, ¿no?

Amy dejó de contemplar un tapiz confeccionado con corteza de árbol que colgaba de la pared y se giró para mirarlo.

—¿Qué quieres decir? —preguntó con acento desafiante.

Él esbozó una sonrisa mientras servía las bebidas.

—Es igual. Esta noche tenemos otros asuntos sobre el tapete. Será mejor que primero nos ocupemos de ellos. Cuéntame el resto de la historia, Amy.

Ella sabía lo que se proponía, y de pronto su resistencia parecía bajo mínimos. Allí, refugiada en el ambiente acogedor y ventilado de su hogar, resultaba muy fácil bajar la guardia y liberarse de la agobiante carga de aquel relato. Jase le había ofrecido ayuda y consuelo, y ella era consciente de que necesitaba ambas cosas.

Quizá fuera porque estaba muy lejos de casa. Quizá porque acababa de pasar por una experiencia sumamente desagradable. O quizá porque empezaba a darse cuenta de que, al intentar tratar con Dirk Haley en persona, tal vez se hubiera pasado de lista. Fueran cuales fuesen las razones, el caso fue que se descubrió dejándose caer en el mullido sofá de mimbre, dispuesta a concluir el relato de las desventuras que la habían llevado a Saint Clair.

—Conocí a Ty Murdock hará poco más de dos años —comenzó.

—Lo sabía —exclamó Jase—. Sabía que no te había mandado tu hermana. ¡Estabas liada con él!

—Si quieres oír el resto de la historia, será mejor que te calles.

Jase se dejó caer en un sillón, frente a ella.

—¿Estabas enamorada de él? —preguntó con tranquilidad.

—Más o menos —masculló, irritada.

—¡Más o menos! —dijo él—. ¿Qué clase de respuesta es ésa?

—Bueno, supongo que le quería cuanto se puede querer a un hombre del que una no acaba de fiarse —explicó con una honestidad que la sorprendió. Era la verdad, pensó.

Jase hizo acopio de paciencia.

—Cuéntamelo todo.

Amy se encogió un poco de hombros.

—Ty Murdock era un tipo sofisticado, muy guapo y excitante. Tenía un trabajo misterioso con el gobierno y representaba con discreción el papel de un elegante y mundano James Bond. Le funcionaba muy bien. Las mujeres lo adoraban. Y lo mejor de todo es que era real. Cuando lo conocí, estaba destinado en San Francisco. La verdad es que no sé qué lo atrajo de mí. Por mi parte, tengo que decir que era un acompañante interesante y encantador. Pero desde la noche que lo conocí en casa de unos amigos, comprendí que nunca podría fiarme de él.

—¿Por qué no?

¿Cómo podía explicarlo? La desconfianza estaba ya demasiado arraigada en ella.

—Supongo que, en general, no suelo fiarme de los hombres. Creo que no siempre saben lo que quieren. En cualquier caso, noté que Ty era culo de mal asiento, que buscaba emociones que yo sabía instintivamente que nunca podría proporcionarle. Me gustaba, y bien sabe Dios que era muy divertido, pero en el fondo sabía que era incapaz de quedarse mucho tiempo con la misma mujer. Al final, me di cuenta de que nuestra relación no tenía sentido. Si seguía viéndolo sólo conseguiría sufrir, y él empezaba a pedirme más de lo que podía darle.

Jase levantó una ceja.

—¿Quieres decir que no querías acostarte con él? —preguntó arrastrando las palabras.

Amy lo miró un momento con los ojos entornados.

—En cuanto notó que la relación dejaba de interesarme, se despertaron sus instintos de cazador. La típica reacción masculina —explicó con hastío—. Siempre quieren lo que no pueden tener. Antes de que me diera cuenta de lo que sucedía, empezó a hablarme de matrimonio. Era una idea ridícula. Un hombre como él no podía casarse, y así se lo dije.

—Apuesto a que te lo agradeció de todo corazón —masculló Jase.

Amy hizo una mueca al recordar la escena.

—Él… se lo tomó como una afrenta personal. De hecho, se puso furioso. La última vez que discutimos, estaba bebido. Dijo que me obligaría a acostarme con él, que me dejaría embarazada y que de ese modo no podría rechazar su oferta de matrimonio. Le dije que jamás me acostaría con un hombre del que no me fiaba y que lo último que quería en el mundo era tener un hijo suyo —Amy suspiró—. Estaba muy enfadada. No me gusta que me amenacen.

Jase la miraba pensativamente.

—¿Le dijiste que no pensabas darle un hijo? Nena, tienes suerte de no haber salido de esa escenita con un ojo morado o algo peor. La verdad es que, dadas las circunstancias, tienes suerte de que no cumpliera su amenaza.

—Lo intentó —replicó ella con expresión pétrea, y al recordarlo tuvo que sofocar un suspiro.

A pesar de la lacónica advertencia que le había hecho poco antes, Jase crispó visiblemente los dedos sobre el vaso.

—¿Te violó?

—No. Por suerte, la llegada de unos amigos interrumpió la discusión. Nunca me he alegrado de ver tanto a alguien como a los Harrison esa noche —concluyó en un susurro. Al cabo de un momento, prosiguió su relato—. Ty se fue hecho una furia, pero yo pensé que todo había acabado. Lo siguiente que supe de él fue que había empezado a salir con mi hermana. Dos meses después, estaba embarazada.

Jase soltó un gruñido.

—Se vengó de ti usándola a ella.

—Sí. Y lo peor de todo es que ella lo quería. Lo quería de verdad. Lo quiso desde el principio. Y él lo sabía. Cuando le rechacé, se fue derecho a sus brazos, supongo que con intención de restañar su ego.

—Y ella lo quería tanto que se arriesgó a quedarse embarazada —concluyó él con suavidad.

Amy asintió con la cabeza. Tenía la garganta constreñida.

—Durante un tiempo parecieron relativamente felices, cosa que a mí me sorprendió. Melissa es muy bonita y muy dulce. Sería difícil no quererla. Si alguna mujer podía cambiar a Ty, hacer que sentara la cabeza, era ella. Se casaron y yo crucé los dedos y confié en que todo saliera bien.

—Pero no fue así.

—Melissa me dijo que, al final de su embarazado, había tanta tensión entre ellos que podía cortarse con un cuchillo. En esa época yo apenas los veía. Sabía que las cosas se iban deteriorando, y no soportaba ver a mi hermana tan triste. Cuando estaba de siete meses, Ty comenzó a verse con otras mujeres. No fue ninguna sorpresa. Incluso me había engañado a mí el poco tiempo que salimos juntos. Por eso, entre otras cosas, sabía que no podía fiarme de él. Luego, una noche, recibí una llamada de Melissa. Se había puesto de parto y Ty no aparecía. Acabé llevándola al hospital. Fui yo quien esperó allí para saber si era niño o niña. Fui yo quien le regaló flores y quien la llevó a casa dos días después. Ty había pasado el fin de semana en Carmel con una amiga. Me dieron ganas de matarlo por lo que le hizo a Melissa —Amy parpadeó rápidamente para contener las lágrimas que brillaban en sus ojos, giró la cabeza y se quedó mirando el puerto envuelto en sombras para que Jase no lo notara.

—Cuéntame el resto, Amy —dijo él suavemente.

—No hay mucho más que contar. Ty le dijo a Melissa que no quería seguir casado, que no tenía madera de padre y que iba a hacerle un favor desapareciendo de escena. Pidió el traslado al extranjero y poco después solicitó el divorcio. Durante un tiempo estuvo mandando una pequeña pensión para el niño y algunas baratijas. Entre ellas, la máscara. Mi hermana guardaba los regalos. Decía que eran el legado que Ty le había dejado a su hijo. Luego, hace un par de meses, el fino hilo de comunicación que los unía se rompió por completo. Melissa llegó a la conclusión de que Ty había muerto. Sabíamos desde siempre que su trabajo era peligroso, así que supuse que era posible. Melissa quiere saber qué le pasó, por el bien de su hijo. Cuando Dirk Haley se puso en contacto con ella para pedirle la máscara, pensamos que cabía la posibilidad de descubrir qué había sido de él.

Jase frunció el ceño.

—¿Haley contactó con ella así, por las buenas?

—Le mandó un telegrama diciendo que era un viejo amigo de Ty y que él le había dicho que podía quedarse con la máscara. Celebramos un cónclave familiar y decidimos que había que averiguar si la máscara era más valiosa de lo que pensábamos. En caso de que así fuera, debía ser preservada para el futuro de Craig.

—¿Craig es el hijo de Melissa?

Amy asintió con la cabeza.

—El caso es que Melissa y yo pensamos que ese tal Dirk Haley podría contarnos qué le había pasado a Ty. El gobierno no nos había ofrecido ninguna ayuda. No quisieron reconocer que trabajaba para ellos, y mucho menos explicarnos qué había sido de él.

—De modo que Melissa y tú decidisteis usar la máscara como arma para obtener información de

Haley —Jase sacudió la cabeza con fastidio—. Menudo par de idiotas.

—Eso fue lo que dijo Adam —masculló Amy, crispada.

—¿Quién es Adam? —preguntó él con aspereza.

—Adam Trembach es un hombre maravilloso, responsable y maduro que se ha enamorado de mi hermana —explicó Amy con un brillo en la sonrisa—. Siempre intenta protegerla. No estaba dispuesto a permitir que se fuera a los mares del Sur a averiguar qué le había pasado a su ex marido.

—No me extraña —dijo Jase de todo corazón—. Entonces, ¿decidisteis que vendrías tú?

—Alguien tenía que averiguar por qué era tan importante la máscara. Puede que valga una fortuna. Si es así, pertenece a Craig. En cualquier caso, algún día empezará a hacer preguntas sobre su padre, y Melissa necesita conocer las respuestas por el bien de su hijo.

—Así que aquí estás, en Saint Clair, buscando esas respuestas —Jase la miraba como si dudara de su inteligencia—. ¿Sabes algo sobre ese tal Haley, aparte de que dice ser amigo de Murdock?

—En realidad, no —contestó ella, inquieta—. Cuando Melissa respondió a su telegrama diciendo que estaba dispuesta a hablar de la máscara con él, Haley le envió otro mensaje diciendo que viniera aquí esta semana y que contactaría con ella.

—Seguramente eligió Saint Clair porque aquí no se siente vulnerable. No somos muy respetuosos con las formalidades burocráticas —dijo Jase—. Si quiere esa máscara por motivos dudosos, Saint Clair debe de parecerle un lugar ideal para contactar. Puede entrar y salir de la isla con toda facilidad. No como en Hawai.

Amy disimuló un escalofrío.

—Aquí él es menos vulnerable, pero yo lo soy mucho más —dijo secamente.

—Ya no —Jase se puso en pie—. Ahora la balanza está un poco más equilibrada.

—¿Porque tú estás de mi lado? —musitó ella.

—¿Qué pasa, Amy? ¿Temes que tener de tu lado a un expatriado empapado en ron y dueño de un tugurio de mala muerte no vaya a servirte de mucho? —preguntó suavemente.

—¡No me vengas con ésas! El que hables así no te hace parecer menos peligroso, ¿sabes? He visto cómo te trata la gente de por aquí, y he visto cómo te has librado de cuatro marineros borrachos. Sé perfectamente que aquí, en este mundo de hombres, no se gana uno esa clase de respeto por estar empapado en ron.

—¿Y en cuanto al tugurio de mala muerte? —insistió él con un destello de humor.

—Eso te lo concedo —repuso Amy con excesiva dulzura—. ¿Cuál es mi habitación, Jase? Creo que es hora de que me vaya a la cama.

—¿Sola?

—Desde luego —replicó, y se acercó a recoger su

maleta–. No te hagas ilusiones, no pienso pagar por tu ayuda calentándote la cama. Eres tú quien ha decidido meterse en este lío. Yo no te lo he pedido.

–¿Le has pedido ayuda a un hombre alguna vez, Amy Shannon? –preguntó él con suavidad.

–No –afirmó ella con orgullo–. Nunca.

Jase titubeó un momento como si quisiera decir algo más. Luego sonrió.

–La segunda habitación al llegar a lo alto de la escalera.

Amy agarró su bolso y se encaminó con premura al refugio que la aguardaba en lo alto de la escalera.

4

Una hora después, desistió en su empeño de conciliar el sueño y retiró la sábana. Sus pies tocaron con sigilo el suelo de tarima, y el camisón francés flotó alrededor de sus tobillos cuando se acercó a la puerta en forma de arco, que permanecía abierta.

La segunda habitación al llegar a lo alto de la escalera estaba limpia y decorada con bonitos muebles de bambú y mimbre, pero reinaba en ella cierta sensación de vacío. Era como si nadie la habitara desde hacía mucho tiempo.

Lo cual era perfectamente comprensible, pensó con ironía mientras contemplaba el mar. Sin duda alguna, las cazadoras de souvenirs de Jase dormían en la habitación principal, junto con el dueño de la casa.

Ahuyentó aquella molesta imagen y se agarró ligeramente al borde de la ventana. Allá abajo, el buque de la Armada seguía meciéndose suavemente, y unos cuantos hombres entraban y salían en la oscuridad. Estaban, sin embargo, muy lejos de ella. La casa de Jase se hallaba apartada del trasiego de los muelles, a diferencia de La Serpiente. ¿Necesitaba acaso Jase un lugar donde poder alejarse de las exigencias de su negocio, aunque fuera sólo a ratos? ¿Nunca se sentía solo? ¿Echaba de menos a aquella mujer que lo había abandonado?

No, probablemente estaba muy satisfecho viviendo la clásica fantasía masculina, se dijo Amy con firmeza. No debía dotar de un halo romántico a un hombre semejante, ni siquiera por un momento.

No obstante, confiaba en él. Era increíble, dado lo que sabía de su persona. ¿Qué demonios le pasaba? Allí estaba, en su casa, más o menos dispuesta a aceptar su ayuda. ¿Qué tenía Jase Lassiter que la volvía tan incauta? Aquello no era propio de ella.

Inquieta, franqueó la puerta abierta y salió a la terraza. La brisa que soplaba del océano se enredó en el sedoso camisón, y de pronto se halló recordando la impresión que le había producido la tela sobre el puño moreno de Jase. Una impresión sensual. Excitante. Aquella imagen, que no llegaba a disiparse, agitaba sensaciones peligrosas y turbadoras que no debía cultivar, y lo sabía.

La terraza rodeaba por entero la casa. Miró a un lado, buscando luz en alguna de las habitaciones que daban a ella. Todo permanecía a oscuras. ¿Estaba Jase en la cama? ¿O se había quedado abajo, contemplando su vaso de ron? Se sorprendió preguntándose cuál sería su habitación.

Se inclinó hacia delante y apoyó los codos sobre la barandilla. El pelo castaño le caía alrededor de los hombros.

—No debiste venir a Saint Clair, Amy. Estás en el lugar equivocado, en el momento equivocado.

Amy quedó paralizada al oír el suave deje de su voz en la oscuridad, tras ella. Luego, con la sensación de estar a punto de afrontar su destino, se giró lentamente y lo encontró de pie entre las sombras de la puerta que daba a la habitación contigua a la suya. Estaba muy cerca. ¡Cielo santo! No se había dado cuenta de que dormía en la habitación de al lado.

Se miraron a los ojos un momento en la penumbra. Amy sintió la tensión que espesaba el aire entre ellos y comprendió que se hallaba ante una situación mucho más peligrosa que la que había afrontado al regresar a su cuarto y encontrarlo revuelto. Ni siquiera podía moverse.

—El lugar equivocado, el momento equivocado —repitió Jase con voz ronca mientras se acercaba lentamente a ella. Llevaba aún puestos los pantalones caquis y la camisa arremangada, con el cuello abierto. La oscura caoba de su pelo parecía casi negra a la tenue luz de la terraza, pero sus ojos turquesa brillaban, llenos de viril determinación. Cada línea de su cuerpo evidenciaba una voluntad férrea.

—¿Lo es, Jase? —dijo Amy cuando se detuvo a un par de pasos de ella—. ¿De veras es el momento equivocado y el lugar equivocado?

Jase se colocó a su lado, se recostó en la barandilla y bebió un sorbo de ron. Luego dejó el vaso a su lado y asintió con la cabeza. No apartaba los ojos de su cara.

—Para ti, sí.

—¿Y para ti no? —musitó ella. Mientras aguardaba a que estallara aquella tensión insoportable, se sintió recorrida por un escalofrío. Sólo tenía que dar media vuelta, entrar en su cuarto y cerrar la puerta. ¿Por qué no podía moverse?

—Aquí, uno aprende a hacer las cosas bien, aunque sólo sea por una noche o dos. Sobre todo, cuando desea a una mujer tanto como yo te deseo a ti.

Amy no podía apartar los ojos de su mirada fija y brillante. Se sentía completamente atrapada, hipnotizada por fuerzas que ni siquiera quería intentar comprender.

—¿De veras...? —se detuvo y se lamió los labios con nerviosismo—. ¿De veras me deseas tanto? ¿O cualquier mujer te...?

No tuvo ocasión de acabar la frase. Presa de los nervios, ladeó bruscamente la mano derecha y tocó el borde del vaso de ron, que reposaba sobre la barandilla.

Jase extendió la mano y agarró el vaso cuando caía. Sólo se derramaron unas pocas gotas. Volvió a dejar el vaso sobre la barandilla y observó el semblante perplejo de Amy. En los bordes de su boca asomaba una extraña sonrisa.

—Sí, tanto te deseo, y no, no me serviría cualquier mujer. Esta noche, no. ¿En serio te pongo tan nerviosa? —miró un instante el vaso salvado.

—Mucho, sí —confesó ella con voz gutural.

—Entonces estamos empatados, porque tú también me sacas de quicio.

La boca de Jase se precipitó sobre la suya con un ansia indisimulada, casi con desesperación.

El impacto que le causó aquel anhelo superaba cualquier cosa que Amy hubiera experimentado antes o esperara sentir por un hombre. La noche anterior, cuando Jase la había besado, había percibido en su acercamiento un deliberado afán de seducción, un cierto deseo de provocarla, de saborearla, de ponerla a prueba. Entonces había intentado atraerla e incitarla para que se fuera a casa con él.

Ahora Amy estaba en su casa y la celada se había cerrado a su alrededor. Esa noche, Jase iba a tomar por asalto a la presa que había logrado atraer hasta ponerla al alcance de su mano. En el fondo de su ser, Amy sabía cuáles eran sus intenciones desde el instante en que había oído su voz tras ella en la terraza. Pero no había podido huir entonces, ni podía ya ponerse en guardia.

—¡Amy...! —Jase rompió el contacto una fracción de segundo para mascullar su nombre contra su boca. Luego la apretó contra la barandilla y se apoyó pesadamente contra ella mientras con la boca la obligaba a abrir los labios.

Amy dejó escapar un gemido de sorpresa cuando invadió su boca. Sus sentidos zozobraron. Notaba vagamente en los riñones el duro listón de la barandilla. El peso del cuerpo excitado de Jase la dejaba sin aliento y, al mismo tiempo, nutría su pasión.

Al introducir la lengua entre sus dientes en busca de la humedad que se escondía más allá, Jase deslizó el pie derecho entre sus piernas y la obligó a separarlas. Al mismo tiempo consiguió abrirle los labios con la boca. Empujada por la brisa nocturna, la seda color champán del camisón francés se agitaba levemente alrededor de sus pantalones.

–Jase, por favor… Jase… –jadeó Amy, acongojada–. No puedo… Esto no es… ¡Oh, Jase…!

Él tomó su cara entre las palmas ásperas y apremiantes de sus manos y la mantuvo quieta mientras vertía una abrasadora lluvia de besos sobre sus mejillas y su garganta.

–Calla, cariño. Es demasiado tarde. Seguramente era ya demasiado tarde cuando entraste en La Serpiente.

Amy se estremeció al sentir la verdad insoslayable que había tras sus palabras. Era todo demasiado abrumador, demasiado inmenso, demasiado imperioso para pensar siquiera en resistirse. Estaba siendo arrastrada por la vorágine de pasión que Jase había desencadenado, y no lograba orientarse el tiempo suficiente como para retornar al mundo real.

Las grandes y fuertes manos que sujetaban su cara se deslizaron hacia abajo, trazando la curva de sus hombros. Jase temblaba, sacudido por el torrente de deseo que manaba a través de su cuerpo. Amy sintió su inconfundible pasión, y una parte primigenia de su ser se estremeció.

—Rodéame con los brazos —dijo Jase roncamente, besando la delicada piel de debajo de su oído—. Abrázame, por el amor de Dios, Amy. Esta noche te necesito.

Amy exhaló un incrédulo suspiro de rendición y obedeció aquella orden. Sus dedos, que permanecían desplegados contra el pecho de Jase en un gesto de protesta sólo a medias sincero, se perdieron entre su denso cabello color caoba. ¿Cómo podía rechazar a aquel hombre? Jase surtía sobre ella un efecto apasionado y feroz, totalmente femenino, que resistía cualquier intento racional de explicación. En ese momento descubrió que ni siquiera podía pensar con claridad. Lo único que quería era obedecer la llamada intemporal y apasionada de sus sentidos. Ansiaba entregarse por completo a Jase Lassiter.

Él percibió con cada fibra de su ser la plenitud de la rendición de Amy y quiso gritar salvajemente, lleno de exaltación, pero sólo le salió un ronco gruñido.

—Amy, Amy, te deseo tanto... —deslizó las manos

hasta cubrir sus pechos, extasiado por el tacto sedoso de la tela bajo sus dedos. A través de ella notó la prominencia de sus pezones, y el placer embriagador que le inundaba se acrecentó hasta alcanzar un nivel más alto. Amy lo deseaba.

Tiró del corpiño del hermoso camisón y ella bajó los brazos para que pudiera bajarle los tirantes. Jase levantó la cabeza y miró su cara al tiempo que le bajaba el elegante camisón hasta la cintura. Amy tenía la cabeza echada hacia atrás y los ojos cerrados en una súplica soñadora. Estaba tan atrapada como él en la magia del momento.

Él la había puesto en aquel estado, se dijo Jase, regocijándose en aquella certeza. Amy no le había deseado antes, no había querido entregarse a él, pero él había logrado encontrar el núcleo primordial de su ser, y ahora sería suya.

La apretó contra su hombro mientras con dedos temblorosos acariciaba la suave y turgente curva de su pecho.

—Jase... Jase..., estoy sufriendo... —musitó ella en su garganta.

—Yo también —respondió él con voz ronca—. Dios, eres maravillosa. Quítame la camisa, cariño. Quiero sentirte contra mi pecho.

Los dedos trémulos de Amy resbalaron hasta los botones de su camisa caqui. Jase dejó escapar una risa profunda y ronca al notar los torpes movimientos de su mano. Comprendió que no se sostenía en pie, y su indefensión le volvió loco de deseo. Amy necesitaba apoyarse en él. Necesitaba que la abrazara.

—Tranquila, cariño —ronroneó mientras ella se embrollaba, irritada, con los botones de su ropa—. Yo me encargo. Yo me encargo de todo.

Se quitó la camisa, arrancando el último botón, y la tiró descuidadamente al suelo de la terraza. Luego atrajo a Amy hacia sí lentamente, deleitándose en cada gesto. Ella abrió los ojos cuando sus pezones erizados rozaron el vello crespo del pecho de Jase. Éste bajó la mirada hacia la insondable profundidad de sus ojos verdosos.

—Como el mar en una tormenta —masculló—. Uno podría ahogarse sin que le importara siquiera.

Después, el cuerpo suave de Amy chocó con la muralla de su pecho, y Jase creyó perder el poco control que le quedaba. La rendición de Amy, cada vez más profunda, resultaba mucho más embriagadora que el mejor ron. Le hacía elevarse a alturas que nunca había conocido; despertaba en él una violenta ansia de dominación y, al mismo tiempo, una ternura exquisita. El deseo de poseer a una mujer nunca había sido tan intenso, tan arrebatador.

—Tengo que hacerte mía, Amy —por alguna razón, necesitaba explicarle la intensidad de su pasión—. Esta noche, mi sangre arde por ti. Me volvería loco si no te poseyera.

Apenas oyó su respuesta.

—Sí, Jase. Lo sé. Lo sé...

Incapaz de esperar un instante más, Jase la tomó en brazos. El camisón de color champán se deslizó, flotando, a lo largo de sus brazos. Amy estaba desnuda de cintura para arriba, y entre las sombras parecía una Sabina cautiva.

—Que Dios me perdone, me siento como un conquistador —masculló Jase con voz densa mientras la llevaba a través de las puertas abiertas de su cuarto. La depositó con todo cuidado sobre la cama deshecha.

Amy lo miró por entre las pestañas; tenía los labios húmedos y entreabiertos, los pechos incitantes. Jase percibió el deseo en su rostro y sacudió la cabeza, lleno de incredulidad al comprender que estaba dispuesta a entregarse a él por completo.

Se sentó despacio al borde de la cama, sin apartar los ojos de ella.

—Voy a hacerte mía —logró decir con esfuerzo—. ¿Lo entiendes? Esta noche vas a pertenecerme.

—¿Por qué te empeñas en advertirme sobre tus intenciones? —preguntó Amy con suavidad, y deslizó los dedos sobre su pecho, cerrándolos con ansia sobre su vello corto y rizado—. Sé lo que te propones —su sonrisa era infinitamente seductora.

—Puede que intente darte ocasión de escapar —reconoció él ásperamente.

—No podría hacerlo —contestó ella con sencillez.

—Y, aunque lo intentaras, yo no podría dejarte ir —Jase suspiró y le acarició el pecho, deslizando la mano hasta la leve curva de su vientre. Luego se inclinó y, metiendo los dedos bajo el camisón, se lo deslizó por encima de las caderas y lo arrojó a los pies de la cama, donde quedó hecho un sedoso montoncillo.

Durante un rato, gozó de la contemplación de su cuerpo, embelesado por las señales evidentes de su excitación. Al mover lánguidamente las piernas Amy, alargó una mano e introdujo los dedos entre la espesura de vello de su pubis. La sangre le palpitaba con violencia cuando la tocó íntimamente. Pensó aturdido que, cuando llegara el momento de tomarla por entero, explotaría literalmente. Su capacidad de autocontrol nunca le había fallado hasta un extremo tan peligroso.

Se puso en pie casi con violencia junto a la cama y tiró del cierre de sus pantalones. Mientras se los quitaba con impaciencia, Jase levantó la vista y se encontró mirando con los ojos dilatados su cuerpo plenamente excitado.

—Eres muy bello —susurró, maravillada.

—No, tú sí que eres bella —se tumbó junto a ella y la apretó contra su sexo duro y expectante—. Suave, cálida, tan femenina... ¡Dios, Amy...!

Trazó la curva de su muslo redondeado y se deleitó en el tacto sedoso de su piel. Colocó con toda intención una rodilla entre sus piernas y abrió el núcleo de su pasión para acariciarlo. Allí, al sentir su húmedo ardor, creyó volverse loco.

—Cariño, sé que debería esperar un poco más,

darte un poco más de tiempo, pero creo que no puedo —gruñó al tiempo que escondía la cara entre sus pechos y con la mano saboreaba su sexo—. Te necesito desesperadamente esta primera vez.

—Jase..., nunca me había sentido así —dijo ella mientras le enlazaba el cuello con los brazos—. No esperes. ¡Te deseo tanto!

Incapaz de seguir refrenándose, consciente de que debía hacerla suya o se volvería loco, Jase la empujó de espaldas sobre la cama y se colocó sobre su cuerpo suave e incitante. Ella levantó los brazos, apremiándole a poseerla. Él sintió sus manos sobre la espalda y, cuando Amy separó las piernas y levantó las caderas, conoció el palpitante frenesí de saberse deseado.

Descendió sobre ella con una acometida apasionada, asiéndole los hombros mientras se hundía pesadamente en su sexo cálido, húmedo y ceñido. Amy dejó escapar un gemido cuando su cuerpo comenzó a absorber las implacables embestidas de Jase, y él se apoderó de su boca al tiempo que se zambullía profundamente en ella.

Luego se extravió en lo que hasta ese momento había creído una conquista. Con cada reacción de Amy, se sentía caer un poco más en una trampa exquisita. Algún lejano rincón de su mente sabía que buscaba atar a aquella mujer a él por completo. Pero, en aquel mismo rincón de su cerebro, una vocecilla le susurraba la imposibilidad de lograrlo.

Con todo, la necesidad de hacerla suya era mucho más primigenia y acuciante que cualquier pensamiento racional. Sabía que, aunque fuera en vano, tenía que intentar lo imposible. Tenía que intentar encadenarla a él.

Exquisitos y suaves sonidos emanaban del fondo de la garganta de Amy a medida que la espiral de tensión los conducía a ambos a planos cada vez más altos. Jase notó el aguijón de sus uñas en la espalda y gruñó ferozmente. Se hundía una y otra vez en ella, y había deslizado una mano bajo sus caderas para anclarla a su cuerpo. Se sentía febril, la pasión calentaba todo su cuerpo. Pronto estallaría, como había imaginado.

–Amy, Amy... –gimió roncamente mientras el más delicioso estremecimiento la recorría. Sintió el temblor espasmódico de sus entrañas y, al gritar ella su nombre, experimentó un júbilo feroz que superaba todo cuanto había conocido antes.

Se hundió en ella una última vez mientras el mundo parecía desplomarse a su alrededor en pequeños fragmentos temblorosos. Luego se aferró a Amy con todas sus fuerzas, y ambos cayeron a través de las puertas de la pasión.

Pasó largo rato antes de que Jase se sintiera con fuerzas para levantar la cabeza, y, al hacerlo, encontró a Amy tumbada tranquilamente bajo él, los ojos cerrados y una expresión de total placidez en el semblante. Se sonrió, lleno de ternura y satisfacción, y se apartó de mala gana, apretándola contra su costado.

¿Tan exhausta la había dejado? Era lo justo. Amy le había hecho lo mismo a él. Hacía tanto tiempo que no se sentía tan a gusto consigo mismo y con el mundo que ya ni recordaba cuándo había sido la última vez. Por la mañana, se dijo mientras se deslizaba hacia un profundo sopor, se burlaría un poco de ella por haberse quedado dormida bajo él. Y, tras tomarle un poco el pelo, volvería a hacerle el amor. Ahora que había reclamado sus derechos, podía relajarse y disfrutar de lo logrado.

Fue Amy quien se despertó primero. Al emerger de un sueño denso y sensual, descubrió que el amanecer del trópico se había colado en el cuarto. Permaneció quieta un rato, consciente de que el peso del brazo de Jase sobre sus pechos parecía reclamar su posesión. Se había acurrucado junto a él, y uno de los tobillos de Jase descansaba sobre el suyo como si quisiera encadenarla por si intentaba escabullirse en la oscuridad.

La oscuridad. Exhaló un largo suspiro al recordar el frenesí de la noche anterior. La realidad regresó con un feroz sobresalto.

—Dios mío —musitó, a pesar de que aquellas palabras resonaron en su cabeza como un alarido. ¿Qué había hecho? ¡Debía de estar loca!

Loca. Sí, se había vuelto literalmente loca en el ardor de la noche isleña. Lo bastante loca como para entregarse a un hombre al que apenas conocía, un desconocido al que, cuando se marchara de Saint Clair, no volvería a ver nunca más.

Un hombre al que el riesgo emocional que había asumido le traía sin cuidado..., lo mismo que el riesgo físico. Los hombres rara vez se preocupaban por los riesgos que implicaba el placer. Era la mujer quien debía defenderse de ellos.

Y ella ni siquiera había pensado en tomar precauciones. Cielo santo, ¿qué le había pasado? Siempre había sido extremadamente cautelosa, circunspecta y desconfiada. Su experiencia sexual, muy limitada, se remontaba a varios años atrás, poco después de su graduación en la universidad, e incluso cuando se había creído atrapada por la pasión había tenido suficiente presencia de ánimo como para tomar precauciones. Llevaba tanto tiempo sin compartir su vida con un hombre, que hacía una eternidad que no le preocupaba quedarse embarazada.

Después de veintiocho años de cautela, había perdido la cabeza. Y todo por un hombre del que apenas sabía nada, un hombre cuyo deseo la había despojado de la capacidad de pensar y de su acostumbrada cautela.

—Dios mío —jadeó de nuevo, estremecida. Se llevó instintivamente la mano al vientre. Quizá ya estuviera embarazada. ¿Qué demonios podía hacer?

Se apartó con cuidado del brazo y la pierna de Jase, que la sujetaban, y se deslizó poco a poco sobre las sábanas hasta el borde de la cama. Allí se sentó y miró con nerviosismo a su alrededor, buscando el camisón.

—¿Vas a alguna parte? —la voz indolente de Jase contenía toda la satisfacción del mundo. Al notar que le enlazaba la muñeca con una mano, Amy se levantó de un salto, asustada—. ¿Amy?

No podía mirarlo, pero notaba la expresión inquisitiva con que Jase la observaba mientras buscaba frenéticamente el camisón. Se sentía ridícula dando saltos por la habitación, desnuda.

—¿Se puede saber qué mosca te ha picado, Amy? Vuelve a la cama —ordenó Jase seductoramente—. Tú y yo tenemos cosas de que hablar.

—Luego —masculló al tiempo que agarraba el camisón arrugado y se lo pasaba rápidamente por la cabeza—. Hablaremos en el desayuno.

Dio media vuelta y huyó por la puerta abierta, cruzó la terraza como una exhalación y entró en su cuarto. Dios, qué estúpida se sentía. Era incapaz de pensar con claridad. Todo en su cerebro parecía arder entre el remordimiento y un pánico incipiente.

—Amy, cálmate y dime qué te pasa.

Amy apretó contra el pecho la camisa que acababa de sacar de la maleta y al girarse se encontró a Jase de pie, desnudo, junto a la cristalera de la terraza. La miraba con determinación y desconfianza, como si no supiera qué mosca le había picado pero estuviera decidido a averiguarlo.

—No me pasa nada, Jase —dijo, intentando dotar de calma a sus palabras—. Sólo quería... vestirme. Nos veremos abajo dentro de un rato.

Él comenzó a entrar en la habitación cautelosamente.

—Cariño —dijo en tono tranquilizador—, me miras como si fueras una liebre y yo un lobo —se detuvo cuando ella dio instintivamente un paso atrás—. Supongo que, después de lo de anoche, sabrás que sólo soy un hombre —añadió con suavidad.

—Sé que eres un hombre —gimió ella—. Ése es el problema.

—¿Te importaría explicarte? —añadió él con un toque de sarcasmo.

Amy respiró hondo y se obligó a calmarse.

—No importa. Sé que es culpa mía. Siempre es culpa de la mujer, ¿no? Mi única excusa es que anoche no podía pensar —lo miró con fijeza; sus ojos agrandados traslucían claramente su estupor—. Sinceramente, no sé qué me pasó. Nunca... nunca me había comportado así... —agarró con más fuerza la camisa que tenía entre las manos. Maldición, tenía que conservar la calma aunque fuera lo último que hiciera—. No me pasa nada —concluyó con firmeza.

Él enarcó una ceja.

—¿Ah, no?

—No, claro que no.

—Parece que te cuesta convencerte de ello.

—Bueno, a ti no te importa de todos modos, ¿no? —replicó, enfurecida.

Jase la miró meditativo un momento y luego se pasó distraídamente los dedos por el pelo revuelto.

—¿Vas a explicarme de qué va todo esto o vamos a seguir jugando a preguntas y respuestas toda la mañana? Te advierto que no tengo mucha paciencia con esa clase de juegos.

Ella se envaró.

—Ya te he dicho que no es problema tuyo.

—Eso es ridículo, dadas las circunstancias. Yo diría que lo es, y mucho —estiró el brazo y le asió la muñeca. Amy dio un respingo y dejó caer la camisa al suelo—. Bueno, por lo menos no es otro vaso lleno de vino o de ron —comentó él, mirando la camisa tirada al tiempo que se sentaba al borde de la cama y la hacía tomar asiento sobre su regazo—. Ahora, dime exactamente qué está pasando, Amy Shannon. En este momento no me apetece perseguirte por toda la casa pidiendo explicaciones. Preferiría estar haciendo otras cosas.

Ella se reclinó, tensa, sobre sus muslos desnudos. Temblaba y era consciente de cada palmo de su cuerpo. Era increíble, pensó, atónita. La aterrorizaban las consecuencias del frenesí de la noche anterior, pero Jase sólo tenía que rodearla con sus brazos para que empezara a pensar de nuevo en arriesgarse.

—Suéltame, Jase, por favor —dijo con forzada firmeza.

—No hasta que me digas por qué estás histérica. ¿Tan mal te he hecho el amor? ¿Te da miedo tener que someterte otra vez a mis torpes caricias? —acarició su mejilla con el borde del pulgar. Sus ojos turquesa brillaban, exasperados y divertidos.

—Sabes perfectamente que no hay nada de torpe en tu... en tu técnica amorosa —le dijo ella secamente—. La única torpe soy yo. Y, conociéndome, soy tan patosa que me habré quedado embarazada aunque sólo me haya acostado contigo una vez.

Jase la miró con fijeza y detuvo el pulgar con que había estado acariciándole la mejilla.

—¿Por eso esta mañana pareces un pollo con la cabeza cortada? ¿Tienes miedo de que te haya dejado embarazada?

—No es una descripción muy atractiva de mi comportamiento, pero sí, por eso estoy tan nerviosa —masculló entre dientes—. Pero ya te he dicho que no es problema tuyo. No sé qué me pasó anoche. Siempre he sido muy precavida. Hacía tanto tiempo que no estaba tan... tan cerca de un hombre que...

—Amy —dijo él, y su voz rica como el jerez sonó más inflexible y áspera de lo que Amy la había oído nunca—, no estás embarazada.

Ella intentó sonreír valientemente.

—No, seguramente no. Sé que estoy haciendo una montaña de un grano de arena. Pero es que no estaré segura hasta dentro de casi tres semanas, y no sabes lo horrorosa que es la espera para una mujer. Además, soy tan torpe a veces... —concluyó con acento pesaroso.

—Créeme —masculló él con énfasis—, no estás embarazada.

—Agradezco tu optimismo —replicó ella secamente, algo enfadada.

—¡Maldita sea, mujer, no se trata de optimismo! Si quieres saber la verdad, daría mi alma por dejarte embarazada.

Amy se quedó paralizada de asombro.

—Pero ¿qué estás diciendo?

—Que esta mañana no se me ocurre nada más maravilloso que la idea de que lleves en tu vientre un hijo mío.

—¡Cómo puedes decir algo tan cruel, tan machista, tan egoísta…! —exclamó, furiosa—. ¿Tienes la desfachatez de reconocerlo? ¿Serías capaz de mandarme de vuelta a San Francisco para que criara sola a tu hijo? ¿Sabiendo que no volverías a verme? Dios mío, Jase. ¿A cuántas turistas has mandado a casa con un recuerdo extra de Saint Clair? ¿Te enorgulleces de ello? ¿Haces muescas en el poste de la cama por cada pequeño bastardo que engendras?

La súbita y violenta crispación física de Jase fue su primer indicio de que se había pasado de la raya. Pero era demasiado tarde para recular. Cuando Jase le echó mano de la garganta con gesto amenazador, se quedó muy, muy quieta.

—¿De veras crees que soy esa clase de hombre? —preguntó en su susurro áspero y rasposo.

Amy cerró los ojos y se dejó caer sobre su pecho.

—No, no, claro que no. Lo siento, Jase. Esta mañana tengo los nervios desquiciados. Estoy segura de que eres muy responsable casi siempre. Los dos… los dos nos dejamos llevar anoche.

Él la zarandeó un poco.

—Cállate, Amy, y escúchame. Voy a decirte algo que no le he dicho a nadie desde hace diez años. Amy, sé con toda certeza que no estás embarazada porque un doctor me dijo hace más de una década que no podía tener hijos.

—¿Qué? —ella levantó bruscamente la cabeza, que tenía apoyada sobre su hombro, y miró fijamente sus ojos duros.

—¿Quieres los detalles clínicos? —masculló él—. Se llama oligoespermia. ¿Quieres saber cómo me enteré? Mi ex mujer y yo intentábamos tener hijos y no podíamos, así que nos hicimos análisis. Resultó que el culpable era yo. Por eso me dejó mi mujer, Amy. Quería tener hijos y yo no podía dárselos. No quería adoptar; quería que fueran suyos. Así que me dejó para casarse con otro.

—Oh, Jase —exclamó ella suavemente. De pronto deseaba aliviar la torva expresión de desdén dirigido contra sí mismo que se había apoderado de las tensas facciones—. Jase, no sabía que...

—Claro que no lo sabías —replicó él con aspereza—. No suelo ir por ahí gritándolo a los cuatro vientos. No es algo de lo que me sienta particularmente orgulloso.

Amy comenzó a relajarse en sus brazos. Todos sus instintos la impulsaban a consolarlo.

—¿No has tenido que tranquilizar a otras turistas angustiadas? —preguntó con suavidad.

—Con las demás no ha surgido el tema. Te dije una vez que tú eras distinta. Las otras siempre parecían venir preparadas para una pequeña aventura en la isla. ¿Quién era yo para decirles que conmigo sus precauciones eran innecesarias? —gruñó.

—Jase —murmuró Amy con repentina perspicacia—, ¿fue así como acabaste en Saint Clair? ¿Quedaste a la deriva cuando te dejó tu mujer?

La boca de Jase de tensó.

—Tendrás que reconocer que no soy ninguna bicoca para una mujer que quiera casarse y tener hijos. Sólo tenía veinticinco años cuando Sara me dejó. Creo que tenía la absurda idea de llenar mi vida de aventuras, ya que no podía llenarla ocupándome de una familia. Así que dejé mi trabajo y decidí ver mundo. Por fin recalé en Saint Clair y me di cuenta de que no quería seguir dando tumbos. Uno se cansa pronto de esa vida. Yo, por lo menos, me cansé. Encontré trabajo aquí y una cosa llevó a la otra. No tenía ninguna razón para regresar a Estados Unidos, así que me quedé. Ahora creo que no podría volver.

Amy giró la cabeza hacia su hombro desnudo.

—No voy a fingir que no me siento aliviada, Jase —dijo con una vocecilla—. No quiero arriesgarme a tener un hijo. He visto a muchas mujeres que han tenido que arreglárselas solas. Entre ellas, mi madre y mi hermana. Mi madre no pudo volver a casarse porque no encontró ningún hombre que quisiera cargar con sus dos hijas. Supongo que siempre me he sentido culpable por eso. Mi madre era una mujer muy inteligente y atractiva cuando estaba en la treintena, mientras nosotras crecíamos. Si mi hermana y yo no hubiéramos existido, estoy segura de que habría encontrado la felicidad con otro hombre después de que se marchara mi padre. Me prometí a mí misma siendo todavía muy niña que jamás me arriesgaría a acabar como ella, sola y cargando con toda la responsabilidad de criar a un hijo. Llegué a la conclusión de que los hombres creen a menudo que quieren tener hijos, pero que para ellos no es más que otra fantasía. Cuando llega la hora de la verdad, lo más probable es que huyan de las responsabilidades.

—Amy, eso no es justo... —comenzó a decir Jase ecuánimemente.

—Lo sé, lo sé. Toda regla tiene sus excepciones. Estoy segura de que hay en el mundo padres excelentes, pero yo no he conocido a ninguno. Fíjate en lo que Ty Murdock le hizo a mi hermana. Más de la mitad de las mujeres que trabajan en mis tiendas están divorciadas y crían solas a sus hijos. No me malinterpretes. Siento gran admiración por ellas y también por mi madre y mi hermana. Son mujeres muy valientes. Es imposible no admirar esa fortaleza interior. Pero no pienso acabar como ellas, Jase —concluyó.

—Entonces, hasta esta noche no te habías arriesgado nunca, ¿verdad? —preguntó él en tono neutral.

Amy soltó una risa temblorosa y cerró los ojos, apoyando la cabeza sobre su hombro.

—Con mi historial de torpezas, creo que he tenido bastante suerte la única vez que he sido patosa en la cama, ¿no crees?

Las manos de Jase se tensaron sobre ella, y Amy se preguntó qué estaba pensando.

—Supongo que sí, desde tu punto de vista. Pero no esperes que comparta tu alegría, cariño. Lo de antes lo decía en serio. Si creyera que había alguna posibilidad de que te hubieras quedado embarazada, estaría loco de contento. Pero todo esto no es más que una cuestión retórica, por desgracia.

—¡Nada de eso! —exclamó ella, enojada—. No lo es en absoluto para mí. ¡Eso lo cambia todo!

—¿Quieres decir que estás dispuesta a volver a mi cama? —preguntó él con suavidad.

Amy se sonrojó. El rubor le subió rápidamente por el cuello, hasta las mejillas.

—Tenemos que hablar de eso, Jase —comenzó, muy seria—. Ése es... es otro asunto completamente distinto. Anoche nos precipitamos. Bueno, tú te precipitaste —puntualizó quisquillosamente—. Apenas nos conocemos y no deberíamos habernos dejado llevar de esa manera. Todavía no entiendo qué me pasó —añadió, inquieta—, pero te aseguro que no vine a Saint Clair buscando una aventura.

—Estás pasando por alto un hecho decisivo, cariño —dijo él lentamente, y se puso en pie, dejando que Amy se deslizara de su regazo.

—¿Cuál? —preguntó ella con el ceño fruncido.

—Aquí, en Saint Clair, has encontrado al amante perfecto para ti: el único que no puede dejarte embarazada. Y quiero asegurarme de que le sacas todo el partido posible a la ocasión.

Giró sobre sus talones descalzos y salió del cuarto con largas y furiosas zancadas, dejando a Amy boquiabierta tras él, dividida entre el asombro y la indignación.

5

—¿No crees que va siendo hora de que vea esa famosa máscara? –preguntó Jase media hora después, mientras se tomaban el café de la mañana.

Amy, que estaba removiendo el café negro y humeante mezclado con leche de lata, levantó la vista. Había sido una suerte encontrar algo de leche. La cocina de Jase era un páramo desolado. Toda la comida que tenía era enlatada, y sospechosa de estar caducada, en su opinión. Algunas latas no había modo de identificarlas porque la humedad había despegado las etiquetas. No había prácticamente comida fresca, excepto un cartón de huevos y una hogaza de pan que mostraba evidentes signos de moho. Jase se había disculpado lacónicamente y le había explicado que solía comer en el café donde ella misma había almorzado la víspera. Amy, que había visto con sus propios ojos cómo se comía en el café, llegó a la conclusión de que no se alimentaba como era debido, pero tuvo la sensatez de callárselo. Jase estaba de un humor cambiante desde la escena en su dormitorio, esa mañana.

—No hay mucho que ver —dijo ella en respuesta a su pregunta—. Puedes echarle un vistazo, si quieres. No es más que una máscara de madera vieja y bastante estropeada. El tratante de arte que la tasó dijo que era un ejemplo bastante reciente y no muy bueno de ese tipo de arte.

—Pero ese tal Haley parece quererla a toda costa.

Amy asintió con la cabeza, con la taza bien apretada entre las manos.

—Si no fuera porque la maldita máscara es seguramente el único legado que Craig va a conocer de su padre, podríamos haberla tirado a la basura con toda tranquilidad.

—¿Tu hermana quería aferrarse a ella por razones sentimentales?

Amy esbozó una sonrisa irónica.

—No me preguntes por qué. Ty Murdock no era hombre por el que una deba ponerse sentimental. Pero había que pensar en Craig, y Melissa sabe que algún día tendrá que hablarle de su padre. Creo que piensa decirle que murió en un rincón remoto del globo y que, poco antes de morir, le envió la máscara. Dejará que crea que su padre pensaba regresar a casa. Quiere transmitirle una imagen novelesca de todo este asunto; que piense que su padre era una especie de aventurero romántico que amaba a su hijo y deseaba volver a casa en cuanto fuera posible. Creía que la máscara sería un recuerdo bonito de la fantasía que pensaba levantar.

—¿Y a ti no te parece bien?

Amy movió la cabeza de un lado a otro.

—No, no me parece bien. ¿Qué sentido tiene idealizar a un tipo como Ty Murdock? Adam Trembach será el verdadero padre de Craig. Aun así, soy realista y sé que algún día Craig se preguntará por Ty. Y Melissa tendrá que decirle algo.

—Ese tal Adam Trembach ¿te cae bien? —preguntó Jase con curiosidad.

—Mucho. Es una auténtica rareza entre los machos de la especie. Un chico que ha crecido hasta convertirse en un hombre en el pleno sentido de la palabra. Cosa que muchos no hacen.

—No tienes muy buena opinión de mi sexo, ¿eh?

—Ya te he dicho por qué no me fío de los hombres. Se dejan llevar por sus fantasías y, mientras viven sus ilusiones, pueden causar mucho dolor.

—¿Y qué me dices de tener hijos?

—¿Quieres pruebas de lo irresponsables que pueden ser los hombres con sus propios hijos? —preguntó ella, desafiante—. Pues echa un vistazo al número de niños asiáticoamericanos que fueron abandonados por sus padres cuando el ejército retiró a los militares destinados en el sur de Asia y los devolvió a Estados Unidos.

—Amy... —comenzó a decir Jase cuidadosamente—, no estoy diciendo que apruebe una conducta tan irresponsable, pero los hombres van dejando hijos en cada campo de batalla desde el principio de los tiempos. No está bien, pero así es la vida.

Ella exhaló un largo suspiro.

—Esta discusión es absurda. Ven, voy a enseñarte la máscara —se levantó con energía y se dirigió hacia las escaleras.

—Maldita sea, Amy... —Jase se giró cuando pasó junto a su silla, la agarró de la muñeca y la obligó a detenerse—, no justifico esa irresponsabilidad, sean cuales sean las circunstancias, pero no puedes juzgar a todos los hombres por lo que hagan unos pocos.

—¡Unos pocos! ¡Querrás decir la mayoría!

—Tienes razón, seguramente esta discusión es absurda —masculló—. ¿Por qué demonios voy a molestarme en defender a todo el sexo masculino? ¿Y en un asunto que ni me va ni me viene?

Amy sintió en su voz su frustración y su ira contenida y algo dentro de ella se ablandó.

—Sé que no debería meter a todos los hombres en el mismo saco, Jase. Pero parece que en los Estados Unidos la vida familiar se ha vuelto un poco precaria, por decirlo suavemente. Sé que hay algunas excepciones. Hombres como Adam Trembach.

—Pero, por la situación de tu madre y tu hermana, tienes una visión privilegiada del cambio de rol de la familia en la sociedad moderna, ¿no? Puede que no me haya perdido gran cosa manteniéndome alejado de la civilización durante la última década –comentó él con una sonrisa conciliadora.

Amy lo miró en silencio. Deseaba en parte decirle que malgastar la vida en una isla del Pacífico no era una alternativa viable a la civilización, pero ella también estaba cansada de discutir.

–Enseguida vuelvo con la máscara –corrió escaleras arriba.

A decir verdad, era bastante fea. Labrada en una madera anodina, tenía más o menos el tamaño de la palma de la mano de Jase. Había estado pintada antaño, pero la chillona capa de pintura se había descascarillado y caído hacía mucho tiempo. Su mueca, semejante a la sonrisa de un maníaco, parecía una caricatura del semblante humano. Probablemente representaba a algún demonio menor.

–No es precisamente una obra maestra, ¿no? –comentó Jase con sorna mientras examinaba la pieza con atención.

–No. No entiendo por qué la quiere Haley. Pero voy a averiguarlo.

–Bueno, creo que lo primero que hay que hacer es esconderla –Jase lanzó la vieja talla de madera al aire descuidadamente y volvió a agarrarla.

–¿Esconderla?

–No quiero que vayas por ahí llevándola en el bolso. Si Haley vuelve a buscarla, preferiría que no tuviera la satisfacción de encontrarla.

Aquello era razonable.

—¿Dónde la guardamos? —preguntó Amy con interés.

Él se quedó pensando un momento y luego enfiló el pasillo hacia el fondo de la casa.

—Creo que conozco el sitio ideal. El viejo capitán que construyó esta casa tenía una biblioteca con algunas características muy interesantes.

—¿Como cuáles? —preguntó Amy, que iba tras él.

—Como una estantería con falso fondo. Te la enseñaré —entró en una habitación poco amueblada que contenía una colección de libros sorprendentemente numerosa, cruzó la alfombra de henequén que cubría el suelo y tiró de una estantería que parecía maciza. Amy vio, asombrada, cómo dos baldas repletas de libros se abrían sobre bisagras y revelaban un estante vacío excavado en la pared.

—Ese capitán era muy listo —dijo—. Nadie adivinaría que ahí hay un hueco. Me preguntó para qué lo usaba.

—Una de las colecciones de erotismo victoriano más interesantes que he visto nunca —le dijo Jase secamente, dejando la máscara sobre el estante vacío de la pared. Luego cerró la librería.

—¡Libros pornográficos! Será una broma, Jase —por primera vez esa mañana, un regocijo auténtico inundó sus ojos verdosos.

—Esta isla está un poco apartada, Amy, por si no lo has notado —le recordó él educadamente—. A veces uno tiene que usar su imaginación. Pregúntale a Sam.

Ella pensó en Sam y en sus revistas pornográficas y sonrió.

—Ya entiendo. ¿Qué hiciste con los libros, Jase?

—Leerlos, naturalmente —contestó él con socarronería—. Y luego dárselos a Ray, que sacó sustanciosos beneficios vendiéndoselos a los marineros.

—Los hombres y sus fantasías —bufó ella.

—¿Insinúas que las mujeres no fantasean? —preguntó él con aire desafiante.

Amy levantó la barbilla y se encaminó majestuosamente hacia la puerta.

—No voy a dejarme arrastrar a una discusión semejante.

—Cobarde —dijo Jase suavemente a su espalda.

Ella no hizo caso.

—¿Qué vas a hacer hoy? —preguntó, cambiando de tema mientras volvían a la cocina. De pronto pensó que no sabía nada o casi nada de su vida cotidiana.

—Después de comer me pasaré por La Serpiente para hablar con Ray y asegurarme de que todo está en orden. Hay un poco de papeleo que resolver. Puedes venir conmigo.

—No, gracias —se apresuró a decir ella—. Tendré que pasar la noche en el bar, esperando a que aparezca Haley. Preferiría hacer otra cosa esta tarde.

—Amy, creo que no lo entiendes. No era una invitación. Me niego a que andes sola por ahí. No sabemos qué está tramando Haley, y no pienso correr ningún riesgo. Hoy te quedas conmigo. Intentaré resolver los asuntos de La Serpiente lo antes que pueda y luego nos iremos a nadar, o algo por el estilo —añadió con aire conciliador al tiempo que ella se giraba con expresión rebelde.

Amy refrenó su enojo. Para hacerle frente a aquel hombre, hacía falta empaque, pensó con cierta acritud.

—Eres tú quien no lo entiende, Jase —dijo con cuidado—. Agradezco tu interés por mi... problema, pero esto es asunto mío y soy yo quien debe afrontarlo. No quiero estar atada todo el día. Estoy segura de que no corro ningún peligro, pero de todos modos tendré cuidado. Había pensado ir de compras esta tarde mientras tú te ocupas de tus cosas.

—¡Ir de compras! ¿En Saint Clair? Vas a llevarte una desilusión. Neiman-Marcus todavía no ha abierto tienda aquí. No seas ridícula, Amy. Aparte de unas cuantas baratijas para turistas en la tienda que Harry tiene junto al muelle, aquí no hay donde comprar.

—Pero habrá alguna tienda de alimentación, ¿no? —replicó ella ásperamente sin mirarlo a los ojos.

Aquello sorprendió un poco a Jase.

—¿Una tienda de alimentación? Bueno, sí, supongo que sí. Pero ¿para qué demonios quieres una? —la miraba con estupor.

—Ya que lo preguntas, voy a comprar algo para la cena.

—¡Para la cena! ¿Es que vas a cocinar?

—Deberías tener cuidado con el sol, Jase. Creo que te está afectando al cerebro. Repites cada palabra que digo —le dijo ella en tono gélido.

—Amy —dijo él con exagerada paciencia—, ¿para qué quieres comprar comida? Podemos comer en el café. Ya te he dicho que como allí casi siempre.

—Es evidente, por el estado de esta cocina —bufó ella; se le había agotado por completo la paciencia—. ¿Cuándo fue la última vez que comiste una comida decente, Jase Lassiter? ¿Una comida equilibrada, bien hecha y cocinada en casa?

Él se quedó mirándola.

—¿Cocinada en casa?

—¡Sí, maldita sea! Cocinada en casa. Hecha desde cero. Y no precisamente con una freidora.

—Me dejas de piedra —Jase la miraba con expresión ilegible—. Seguramente diez o quince años.

—¡Eso es horrible, Jase! —estaba realmente perpleja y se le notaba.

Él se encogió de hombros.

—Odio cocinar.

—Pues yo no —declaró ella con energía—. Y estoy harta de la comida de ese café. Voy a comprar comida para la cena y se acabó.

Él esbozó de pronto una sonrisa irresistible.

—Pareces un ama de casa enrabietada.

—Más bien una turista enrabietada —replicó ella.

—¿Quién soy yo para llevarles la contraria a los pocos turistas que vienen a Saint Clair? –preguntó él retóricamente–. Está bien, si tanto significa para ti, dejaré que vayas a comprar esta tarde. No te pasará nada si te quedas en la calle mayor, enfrente del puerto, y no te aventuras más allá. La única tienda de alimentación que hay en Saint Clair está a una manzana y media del bar. Puedes hacer la compra mientras yo hablo con Ray. Pero no vas a ir más lejos.

–Jase, no tienes derecho a darme órdenes.

El alborozo que había iluminado sus rasgos por un momento se disipó, convirtiéndose en fría determinación.

–Nena, estás en mi isla y en mi casa y has pasado la noche en mi cama. Eso me da todos los derechos que necesito. Ahora, si vuelvo a oír una palabra más sobre este asunto, es probable que haga algo terriblemente machista, como azotar tu lindo trasero hasta que no puedas sentarte –dio un paso adelante con aire amenazador, los brazos en jarras y las cejas negras formando una línea recta–. ¿Me he explicado con claridad?

–¡Sí! –replicó Amy con altivez mientras se decía que no se estaba dejando avasallar por él. Sólo había decidido no rebajarse a sus métodos–. Y también salta a la vista que tus modales, si es que tienes alguno, han tocado fondo aquí, en el Pacífico sur –giró sobre los talones y salió de la habitación.

–No hace falta que me recuerdes que estoy muy lejos de la civilización –rezongó él mientras Amy desaparecía por el pasillo. No supo si lo oyó o no.

Dos horas después, la vio entrar a salvo por la puerta principal de la pequeña tienda de comestibles situada al final del muelle. Después, tras ver con cierta melancolía cómo se perdía de vista por un pasillo flanqueado por latas de comida, se dio la vuelta y echó a andar hacia La Serpiente.

—Derechos —masculló con cierta vehemencia mientras caminaba por el muelle con paso largo y enérgico. ¿No se daba cuenta Amy de que la noche anterior le había otorgado un buen puñado de derechos?

Se detuvo en mitad de la calle, delante de la vidriera de la oficina de Fred Cowper. Aunque a Amy no le gustara la idea, había que informar a Cowper de lo ocurrido, decidió adustamente. Por desgracia, de la puerta colgaba un letrero muy familiar: *Me he ido a pescar. Como siempre.* Jase suspiró y se preguntó si el representante del gobierno estaría de vuelta al día siguiente. Se pasaría otra vez por allí por la mañana. Tal vez Cowper supiera algo de Dirk Haley.

Retomó su camino y contempló el horizonte del mar con expresión implacable, pensando en Amy en su cama. Ninguna mujer se había entregado a él tan completamente, ninguna lo había sumido en semejante abismo. ¡Dios! ¡Qué experiencia! Desde el principio, todo en ella había excitado no sólo su deseo físico, sino también su instinto de protección, que llevaba largo tiempo dormido. Y, tras poseerla completamente, tenía ciertos derechos sobre ella, maldita fuera.

Si pudiera conseguir que Amy lo quisiera, si lograra darle un hijo... Aquél sería un buen modo de atar a una mujer como Amy.

Abandonó los muelles y se adentró entre las sombras de La Serpiente. Dejar embarazada a Amy era físicamente imposible, una simple quimera. ¿Y acaso no se pondría ella furiosa si le confesaba lo intensa que era para él aquella ensoñación? Estaba claro que no le agradaban las fantasías masculinas.

De todas formas, no había nada que temer, se dijo. Lo había intentando durante dos años, y no había podido darle a Sara el hijo que ambos deseaban. Al final, su ex mujer había llegado casi a odiarlo, a aborrecer el acto de rendición física que ambos sabían inútil. El divorcio había sido un alivio para los dos.

Crispó la boca con expresión amarga.

—No sé por qué —dijo Ray suavemente desde detrás de la barra—, pero creía que esta mañana estarías de mejor humor.

—¿De veras? —repuso Jase con voz severa mientras se deslizaba en un taburete—. Eso demuestra, supongo, que los empleados no deberían intentar leerles el pensamiento a sus jefes. Veamos las facturas de anoche.

—¡Vaya! ¿Significa eso que ya no se puede hablar del tema de la turista?

Jase le lanzó una mirada feroz.

—El tema está zanjado. A partir de ahora figura bajo el encabezamiento de «asuntos personales».

Ray sonrió abiertamente.

—Llámalo como quieras. Toda la isla sabe ya que anoche te la llevaste a casa...

Jase masculló un exabrupto violento, breve y cargado de resignación. Saint Clair era un sitio muy pequeño y él era tan conocido que no podía guardar en secreto ni la actividad personal más nimia. Ello no le preocupaba especialmente, en lo que a él concernía. Le importaba un comino que la gente supiera que había hecho suya a Amy. En realidad, bajo el leve fastidio que le causaban las habladurías, sentía cierta satisfacción porque todo el mundo supiera que Amy era intocable. Sospechaba, sin embargo, que a ella no le haría ninguna gracia enterarse de que su relación era de dominio público.

—¿Dónde has dejado a la señorita Shannon esta mañana? ¿Atada a la cama? —continuó Ray con desenfado mientras secaba los vasos. A esas horas el bar estaba prácticamente vacío. Sólo había un bebedor solitario sentado al otro lado del local, acunando una cerveza.

—Otro comentario como ése y te estrangulo con el grifo del agua de Seltz —gruñó Jase, y luego deseó que hubiera algún modo de atar a Amy a su cama—. Está en la tienda de Maggie.

—¡En la tienda de Maggie! ¿Y qué hace allí?

—Comprar comida —contestó Jase con cierta petulancia.

—¿Y se puede saber para qué la quiere? —preguntó Ray, extrañado.

—Va a hacerme la cena esta noche. ¿Para qué va a ser? —aquel rastro de petulancia se convirtió en delectación mientras contemplaba aquella idea.

Ray dejó escapar un silbido de asombro.

—Qué suerte tienes, capullo. ¿Qué rayos has hecho para merecértelo? —se inclinó hacia delante con los codos apoyados en la barra y una mirada intensa—. Oye, jefe, si devuelvo los cinco pavos que tomé prestados de la caja la semana pasada, ¿crees que podrás conseguir que Amy me haga un hueco en la mesa esta noche? Hace tanto tiempo que no como más que las patatas grasientas y las hamburguesas de Hank que he olvidado cómo sabe una comida casera.

—Si estuvieras en mi lugar, Ray, ¿serías tan generoso?

—No —reconoció el barman al instante—. Me guardaría a Amy y la comida casera para mí solo.

—Me alegra que lo comprendas —murmuró Ray suavemente—. ¿Sabes qué te digo? Cuando vuelva a presentarse una turista por aquí, te cederé el paso.

—¡Ja! Para lo que me iba a servir de todos modos... Sabes perfectamente que La Serpiente no atrae a la especie domesticada. Siempre nos tocan las que buscan una variante de Humphrey Bogart en *Casablanca*. Ésas que van en busca de emociones y aventuras. Y a ésas no les interesa irse a casa con un hombre y ponerse a hacer la cena —se quejó Ray.

Jase se levantó y recogió la caja de facturas que el barman le acababa de dar.

—Si lo que quieres es una mujer de su casa, Ray, ya sabes que por aquí no podrás encontrarla. Vuelve a Kansas City.

—Estoy desesperado, pero no tanto. Aquí la luz es mejor para pintar.

Jase esbozó una sonrisa sesgada y comenzó a alejarse. Luego vaciló.

—¿Anoche vino alguien que te llamara la atención, después de que me fuera?

—¿Te refieres a alguien que pudiera estar esperando a Amy? No. Tuvimos el surtido habitual de marineros y estibadores. Todos se emborracharon, gastaron dinero a manos llenas y volvieron a sus barcos.

—Está bien. Estoy en mi oficina, si alguien pregunta por mí.

Se sentó a la larga mesa que había en el reservado del fondo del local, el cual le servía de oficina. Desde allí, mirando por encima de la barandilla, veía casi todo el puerto. Cuando Amy emprendiera el camino a casa con su bolsa de comestibles, la divisaría enseguida. Aquella certeza hizo aflorar una sonrisa a sus labios, y se zambulló en el montón de facturas con más ímpetu que de costumbre.

Mientras estudiaba las cuentas del bar, Amy estudiaba el surtido de extrañas verduras que había en el pequeño arcón frigorífico, al fondo del pintoresco supermercado de Saint Clair. Parecían frescas, pero la mayoría le resultaba completamente desconocidas. Frunció el ceño mientras observaba las verduras y no oyó acercarse a la propietaria hasta que ésta, una mujer oronda y ataviada con un vaporoso vestido de flores, se dirigió a ella.

—¿Necesitas ayuda, cielo? —preguntó alegremente la tendera, ya entrada en años. Hablaba con una mezcla curiosamente agradable de acento tejano y deje isleño.

Amy sonrió, agradecida.

—Estoy buscando algo para hacer una ensalada, pero no conozco la mayoría de estas verduras.

La mujer, que Amy supuso era la Maggie de la que le había hablado Jase al dejarla frente a la puerta, esbozó una amplia sonrisa. Amy calculó que tendría poco más de sesenta años. Su pelo lustroso y negro, recogido hacia atrás en un moño prieto, se veía liberalmente salpicado de gris. Tenía una piel dorada e impecable y unos ojos oscuros, grandes e inteligentes que reflejaban un ilimitado sentido de humor. Amy comprendió que en su juventud tenía que haber sido una belleza. Seguía siendo una mujer guapa.

—Una ensalada, ¿eh? Pues necesitarás esto —metió la mano en el arcón y sacó una verdura que se asemejaba a una lechuga—. Y algunos rábanos de éstos. Son de aquí, muy buenos. Mi marido siempre decía que eran los mejores rábanos del mundo.

—¿Eso son rábanos? —preguntó Amy, poco convencida, mirando aquellos objetos blancos y abultados.

—Sí. Veamos. ¿Qué tal unos pimientos? —puso algo que se parecía vagamente a un pimiento verde en la cesta de Amy–. No te preocupes, todas estas cosas son de aquí, las cultivan amigos míos que tienen huerto en el patio. Cuando sacan más de lo que pueden comerse, lo venden. Es todo de primera calidad –le aseguró alegremente–. Bueno, ¿qué más necesitas?

–Pues... quizás un poco de pescado fresco –sugirió Amy en tono vacilante, agradecida por la ayuda.

–De eso siempre tenemos. Ven al mostrador y elige lo que quieras. Esta mañana otro amigo me ha traído un pescado estupendo.

–¡Todavía tienen la cabeza! –exclamó Amy, desanimada, al ver la hilera de pescado que reposaba sobre el hielo medio derretido del mostrador.

–Pues claro. Así es como se sabe si el pescado está fresco. ¿Ves esos ojos tan relucientes? Es pescado fresquísimo, y muy rico. Elige lo que quieras. ¿Cuántos vais a ser?

–Pues... dos –dijo Amy con cautela.

–¡Lo sabía! –exclamó Maggie con la mayor satisfacción–. Eres la chica de Jase, ¿no? La que se llevó a casa anoche. ¿De veras vas a prepararle la cena?

Amy la miró con estupor.

–No soy su chica. Ignoro de dónde ha sacado esa idea. Y, en cuanto a prepararle la cena, empiezo a pensármelo.

–Eh, no la tomes conmigo, Amy –dijo Maggie en tono apaciguador–. Te llamas así, ¿no? ¿Amy? Eso me parecía. Te oí llamar así esta mañana temprano. Mira,

¿por qué no dejas las verduras en el arcón un rato y te tomas una cerveza conmigo? Me vendría bien un descanso, y tú también pareces un poco cansada —le quitó la cesta de las manos y la puso en el arcón. Luego abrió una taquilla cercana y sacó con expresión triunfante un paquete de seis cervezas.

—La verdad —dijo Amy, mirando las cervezas con creciente interés— es que parece buena idea. Está apretando el calor, ¿verdad?

—En Saint Clair siempre hace calor —dijo Maggie, y, abriendo dos latas, le alargó una a su invitada. Luego bebió un largo trago y suspiró, satisfecha—. Le he cambiado al cocinero de un barco un montón de pescado fresco por un par de cajas de cerveza. Quería el pescado para el rancho de los oficiales.

—¿El cocinero del barco de la Armada que hay en el puerto? —preguntó Amy mientras se bebía la cerveza con cierto titubeo.

—Sí. Tengo una línea de abastecimiento regular con los cocineros de varios barcos que atracan en Saint Clair. Eso me lo enseñó mi marido, ¿sabes?

—No, no lo sabía. Es fascinante. ¿Su marido era militar?

—Sí. Estuvo destinado aquí cerca de un año durante la Segunda Guerra Mundial. Después de la guerra volvió para quedarse y montamos la tienda. Murió hace dos años. Le echo muchísimo de menos —prosiguió Maggie sacudiendo la cabeza.

—¿Se conocieron cuando estaba destinado aquí?

—Amy bebió otro trago de cerveza. Sabía a gloria con aquel calor.

—Fue un flechazo. Mis padres decían que no volvería después de la guerra. Que volvería a Texas y se casaría con una chica de su ambiente. Pero yo sabía que merecía la pena correr el riesgo. Lo quería.

—Yo… comprendo que sus padres estuvieran un poco preocupados —dijo Amy pensativa—. Quiero decir que se arriesgó mucho al enamorarse de un hombre al que quizá no volviera a ver.

—Eso a las mujeres se nos da muy bien —dijo Maggie con sencillez.

—¿Arriesgarnos?

—Claro. A veces tenemos suerte y a veces no. Pero, cuando acertamos, toda la raza humana sale beneficiada.

—¿Sí?

—Tal y como yo lo veo, un hogar con mucho amor y una buena dosis de sentido del humor es la fuerza más civilizada que obra en el mundo. Si fuera por los hombres, no habría hogares. De eso no saben casi nada. Hace falta una mujer para enseñárselo.

—¿Y qué se hace cuando una se encuentra con un… eh… con un hombre al que no hay forma de educar? —preguntó Amy secamente.

—A veces se gana y a veces se pierde —Maggie bebió un poco más de cerveza y echó mano de otra. Le lanzó a Amy una mirada sagaz por encima del borde.

—¿Y si una se arriesga y se equivoca? ¿Y si acaba

con un par de críos y sin un hombre que haga de padre como es debido?

—La mayoría de las mujeres saben apañárselas. Como te decía, somos nosotras las que asumimos riesgos. ¿Crees que algún hombre sobre la faz de la tierra se arriesgaría a quedarse embarazado si Dios hiciera tal cosa posible? ¡Por supuesto que no!

Amy pensó que aquélla era una idea muy perspicaz.

—Puede que tenga razón. Nunca se me había ocurrido —bebió otro trago de cerveza.

—Cuando mi marido, Steve, volvió después de la guerra, tenía un hijo de dos años esperándolo —rió Maggie.

—Ah.

—Durante esos dos años tuve algunas dudas, pero nunca me arrepentí. Pensaba que, lo mirara por donde lo mirara, el riesgo había merecido la pena. Me había enamorado. Y, al principio, eso es de lo único de lo que hay que estar segura.

—¿De que se está enamorada?

—Sí. Bueno, ¿cómo piensas hacer el pescado?

—De cualquier modo, menos frito —Amy hizo una mueca al recordar que en el café todo parecía servirse frito—. La mayoría de los pescados salen bien estofados —añadió—. ¿Usted qué cree?

—Creo que a Jase le sabrá de maravilla lo hagas como lo hagas. Un poco de comida casera y un poco de amor es lo que necesita ese hombre desde el día que llegó a Saint Clair. Y me parece que tú eres la mujer indicada para darle ambas cosas.

Amy sintió que el rubor inundaba sus mejillas.

—No quisiera que se hiciera una idea equivocada de mi relación con Jase —logró decir, muy seria.

Maggie se levantó con esfuerzo. Sus ojos rebosaban comprensión y buen humor.

—Cielo, yo reconozco un alma gemela en cuanto la veo. Ahora, ven aquí, que voy a darte unas finas hierbas cultivadas aquí con las que parecerá que el pescado está vivo.

—No es una imagen muy agradable —masculló Amy recordando los ojos brillantes del pescado que iba a comprar.

Veinte minutos después salió de la tienda de Maggie con el pescado cuidadosamente envuelto en papel y una bolsa repleta de verduras frescas y hierbas aromáticas. La bolsa estaba tan llena que tenía que agarrarla con los dos brazos. La extraña lechuga, las hojitas de los rábanos y la cabeza del pescado envuelta en papel asomaban por arriba, delante de su cara. Apenas veía por dónde iba.

Por esa misma razón no vio con claridad a un individuo alto, desgarbado y rubio que pasó a su lado por entre el ajetreo del muelle. Al cruzarse con ella, hizo sin vacilar un rápido ademán con la mano y dejó caer un papel arrugado en la bolsa rebosante.

—¡Eh, que no soy una papelera andante! —exclamó Amy, malhumorada. Él ni siquiera se giró para disculparse–. Patán –masculló, irritada, y prosiguió su camino hacia La Serpiente. Los modales de algunos habitantes de aquella isla remota dejaban mucho que desear. Luego recordó lo difícil que era cruzar una calle en San Francisco delante de un taxi y llegó a la conclusión de que la grosería estaba universalmente extendida.

Un momento después subía con precaución los escalones de La Serpiente. Los lentos ventiladores del techo parecían refrescar un poco el ambiente, y ello le causó cierto alivio. Apenas había llegado a la entrada cuando alguien le quitó la bolsa de los brazos.

–Gracias –le dijo a Ray, que sonreía–. Creo que el pescado que me ha vendido Maggie pesa por lo menos cinco kilos.

Ray miró la bolsa.

–Se me está haciendo la boca agua. Dime cómo vas a cocinarlo. Quiero torturarme. Y luego dime también qué vas a hacer de guarnición. Así tendré algo con lo que fantasear esta tarde.

Amy frunció el ceño y luego rompió en una risa ligera.

–Me rindo. ¡Toda la isla parece conocer mis planes para la cena!

–Envidia, pura y simple envidia –le dijo Ray, dejando la bolsa sobre la barra.

–Oye, hay pescado más que de sobra para tres –comenzó a decir Amy con desenfado, dispuesta a extenderle una invitación.

—No, no lo hay —dijo rotundamente Jase, que acababa de salir del reservado donde había estado trabajando—. Sólo hay para dos, y aunque hubiera para tres Ray tiene que trabajar esta noche.

—Ah, ya veo —Amy le lanzó al pobre Ray una mirada de disculpa. Luego vio el cuadro nuevo que colgaba detrás de la barra—. ¿Es nuevo, Ray? Es precioso —dijo con entusiasmo—. Una fantasía tropical, ¿um?

—Lo parece —contestó Ray, complacido por su interés—, pero existe de verdad. Es una zona de grutas que hay al otro lado de la isla. Seguro que Jase te la enseñará encantado un día de éstos —añadió maliciosamente.

—Sí —gruñó Jase—. Un día de éstos —luego frunció el ceño y se inclinó hacia Amy—. ¡Has estado bebiendo!

Amy dio un respingo.

—No sabía que iba contra la ley.

—¿Quién demonios te ha invitado a una cerveza? —masculló él mientras Ray volvía tras la barra con una sonrisa de conmiseración dedicada a Amy.

—No dispares, lo confieso todo —replicó ella sardónicamente—. Tu amiga Maggie me hizo tragar una lata de cerveza mientras hablábamos de la cobardía general de tu sexo. Una lata pequeñita. ¿Ves? Puedo andar perfectamente derecha —caminó teatralmente por el suelo de tarima y dio media vuelta delante de él—. Y, para que lo sepa, señor Lassiter, no tengo por qué darle explicaciones.

Jase se mordió la lengua para no contestar mientras estudiaba su expresión desafiante.

—¿A qué hora estará lista la cena? —preguntó amablemente.

Amy se apaciguó, satisfecha por haber dejado clara su postura. Se acercó a la barra y recogió la bolsa de comestibles.

—Tu presencia se requerirá a eso de las cinco —le dijo con altanería.

Jase puso cara de pasmo.

—¿Mi presencia? ¿Vamos a cenar a las cinco?

—No, a las cinco es cuando tienes que decapitar al pescado. Fresco o no, no soporto la idea de cocinar al pobre bicho con cabeza y todo. Esos ojillos como cuentas de cristal están cargados de reproches... —salió por la puerta con paso enérgico.

—Amy, espera, ¿adónde vas?

—¡A guardar la comida!

—Estaré en casa dentro de unos minutos —se apresuró a decir Jase—. Luego podemos ir a nadar o algo así.

Amy no respondió. Había echado a andar rápidamente por la calle que llevaba a casa de Jase. Él se quedó allí parado, con una mano apoyada en el bambú que enmarcaba la entrada a La Serpiente y estuvo mirándola hasta que torció por la calle de su casa. Era esbelta y flexible, pensó al recordarla bajo él la noche anterior. Voluntariosa e inteligente. Profundamente femenina. Y lo necesitaba.

¿O era él quien la necesitaba a ella?

Que Dios se apiadara de él si así era. La lista de cosas que necesitaba y no podía conseguir estaba ya repleta. Sabía de hombres que se habían vuelto locos cuando sus listas se volvieron demasiado largas.

—Te está dando fuerte, jefe —murmuró Ray detrás de él, no sin simpatía.

—Lo sé.

—Eso es buscarse problemas.

—Ya lo sé, maldita sea —masculló Jase entre dientes—. Ocúpate de todo, Ray. Me voy a casa —comenzó a bajar los escalones sin mirar atrás.

Ray sacudió la cabeza, resignado de mala gana a los caprichos del destino. Para un hombre como Jase Lassiter, una mujer como Amy podía resultar más desastrosa que el ron. ¿Por qué no podía ser otra coleccionista de souvenirs? A ese tipo de mujeres, Jase sabía cómo tratarlas. Tal vez la cena casera de esa noche le costara mucho más de lo que podía permitirse.

En la cocina de Jase, Amy comenzó a vaciar la bolsa de comestibles, ansiosa por meterlo todo en la nevera lo antes posible. La humedad y el calor estropeaban rápidamente la comida. Estaba sacando el pescado envuelto cuando el trozo de papel arrugado que aquel sujeto le había metido en la bolsa al pasar salió despedido.

Se disponía a tirarlo a la basura cuando reparó en que llevaba algo escrito. Desdobló cuidadosamente la nota con una mezcla de desaliento, ansiedad y excitación. Era corta, escueta, y no cabía duda de que iba dirigida a ella.

Nº 53, extremo norte del muelle. Traiga la máscara. Venga sola o no hay trato. Mañana, al amanecer.

D.H.

Le temblaban tanto las manos que casi se le escurrió la nota entre los dedos. La agarró con fuerza y procuró pensar. Aquél era el contacto. Era lo que había estado esperando. ¿Y ahora qué?

Su mente se negaba a aclararse. El único pensamiento que sobresalía entre la neblina era la idea de que le convenía ocultar la nota. Si Jase la veía, empezaría a tomar decisiones sobre lo que debía hacerse a continuación. Lo conocía lo suficiente como para saber que tomaría el control de la situación.

Y eso podía arruinarlo todo.

Recorrió apresuradamente el pasillo hacia su dormitorio y metió la nota en una esquina de su maleta, debajo de las braguitas de un bikini italiano de diseño. Ya estaba, pensó mientras se sacudía las manos simbólicamente. Ahora tendría tiempo para pensar antes de decidir qué hacer a continuación. Oyó a Jase en la puerta al cerrar la maleta.

—¿Amy?

—¡Estoy en el dormitorio! Enseguida salgo, Jase.

Maldición, pensó malhumorada cuando tropezó con el borde de la alfombra de henequén y estuvo a punto de caerse. Tendría que andarse con mucho ojo. De pronto tenía los nervios a flor de piel. El espectro de su torpeza, inducida por la ansiedad, revoloteaba muy cerca. Respiró hondo varias veces mientras atravesaba el pasillo. Creyó haberse repuesto al doblar la esquina y entrar en la cocina.

Pero la mirada que sorprendió en los ojos de Jase al franquear la puerta bastó para frenarla en seco. Sólo duró unos segundos, pero el doloroso anhelo de aquellos ojos color turquesa le atravesó el alma.

La convicción de que la debilidad de Jase la perturbaba mucho más que la nota garabateada de su maleta la golpeó como una marea. ¿Qué le estaba pasando allí, en el fin del mundo?

—Jase —dijo con firmeza un par de horas después, mientras veía cómo saboreaba él un bocado del suculento pescado guisado—, todo el mundo en la isla parece saber dónde dormí anoche.

—En Saint Clair tenemos secretos sobre nuestro pasado, pero no sobre nuestro presente. El pescado está delicioso, Amy. ¿Le has puesto vino?

—¿Intentas decirme que has estado alardeando de lo que ocurrió anoche? —preguntó, enojada.

—¿Tú qué crees? —Jase comenzó a servirse ensalada... por tercera vez.

—Me... me gustaría pensar que no eres tan infantil —dijo, airada. Estaba un poco irascible desde que había recibido la nota, y lo sabía. Sin embargo, creía tener motivos fundados. Las cosas empezaban a escapársele de las manos.

—Todos los hombres son niños en el fondo —Jase

sonrió con facilidad, pero su expresión burlona se desvaneció en una décima de segundo cuando vio palidecer a Amy–. No me mires así, cariño. Sólo era una broma. No he hablado de lo de anoche con nadie, faltaría más. Por el amor de Dios, cálmate. Ya te lo he dicho, Saint Clair es un sitio muy pequeño.

Amy no se dejó aplacar.

–Jase, esto es muy violento para mí. Te agradezco que anoche sólo intentaras ayudarme...

–Eres lo bastante mayorcita como para saber que mis razones no eran altruistas –contestó él con franqueza, y sus ojos se entornaron mientras la observaba–. ¿Qué ocurre, Amy? Estás cada vez más alterada. Dentro de unos minutos estaré otra vez rescatando copas de vino.

–Eso no tiene gracia.

–Lo sé, perdona. Dime qué pasa, cariño. ¿Te preocupa contactar con Haley? ¿Te asusta que no aparezca y hayas hecho el viaje en vano?

Amy tragó saliva y tomó su copa de vino mientras pensaba en la nota arrugada de su maleta.

–Supongo que en parte sí –masculló.

Jase asintió con la cabeza, como si eso explicara su mal humor.

–¿Cuánto tiempo vas a esperar a que aparezca? –preguntó con exagerada despreocupación.

–No estoy segura.

Maldición, ¿por qué se sentía culpable por mentirle? A fin de cuentas, el encuentro con Dirk Haley era sólo de su incumbencia. Era lo que la había llevado a Saint Clair. Su relación con Jase era un asunto totalmente secundario. ¿Verdad? No le debía nada, ni siquiera explicaciones.

—¿Una semana? ¿Dos?

—Ya te he dicho que no lo sé. ¿Por qué, Jase? ¿Es que te importa?

Él la miró con fijeza.

—Por desgracia, sí.

—¿Qué quieres decir con eso? ¿Tienes prevista la llegada de alguna otra turista en los próximos días? ¿Voy a ser para ti un estorbo? —preguntó con acritud.

—Estás enfadada por lo que pasó anoche, ¿no? —replicó él con cierta perplejidad.

—¡Sí! —eso, al menos, era cierto. Cada vez que pensaba en la noche anterior, se enfurecía—. No vine a Saint Clair a tener una aventura.

Jase se quedó mirando la comida de su plato.

—Soy consciente de ello. Y tampoco viniste a prepararme una cena casera, ¿no es cierto?

—No —suspiró ella.

Él levantó la mirada y esbozó una sonrisa dubitativa.

—Amy, ya ni me acuerdo de cuándo fue la última vez que comí una comida tan rica. Si prometo no acercarme a ti esta noche, ¿dejarás de ponerme mala cara y me permitirás disfrutar de la cena en paz?

Amy se quedó boquiabierta. Luego, como surgida de la nada, una risa borboteó en su garganta, iluminando sus ojos verdosos y curvando su boca expresiva.

—A la hora de la verdad, los hombres siempre preferís la comida al sexo. Tengo la sensación de que debería sentirme ofendida.

—Ha sido una dura elección —dijo Jase, devolviéndole la sonrisa.

—Vaya, gracias.

El ambiente de la velada se había relajado. Y, a pesar del lío en que se hallaba metida, a Amy le alegró que aquella espiral se hubiera detenido temporalmente. Quería que Jase disfrutara de la cena. Le producía una extraña satisfacción verlo saborear la cena hecha en casa. Cuando acabaron de comer, él le dio las gracias como si acabara de regalarle un tesoro de incalculable valor.

—Considéralo un recuerdo de Estados Unidos —dijo ella con sorna mientras fregaban los platos antes de volver a La Serpiente.

Él esbozó una sonrisa irónica.

—Sí, eso haré.

Amy frunció el ceño un momento mientras aclaraba el último plato.

—No hace falta que goces de la experiencia una vez cada diez años —le dijo enérgicamente—. Si volvieras a Estados Unidos, podrías comer así con regularidad.

Él vaciló y luego dijo tranquilamente:

—Decidí hace mucho tiempo que no tenía nada

por lo que volver. Venga, cariño, vámonos. Ray se estará preguntando dónde nos hemos metido.

—Voy a llevarle un pedazo de tarta de crema de coco.

—Se convertirá en tu eterno esclavo —se quejó Jase.

—Puede que sea útil —replicó ella alegremente, intentando no pensar en la tajante afirmación de Jase acerca de su regreso a Estados Unidos. ¿Qué le importaba a ella?

—No necesitas otro esclavo —le dijo Jase alegremente, y tomó su cara entre las manos—. Me tienes a mí.

—Tú no eres nada servil —musitó ella, muy quieta. La atracción física que parecía reinar siempre entre ellos tiraba de ella cada vez con más fuerza, y sabía que debía oponer resistencia.

—Lo estoy intentando —dijo él con voz ronca, inclinando lentamente la cabeza para rozar su boca con los labios.

—Dijiste... dijiste que no te acercarías a mí esta noche —Amy bajó los párpados y miró el intenso semblante de Jase a través de ellos. ¿Qué era lo que quería de él en realidad esa noche?

—Uno hace muchas promesas precipitadas cuando tiene hambre —Jase depositó un beso cálido y suave sobre la punta de su nariz—. Amy...

—Creo que será mejor que nos vayamos, Jase —logró decir con esfuerzo. No podía decirle que aquella noche era inútil ir a La Serpiente, que ya había establecido el contacto que buscaba. Pero, en ese momento, La Serpiente le parecía un puerto seguro, un lugar donde posponer la decisión crucial de cómo iba a pasar la noche.

Jase profirió un gruñido sofocado de fastidio y la soltó.

—Está bien, cariño, vámonos. A Ray va a hacerle más ilusión la tarta que los libros de pornografía victoriana.

La tarde transcurrió sin tropiezos, tal y como Amy suponía. Estuvo atenta por si aparecía aquel tipo desgarbado y rubio, pero nadie que se pareciera a él pasó por La Serpiente. ¿Por qué tanto secreto?, se preguntaba. ¿Qué tenía de especial la máscara? ¿Y qué iba a hacer al día siguiente, al amanecer?

Mucho antes de que amaneciera, sin embargo, tuvo que afrontar otro problema.

—Vámonos a casa, cariño —dijo Jase lacónicamente después de medianoche, tomándola de la mano con la naturalidad de un hombre que piensa irse a la cama con su amante y no prevé ningún contratiempo—. Se está haciendo tarde y es evidente que Haley no va a aparecer esta noche.

Apartó su vaso de ron sin acabarlo, y Amy pensó que esa noche había bebido menos que la víspera. En parte, se alegraba de que se refrenara. No quería que cayera víctima del calor y el ron de Saint Clair. Pero, por otro lado, era sumamente improbable que Jase Lassiter cayera víctima de nada ni de nadie, se dijo al levantarse. No necesitaba que se preocupara por él.

—Jase —comenzó a decir con determinación—, he estado pensando que no hay razón para que no vuelva al Marina Inn esta noche. Es poco probable que el que registró mi habitación vuelva a presentarse. Seguramente fue algún pescador borracho que buscaba dinero.

—Calla, Amy —Jase la apretó contra su costado y le pasó el brazo por los hombros.

—¡Maldita sea, Jase, no me digas que me calle! Intento explicarte que no hace falta que me vaya contigo a casa —se sentía atrapada y sus nervios, que había logrado aquietar a lo largo de la noche, despertaron de pronto con aquel desasosiego que conocía tan bien.

—Te deseo, Amy —le dijo él, y el jerez de su voz fluyó sobre ella cuando se detuvo y la agarró de los hombros. Su cara áspera y tosca tenía una expresión grave cuando bajó la mirada hacia ella. A la tenue luz que emanaba del bar, Amy vio necesidad y deseo en sus brillantes ojos turquesa—. Te necesito —musitó con sencillez—. Por favor, no me rechaces esta noche.

—Jase, no basta con necesitar a alguien —dijo ella, a pesar de que se sentía indefensa bajo la atracción de su deseo—. Anoche todo sucedió demasiado rápido para mí. No podía pensar.

—Y hoy has tenido ocasión de pensar, ¿no es eso? Cariño, lo que dije esta tarde iba en serio. No voy a obligarte a acostarte conmigo. Este deseo que siento por ti no afloja, pero no voy a forzarte.

Amy se sintió profundamente desgraciada al comprender que su deseo era sincero.

—Oh, Jase —gruñó—. En una relación tiene que haber algo más que simple atracción física.

—Si en la nuestra hubiera algo más, estaríamos metidos en un buen lío, ¿no crees? —replicó él, muy serio—. Procedemos de mundos distintos, tú y yo. Lo mejor que podemos esperar es mantener una relación basada en el deseo mutuo.

Su sinceridad la dejó paralizada. Retrocedió, sintiéndose trémula y horrorizada ante la cruda verdad que Jase acababa de proferir. Buscó desesperadamente una respuesta juiciosa y mundana que darle.

—Sí, sí, supongo que tienes razón. Lo único que puedo decir es que la relación que podemos tener no es la que quiero —dio media vuelta y echó a andar por la calle que llevaba a casa de Jase—. Iré por mi maleta y volveré al Marina Inn.

—¡No, Amy! —exclamó él a su espalda, y un instante después estaba a su lado, agarrándola de la muñeca. Ella sintió el esfuerzo que hacía por dominarse antes de volver a hablar—. Está bien, Amy. Tú ganas. Daría todo lo que tengo porque esta noche vinieras a mi cama por propia voluntad, pero no voy a presionarte. Sin embargo, insisto en que te quedes en mi casa. Por favor, comprende lo nervioso que estaría si te dejara volver al hotel. Si no puedes aceptar el hecho de que esta noche te necesito y te deseo, acepta al menos que me moriría de preocupación si volvieras allí.

Amy sabía que no tenía más remedio que denegarle su deseo; pero no tenía valor para denegarle también su otra petición.

—Está bien, Jase, me quedo.

Una hora después, mientras yacía sola en su cama, escuchando el fragor de las palmeras más allá de su ventana, comprendió hasta qué punto se hallaba metida en un atolladero.

¿Por qué demonios había insistido en hacerle la cena a Jase? Él podría haber sobrevivido perfectamente a base de comida grasienta un par de días más. El impulso de darle de comer a un hombre era tan ajeno a ella como la facilidad con que había acabado la víspera en la cama de Jase. Aquello tenía algo de primitivo y de esencialmente femenino que la perturbaba en lo más hondo.

Pero aquellas dos reacciones instintivas eran sólo parte de una creciente lista de emociones, todas ellas sumamente peligrosas, que no acababa de explicarse. Se removió en la cama, inquieta, y por fin apartó la sábana y cruzó el suelo de puntillas hasta llegar junto a la ventana. Esa noche no saldría a la terraza. Quizá Jase estuviera aún despierto, y si notaba su presencia, sin duda se reuniría con ella. Y Amy sabía exactamente dónde acabaría todo.

La brisa del océano sabía y olía bien, pensó mientras el aire enredaba ligeramente la falda del camisón burdeos que llevaba puesto. Algunos aspectos del paraíso eran muy atractivos, y ahí era donde estribaba el peligro. El atractivo de aquel mundo podía socavar la ambición y el espíritu de un hombre. Ni siquiera un hombre como Jase podía resistirse eternamente a su turbadora fuerza de persuasión.

Pensó en la filosofía de Maggie acerca de hombres y mujeres. ¿Qué habría sido de Jase si, diez años antes, una mujer hubiera intentando domesticarlo? ¿Si su ex mujer se hubiera dado cuenta de que un hogar sin hijos podía ser muy satisfactorio con un hombre como Jase?

Sabía que era una necia por torturarse con semejantes cavilaciones. A Jase ya no parecía preocuparle su propia suerte. Vivía el momento, aceptando lo que le salía al paso en Saint Clair sin pedir nada más. Anhelar algo más, había insinuado, sería como anhelar las penas del infierno.

¿Acaso no era consciente de que, al pedirle que compartiera su cama esa noche, la había puesto a ella en una situación parecida? Entrar en su cuarto en ese momento sería como pedir a gritos el infierno de amar a un hombre que ya le había dicho que su relación era imposible. El lugar equivocado en el momento equivocado. Y, en medio, las personas equivocadas.

Pero el impulso de darle a Jase lo que le había pedido era tan abrumador que no podía ignorarlo. Tenía los ojos muy abiertos cuando franqueó la puerta y salió a la terraza. Abiertos en sentido figurado y literal. Al día siguiente, por la mañana, no podría decir que no sabía lo que hacía.

Se detuvo ante la cristalera abierta del cuarto de Jase e intentó distinguir algo entre las sombras del interior. La sábana que cubría a Jase hasta la cintura era una mancha blanca en la oscuridad, una mancha que parecía incitarla a acercarse. Su torso moreno y suavemente musculado se veía por encima del reborde blanco cuando entró sigilosamente en la habitación. ¿Estaba despierto? No se movió al acercarse ella.

—¿Jase?

Su nombre sonó como un susurro casi silencioso mientras se acercaba despacio al borde de la cama. Él no se movió. Estaba tendido a sus anchas en la cama. Había en su relajación algo de arrogancia, y su pelo revuelto y oscuro se destacaba sobre la blancura de la almohada. Permanecía boca abajo, con la cara vuelta hacia el otro lado. Amy deseó alargar la mano y pasar los dedos por entre su densa mata de pelo color caoba.

Se sentó con cuidado al borde de la cama, sin saber cómo hacer que se percatara de su presencia. Alargó una mano y le tocó los anchos hombros con la yema de los dedos.

—Ya era hora de que vinieras —masculló él con voz pastosa—. Me estaba volviendo loco —se volvió de lado con una celeridad que dejaba claro que estaba despierto desde el principio. Le pasó un brazo por la cintura y la tumbó a su lado, apoyando una pierna sobre las suyas al tiempo que inclinaba la cabeza para besar la mueca sorprendida de su boca.

—Ah, Jase, eres un arrogante y un ansioso, y yo no debería estar aquí —susurró Amy, y le rodeó el cuello con los brazos mientras él tocaba con la mano la punta endurecida de uno de sus pechos.

—Lo sé, lo sé. Pero no me pidas que te deje ir ahora que estás aquí. ¡No podría! —atajó las palabras que Amy se disponía a pronunciar llenándole la boca con su lengua ávida e impetuosa, como si estuviera sediento de su sabor.

Amy sintió que su peso la aplastaba contra la cama, y la falda satinada de su camisón pareció envolver por propia voluntad los recios muslos de Jase, cuyo cuerpo desnudo y duro se apretaba, viril y excitante, contra la suavidad de su propio cuerpo. Las palabras que Jase mascullaba en su boca y luego en su oído estaban cargadas del deseo y el ansia que Amy había percibido en él.

Era vagamente consciente de que Jase intentaba refrenarse, imprimirle a su encuentro un ritmo voluptuoso y lento. Aquello parecía poner a prueba su fuerza de voluntad, y esa idea llenaba a Amy de contento. Se daba cuenta de que ella también se sentía hasta cierto punto ansiosa y arrogante. Quería que Jase se viera arrastrado por ella, embelesado por ella, sobrecogido por ella. La certeza de poseer una chispa de aquel poder femenino ancestral le producía un regocijo primitivo. Uno de los mayores dones que le había concedido Jase en medio del agónico placer de sus encuentros era precisamente esa sensación de poder.

Unas manos fuertes y exquisitamente sensuales vagaban sobre su cuerpo, quitándole con todo cuidado el hermoso camisón. Cuando se vio despojada de él, Jase se apoyó sobre los codos para mirarla. Amy yacía ligeramente curvada a su lado, el pelo desparramado sobre el brazo de Jase y una pierna flexionada por la rodilla. Desplegó los dedos sobre su pecho y se deleitó en su textura.

Luego él se movió —sus ojos brillaban en las sombras— y se arrodilló entre sus piernas.

—Jase...

—Quiero conocer cada palmo de tu cuerpo, cariño —se inclinó hacia delante, se apoyó en los brazos y comenzó a desgranar lentos y abrasadores besos sobre su vientre.

Amy suspiró, presa de un deseo cada vez más intenso. La boca incitante de Jase, que descendía lentamente, mordisqueó eróticamente su muslo hasta que Amy creyó que el frenesí la haría perder la razón. El tiempo cesó de fluir a su ritmo acostumbrado. La noche resplandecía.

Jase tocó primero con los dedos la carne ultrasensible de su sexo, y, al cambiar la mano por los labios, ella jadeó su nombre.

—¡Jase! ¡Oh, Jase!

Comenzó a retorcerse bajo él. Su pasión era de pronto ingobernable. Se aferró con desesperación a sus hombros, intentando que se levantara y se hundiera en su sexo. Jase se dejó persuadir a regañadientes para entregarse al abrazo final, pero cuando Amy sintió su miembro pesado y duro a las puertas de su sexo, comprendió que él también estaba listo.

Aun así, la obligó a aceptar su ritmo, deliberadamente pausado, colmándola con cadenciosa potencia. Cuando ella intentó arquear las caderas y apretarlo contra sí, Jase deslizó una mano bajo sus nalgas y la mantuvo quieta.

—Esta noche no lo vamos a hacer todo a tu manera —dijo con provocativa aspereza.

—Eres un bestia —musitó ella mientras hundía las uñas en la piel bronceada de sus hombros.

—Pero al final me domarás, ¿eh, Bella?

El calor satinado y húmedo del sexo de Amy lo absorbía con ansia, a pesar de que su miembro parecía llenarla por entero. Estaba lista, pero aun así el cuerpo de Jase logró impresionarla, al igual que la víspera. ¿Sería siempre así? No podía quedarse con Jase para siempre. Ahuyentó frenéticamente aquella idea perturbadora y se aferró al hombre que se cernía sobre ella.

Luego, al marcar Jase un ritmo palpitante e increíblemente erótico, aquellas vagas ideas acerca del futuro se disiparon por completo. Amy se entregó al placer y enlazó las piernas alrededor de sus caderas y los brazos alrededor de su cuello.

—¡Amy! ¡Mi dulce Amy! ¡Dios mío, nena! ¡Me consumes!

Cuando la trémula oleada del clímax se abatió sobre ella, su fuerza la dejó casi sin aliento. Sintió que Jase la anclaba a su cuerpo y que su placer le producía una fiera satisfacción. Luego, él comenzó a hundirse más rápidamente en ella, y la suave explosión lo alcanzó antes de soltar a Amy.

Largo rato después, Jase se removió a su lado, los ojos turquesa entornados y llenos de lánguida satisfacción.

—No voy a preguntarte por qué has venido, Amy, pero gracias. Te necesitaba.

Ella yacía en silencio en el círculo de sus brazos. Jase se quedó dormido. Los dos tenían razón desde el principio. Ella no debería haber buscado su cama. Seguramente jamás debería haber ido a Saint Clair. Que el cielo se apiadara de ella, estaba enamorada de un hombre al que nunca podría tener. Jase Lassiter había renunciado a los compromisos, a la civilización y a todo cuanto ella valoraba.

Amy veía el lento paso del tiempo en el techo de la habitación, cuya filigrana de sombras cambiaba lenta pero inexorablemente. Se adormiló a ratos, consciente del sueño pesado y satisfecho del hombre que dormía a su lado.

No volvió a acordarse de la nota de su maleta

hasta que la primera y vaga luz del amanecer comenzó a iluminar el cielo más allá de la ventana.

De pronto cobró conciencia de que tenía que ocuparse del asunto que la había llevado a Saint Clair esa misma mañana. Y Jase no podía enterarse.

Lentamente, con infinito cuidado y una especie de melancolía, se levantó de la cama. Al llegar a la cristalera se giró para mirar una vez más al hombre dormido que le había hecho el amor tan apasionadamente durante la noche. Pronto tendría que decirle adiós. Una vez concluida la tarea que la había llevado a la isla, no habría motivo para que se quedara. Su souvenir de Saint Clair sería el recuerdo de Jase. Aquella certeza le desgarraba el corazón.

Recogió el camisón con el que había ido al cuarto de Jase, salió rápidamente a la terraza y entró en su dormitorio. Allí se vistió a toda prisa con unos vaqueros y una camiseta con cuello de barco. Luego agarró el voluminoso bolso que había llevado a Saint Clair y salió de la casa.

En la isla, el alba era el único momento fresco del día. El aire no estaba aún cargado de la humedad que se intensificaba más tarde. El cielo era límpido y maravillosamente radiante. También el océano parecía más apacible a esa hora, y había poca gente merodeando por los muelles. En algún momento durante la noche el barco de la Armada había zarpado.

Caminó a lo largo del muelle, la tira de cuero del bolso colgada al hombro. Nadie le prestó atención mientras se dirigía al número 53, un pequeño y desvencijado edificio de madera vieja, probablemente un almacén. Observó la zona y buscó ansiosamente al hombre alto de pelo rubio.

Por primera vez logró quitarse de la cabeza los recuerdos de esa noche el tiempo justo para ponerse nerviosa. En realidad, no sabía nada sobre Dirk Haley, aparte de que decía ser amigo de Ty, y las pruebas que les había remitido en sus lacónicos telegramas no ofrecían motivo para dudar de ello.

Pero ¿por qué tenían que encontrarse en secreto? ¿Por qué había insistido tanto Haley en que fuera sola? Se alegraba de haber tomado la precaución de no llevar la máscara. Primero, Dirk Haley tendría que contarle la verdad. Luego, ella decidiría si le daba o no la máscara.

Él dobló la esquina del viejo edificio tan repentina y sigilosamente que Amy se sobresaltó. Durante un segundo se calibraron el uno al otro con la mirada. Amy sintió que su pulso se aceleraba violentamente al ver el pelo rubio, los ojos duros y grises y la complexión ágil y flexible del hombre parado frente a ella. Iba vestido con vaqueros y una vieja y desgastada cazadora de aviador. Aquello llamó su atención sin que supiera por qué. Hacía fresco esa mañana, pero no lo suficiente como para ponerse una chaqueta de cuero. Aquel hombre podía haber sido guapo, aunque de una manera un tanto infantil, de no ser por la frialdad de sus ojos grises. Su boca tenía un sesgo duro y hosco que se disipaba al instante cuando sonreía con un encanto demasiado fácil. A Amy le recordó a Ty.

—¿Amy Shannon? —preguntó arrastrando las palabras con un fresco y ligero acento sureño. Sus ojos grises la sobrevolaron y fueron a posarse en el voluminoso bolso colgado de su hombro.

—Sí. ¿Usted es Dirk Haley? —Amy sintió de pronto el impulso de retroceder, pero logró refrenarse. Debía conservar la calma y el aplomo. Estaba allí para hacer un trato.

—A su servicio. ¿Ha traído la máscara?

—Primero tenemos que hablar —le recordó ella con firmeza e, instintivamente, agarró el bolso con más fuerza. Él advirtió su gesto y asintió una vez con la cabeza—. La máscara pertenece por derecho al hijo de Ty. Quiero saber por qué es tan valiosa para usted y dónde está Ty.

Dirk Haley se apoyó en la pared del viejo almacén y la miró tranquilamente.

—¿Por qué no ha venido su mujer?

—Eso no importa. He venido yo en su lugar.

Él asintió de nuevo.

—Deduje quién era por las habladurías de los bares. Debe de ser una auténtica loba. No llevaba en la isla ni un día y ya se había liado con uno de por aquí. Y no con uno cualquiera, no. Lassiter es toda una institución en Saint Clair, según me han dicho. Si es que eso vale algo —añadió con una risa seca—. Un pez gordo en un estanque pequeño. Claro, que aquí para ser un pez gordo no hace falta gran cosa. Sólo un poco de dinero y una reputación un tanto turbia. Yo también pienso convertirme en un pilar de la comunidad, pero creo que escogeré otra isla. Algo me dice que Saint Clair no es lo bastante grande para Lassiter y para mí. Pero no importa. Quedan montones de islas.

Amy sintió un escalofrío de auténtico temor mientras observaba su rostro. Ignoró el insulto y preguntó suavemente:

—¿Pretende comprar ese estatus con la máscara, señor Haley?

—Sí, señorita Shannon —replicó él con burlona cortesía—, lo voy a comprar con la máscara. Y también un nombre nuevo, un pasaporte nuevo y unas cuantas cosas básicas para vivir aquí. Me temo que no puedo permitir que se la devuelva al hijo de Ty.

—¿Por qué es tan importante? —insistió ella, agarrando con tal fuerza el bolso que se le transparentaban los nudillos. Cielo santo, ¿en qué se había metido? Jase se pondría furioso. Por absurdo que pareciera, ésa era la idea que en ese momento dominaba en su cabeza.

¿Qué demonios hacía sola en un muelle desierto, tratando con un hombre que estaba resultando mucho más peligroso de lo que esperaba? Casi podía oír a Jase exigiéndole la respuesta a esa pregunta. Por suerte, no había llevado la máscara. Ello quizá fuera su billete de salida de aquella inquietante situación.

—Creo que será más feliz si no sabe por qué quiero la maldita máscara —dijo Haley con sorna—. Algo me dice que tal vez lo desapruebe.

—Quiero saberlo y quiero saber qué ha sido de Ty —Amy logró mantener una voz calmada, a la que insufló una nota de arrogancia.

—Murdock está muerto —dijo Haley despreocupadamente.

Amy respiró hondo.

—¿Está seguro?

La lenta y amenazadora sonrisa que le dedicó Haley resultaba aterradora.

—Completamente.

Algo encajó en su cabeza con un clic, y lo miró fijamente, con los ojos como platos.

—¿Lo mató usted?

Haley se apartó de la pared con una estudiada naturalidad que hizo dar un paso atrás a Amy. El miedo le corría por las venas.

—No, no lo maté yo, pero no lamento especialmente su muerte. Era más bien un estorbo.

—¿Qué clase de estorbo?

—Hace usted muchas preguntas, ¿no, señorita Shannon?

—Quiero saber qué le pasó a Ty Murdock.

—Está muerto, ya se lo he dicho. ¿Quiere pruebas? —Amy dio un respingo instintivo cuando él se metió la mano dentro de la cazadora. Pero sólo sacó un pasaporte estadounidense que le alargó enarcando una ceja.

Amy tomó el pasaporte con mano temblorosa y lo abrió. Era el de Ty. Su cara bella y sardónica le sonreía, los ojos oscuros llenos de encanto burlón. Un chico que nunca había madurado. Un muchacho que había querido seguir jugando a juegos de niños. Uno de esos juegos debía de haberle causado la muerte. A Amy no se le ocurría ninguna otra razón para que Haley tuviera su pasaporte. No sintió ninguna emoción mientras contemplaba la fotografía del padre de su sobrino; sólo una especie de tristeza por el bebé que esperaba en California. Su hermana tenía razón. Era mejor decirle a Craig que su padre pensaba regresar a casa algún día, que había muerto en el curso de una exótica aventura. «Quién sabe», pensó, «quizá sea cierto».

Levantó lentamente la cabeza y le devolvió el pasaporte a Haley.

—Puede quedárselo —dijo él—. Sólo lo he traído porque es la única prueba que tengo de su muerte. No podría traerle su cabeza en un saco, ¿no cree?

—Tiene usted mucha sangre fría, señor Haley —dijo Amy en tono distante.

—Soy un superviviente. No como Murdock. Ahora, veamos la máscara —echó mano del bolso, pero Amy retrocedió de nuevo, haciendo acopio de valor.

—Me temo que no la he traído.

—¡Maldita sea! —bramó él con violencia—. ¿Dónde está?

—Escondida. Antes hablaba en serio. Esa máscara es

el único legado de su padre que le queda a mi sobrino. Quiero conocer su verdadero valor antes de decidir qué hacer con ella.

—Nunca ha tenido intención de dármela, ¿eh? —siseó él con una perspicacia que sorprendió a Amy—. ¡Maldita zorra mentirosa! Sólo aceptó el trato porque quería que le dijera por qué es tan importante la máscara.

—Si... si puede demostrar que tiene derechos sobre ella, estoy dispuesta a entregársela —dijo Amy, asustada—. Si no, creo que debo devolvérsela a Craig.

La pistola apareció en su mano como salida de la nada. Haley tenía la mano vacía, y un instante después en su palma relucía el cañón metálico de un revólver con el que la apuntaba.

La impresión que produjo en Amy fue contundente. Se quedó clavada en el sitio un instante, y luego se giró a ciegas, como si quisiera huir. Era absurdo intentar huir de una bala, le advirtió su cerebro, preparado para la batalla, pero no podía hacer otra cosa. Quizá Haley no la mataría hasta que tuviera la máscara en su poder.

En cualquier caso, no llegó más allá de la esquina del viejo almacén. Haley le tapó la boca con la mano, y Amy sintió el cañón frío y duro del arma junto a su oreja.

—No creerá que voy a permitir que una mujerzuela intrigante y mentirosa me quite lo que quiero, ¿no? —masculló él con los dientes apretados, estrujándola contra sí–. Esa máscara es mía y no pienso seguirle la corriente para conseguirla. Métase en el barco.

Amy intentó quedar inerme, como un peso muerto entre sus brazos, pero él la sujetó con fuerza y la arrastró hasta un gran yate amarrado en el muelle. Ella aprovechó un momento en que la soltó para intentar gritar, pero Haley la amenazó con la pistola.

–No voy a matarla. Al menos, aún –masculló–. Pero usaré esto como porra si no se está quieta. A no ser que quiera pasar un par de horas inconsciente, será mejor que se porte bien.

Sin quitarle los ojos de encima, soltó las amarras del barco. Luego la metió a empujones en el camarote y cerró la puerta por fuera. Amy observó con impotencia cómo arrancaban los motores y cómo la relativa seguridad de Saint Clair iba quedando fuera de su alcance.

7

Permaneció acurrucada en el camarote mientras Dirk Haley conducía el yate hacia el extremo más alejado de Saint Clair. Veía deslizarse la línea costera más allá del ventanuco y se preguntaba, abotargada, qué se proponía Haley. Su rápido registro del camarote, escasamente amueblado, no había rendido ningún fruto. Ni siquiera un cuchillo de cocina. ¿Y ahora qué?

Saint Clair estaba prácticamente deshabitada fuera de los límites de su única ciudad, de modo que no le sorprendió no ver ni un alma en la costa cuando por fin Haley ancló el yate en una cala. Él abrió la puerta del camarote, y Amy se giró para mirarlo, luchando por ocultar su miedo.

—Parece que vamos a tener que hacer esto por las bravas —masculló Haley, y se cambió la pistola a la mano izquierda para agarrarla del brazo—. Vamos.

La sacó del camarote y la obligó a subir a cubierta.

—Matarme no va a servirle de nada —Amy notaba de pronto la boca seca—. Soy su único vínculo con esa máscara —tenía que conservar la calma y seguir negociando. Era su única esperanza.

—Sí, es mi único vínculo con la máscara, pero no por lo que piensa. Espero, por su bien, que le haya causado una buena impresión a Lassiter en la cama.

—¿De qué está hablando? —logró decir ella.

Un nuevo temor iba tomando forma en la boca de su estómago. Le temblaban las manos y tropezó cuando Haley la arrastró por la cubierta hasta la escalerilla que colgaba del flanco del barco.

—Es usted la clave para conseguir la máscara, pero no pienso mandarla a por ella. Lassiter sabe dónde está, ¿verdad? Eso me parecía —añadió Haley con brutal satisfacción al ver su rostro crispado, cuya tensión la delataba—. Bueno, vamos a averiguar si su nueva amiguita le importa tanto como para cambiar la máscara por ella. Rece porque no sepa lo que vale. Porque, si lo sabe, le aseguro que no la entregará a cambio de que vuelva usted a calentarle la cama. Si descubre lo que vale esa máscara, podrá comprar todas las mujeres que quiera. ¡Vamos! Deje de perder el tiempo. Métase en el bote.

Amy estuvo a punto de caerse al saltar al pequeño bote neumático que remolcaba el yate. Nunca se había sentido tan torpe. ¿Qué haría Haley si su torpeza hacía volcar el bote? ¿Y si intentaba volcarlo a propósito?

Aquel plan endeble quedó aplastado casi al instante.

—Ponga las manos a la espalda —gruñó Haley con aspereza, echando mano de un rollo de cuerda que había al fondo del pequeño bote. Con un par de giros violentos, le inmovilizó las muñecas.

La idea de intentar volcar el bote se esfumó. Probablemente se ahogaría si lo intentaba, ahora que tenía las manos atadas. Y, aunque lograra llegar a la orilla, era improbable que llegara sola. Haley iría tras ella.

Él remó hasta la orilla en medio de un silencio mortal. Al llegar la obligó a salir del bote y a meterse en el agua poco profunda. Amy chapoteó hacia la franja de arena. Notaba las sandalias llenas de agua, pesadas e incómodas.

—Quiero asegurarme de encontrarla cuando vuelva —dijo Haley fríamente, empujándola hacia el tronco de una palmera. Allí le amarró las manos a los pies y la ató a un árbol—. No vaya a escaparse ahora, ¿eh? Será interesante ver qué hace Lassiter. ¿Será lo bastante astuto como para darse cuenta de que la máscara vale mucho más que usted? Rece porque no sea así.

Amy lo vio remar de vuelta al yate, saltar a bordo y encender los motores. Unos minutos después, el gran barco abandonó la ensenada y puso rumbo a la ciudad. Amy se recostó en el áspero tronco del árbol e intentó pensar desesperadamente.

¿Qué sabía en realidad de Jase Lassiter? ¿Qué haría él ante el ultimátum que pensaba darle Haley? Sólo se conocían desde hacía un par de días, y ahora su destino estaba en manos de Jase. En manos de un hombre que se había alejado hacía muchos años y por propia voluntad de la civilización y de su código de valores.

En cuanto Haley contactara con él, se daría cuenta de que la máscara debía valer una fortuna. ¿Intentaría quedársela?

El sol se había trepado rápidamente al cielo, y el calor empezaba a hacerse sentir. Amy malgastó muchas energías luchando contra sus ataduras antes de llegar a la conclusión de que Dirk Haley la había atado con la habilidad de un experto. ¿Cómo había entrado Ty Murdock en tratos con un sujeto semejante? No le costaba creer que Ty hubiera marchado en busca de aventuras y de una vida llena de emociones, pero hasta ese momento no había pensado que tal vez se hubiera convertido en un proscrito. No cabía duda, sin embargo, de que Haley operaba fuera de la ley. Si había sido amigo de Ty, eso significaba que Murdock había caído muy bajo antes de que su búsqueda de emociones fuertes acabara con él.

Pensó en su sobrino y en su hermana. Melissa había ideado historias que contarle a su hijo sobre Ty cuando el niño tuviera edad para hacer preguntas. Ahora, le tocaba a ella tejer una historia que pudiera contarle a su hermana. Si salía viva de aquel lío, ¿querría llevarle a Melissa la historia completa de la suerte que había corrido Ty Murdock? ¿Qué bien podía hacerle a su hermana saber que el hombre al que había amado se había convertido, con toda probabilidad, en un criminal perseguido por la justicia?

Si salía viva...

Intentó concentrarse y respirar hondo para calmarse. No había duda de que a Haley no le costaría ningún trabajo cometer un asesinato. Saltaba a la vista que la muerte de Ty le traía sin cuidado. Sencillamente, había resuelto un problema. ¿Por qué era tan valiosa aquella maldita máscara?

La palmera a la que la había atado formaba parte de una pequeña arboleda que crecía en desorden junto a la pequeña playa. A ambos lados de la arboleda, extendiéndose hacia el mar para formar un puerto natural, había enormes brazos de gruesa lava, solidificada para siempre en formaciones escarpadas y caprichosas. De vez en cuando saltaba al aire un chorro de agua que parecía surgir de la unión de los brazos en tierra firme. Aquellos sifones −dedujo Amy− significaban que había allí cavernas y túneles naturales cuyas bocas se hallaban por debajo del nivel del agua. Con el fluir y refluir de las olas, el agua entraba en ellas y emergía por el lado opuesto, sobre la superficie de las rocas.

Cuando el ruido distante del motor de un barco llamó su atención, una nueva oleada de miedo se apoderó de ella. Haley volvía a la cala. ¿Habría visto a Jase? ¿Cuál sería ahora su destino?

Esperó, todas las fibras de su ser crispadas por la tensión, mientras Haley anclaba de nuevo el yate en la pequeña ensenada. Él pasó por encima del flanco del barco y remó en el bote hasta la orilla. Se había quitado la cazadora de aviador, y ahora su pistola se veía claramente.

—Tiene curiosidad, ¿eh? —dijo, burlón, mientras la desataba y la arrastraba de nuevo hacia el bote—. Yo también. Pronto sabremos cuánto le importa a Lassiter. O qué sabe de la máscara.

—¿Qué ha hecho? —murmuró ella cuando la obligó a meterse en el bote.

—Le he mandado un mensaje con uno de los tipos que trabajan en el muelle.

—¿Qué mensaje?

—Sólo que tengo algo suyo que estaría dispuesto a cambiar por algo que tiene en su poder. Le escribí una breve descripción de cómo llegar a esta cala y añadí que, si no venía solo, me vería obligado a destruir el… objeto en mi poder.

Amy contuvo el aliento mientras él le explicaba tranquilamente que estaba dispuesto a matarla.

—¿Hacía estas cosas muy a menudo con Ty? —preguntó con repugnancia.

—Ty y yo pasamos muy buenos ratos antes de separarnos. Ganábamos mucho dinero y sabíamos cómo gastarlo.

—¿Él... mencionaba alguna vez a su mujer o a su hijo? —no sabía en realidad qué la había impulsado a formular aquella pregunta.

—Sólo una vez, la noche que me habló de la máscara y de que la había enviado a los Estados Unidos para guardarla a buen recaudo. Decía que iba a ser su plan de pensiones —contestó Haley, obligándola a subir por la escalerilla del barco delante de él.

—¿Pensaba regresar algún día? —insistió Amy. Necesitaba saber la respuesta, por el bien de Melissa.

—¿Cómo demonios quiere que yo lo sepa? Era un canalla, nunca sabía uno por dónde iba a salir —dijo Haley con despreocupación—. Siéntese en esa tumbona. La quiero bien visible cuando llegue Lassiter. No quiero que haga ninguna tontería, como intentar hundir el barco con un par de disparos por debajo de la línea de flotación. Tendrá más cuidado si ve que está a bordo.

¿Aparecería Jase? Amy miró hacia el horizonte, barriendo con la mirada la entrada de la cala. Sí, pensó de pronto. Iría a por ella. Lo sabía con toda certeza. Por alguna razón inexplicable, había confiado en él desde el principio. Tal y como decía Maggie, las mujeres eran las que de verdad asumían riesgos. ¿Quién, si no una mujer, cometería la locura de confiar por instinto en alguien al que conocía desde hacía tan poco tiempo? Sacudió la cabeza, asombrada. Era un milagro que la especie humana hubiera pervivido, si la mitad de sus miembros estaba dispuesta a arriesgarse de manera tan absurda por la otra mitad. O quizá fuera ésa la razón de que hubiera pervivido.

Haley se hundió en un silencio sombrío e inexpresivo. Se preparó una taza de café, pero no le ofreció una a Amy, que seguía sentada, con las manos atadas a la espalda, sobre la cubierta del barco. El sol le daba de plano y el sudor empezaba a empaparle la camiseta. Dios, qué calor hacía allí, en el mar, a plena luz del sol. Iba a quemarse. Lo cual no tendría mucha importancia si no sobrevivía, se recordó lúgubremente.

¿Dónde estaba Jase?

Notaba la creciente tensión de Haley, que alimentaba la suya propia. Si había algo peor que enfrentarse a un hombre armado con una pistola, era enfrentarse a un hombre nervioso armado con una pistola. Confiaba sinceramente en que Haley no fuera tan patoso como ella cuando se ponía nerviosa.

El rugido sofocado de la lancha se oyó antes de que la embarcación doblara el saliente de la línea costera y se hiciera visible. Haley lo oyó enseguida y salió de la sombra del camarote para observar junto a Amy cómo se adentraba lentamente la lancha en las aguas tranquilas de la ensenada. Jase iba al timón, e iba solo. De eso no cabía duda. La lancha no tenía camarote donde ocultarse.

—Vaya, que me ahorquen. El muy idiota ha decidido jugar limpio —masculló Haley entre aliviado y triunfante.

Por primera vez, Amy se dio cuenta de que él tampoco estaba seguro de qué haría Jase. Seguramente le preocupaba que el otro se comportara como habría hecho él en una situación semejante, pensó con desagrado. No cabía duda de que Dirk Haley habría preferido la máscara a la vida de una mujer. Ella podía haberle dicho que Jase era distinto.

Habría apostado por él en cualquier circunstancia. Lo quería.

El motor de la lancha se detuvo un momento después, aunque todavía estaba a cierta distancia.

—Amy, ¿estás bien? —gritó Jase.

Desde donde estaba sentada, sólo veía que su rostro tenía una expresión seria e ilegible.

—Contéstele —le espetó Haley, apretándole la pistola contra el hombro.

—Sí. Sí, Jase, estoy bien —su voz sonó débil incluso a sus propios oídos, pero Jase pareció oírla.

—¿Ha traído la máscara? —gritó Haley.

Jase, que permanecía de pie en el lado derecho de la lancha, levantó el brazo derecho. De su mano colgaba un cabo de cuerda de cuyo extremo pendía la máscara. Atada a ella había una pesa metálica. La máscara colgaba lánguidamente a ras del agua.

—La tengo, pero, como ve, lo único que la mantiene a salvo es que estoy sujetando la cuerda. El agua es bastante profunda en esta zona, Haley. Necesitaría equipo de buceo y mucho tiempo para encontrarla en el fondo si se me resbala la cuerda. Y se me resbalará si hiere a Amy o intenta dispararme.

Haley masculló un exabrupto breve y violento.

—Estoy dispuesto a negociar, Lassiter. Puede quedarse con la chica. Lo único que quiero es la máscara.

—Es suya —le aseguró Jase—, pero se irá al fondo si algo le sucede a Amy.

—Acérquese y dejaré que la chica se monte en la lancha mientras usted me alarga la máscara —dijo Haley rápidamente.

Jase esbozó una sonrisa desdeñosa.

—No soy tan tonto, Haley. En cuanto tenga la máscara nos matará a los dos. Tengo la inquietante sensación de que no le gusta dejar testigos a sus espaldas.

—No está en situación de negociar, Lassiter. La mataré si no me da la máscara y lo sabe.

—Lo sé. Y también sé que la máscara significa para usted mucho más que cualquier otra cosa que haya por aquí. Tengo otra propuesta que hacerle —esperó con calma a que el otro respondiera.

—Oigámosla.

—Deje que Amy salte y nade hasta la orilla. Cuando esté a salvo, pasaré junto al barco y le alcanzaré la máscara. Así podrá dispararme a mí si no le gusta el trato.

—¿Va armado? —preguntó Haley tras una pausa.

—No.

—Demuéstrelo —Haley esperó tercamente.

Jase se quitó despacio la camisa marrón sin soltar la máscara. Un momento después, estaba desnudo de cintura para arriba, ataviado únicamente con unos ajustados pantalones de color caqui. Era evidente que no ocultaba ningún arma.

Haley consideró la situación, y Amy notó que se crispaba aún más. Se mantuvo quieta. No se atrevía a distraerle.

—Está bien, Lassiter, trato hecho.

Amy se levantó de un salto.

—¡No, Jase! ¡Te matará!

Haley la agarró del brazo y la apretó contra sí.

—Cállese —siseó, furioso.

—Amy, haz lo que te dice. Salta por el flanco del barco y nada hasta la orilla —gritó Jase apresuradamente.

—¡Pero Jase...!

—¡Amy! —su voz parecía de pronto cargada de autoridad, como cuando solventó la pelea del bar—. Te estoy diciendo que pases por encima del flanco y nades hasta la orilla. No discutas. ¡Muévete!

Ella guardó silencio y miró por encima del agua. En sus ojos agrandados había una súplica silenciosa. Jase le estaba ordenando que siguiera el plan que había ideado. No era un estúpido. Tal vez supiera lo que estaba haciendo.

Sintió que Haley tiraba con impaciencia de la

cuerda que ataba sus muñecas. Un momento después estaba libre. Él la empujó violentamente.

—Vamos, largo de aquí. No quiero esperar más, maldita sea. Nade hasta la orilla.

Amy lanzó una última mirada al semblante duro e inflexible de Jase. Luego pasó la pierna por encima de la barandilla del barco y se tiró al agua. El agradable frescor del agua la libró del calor abrasador del sol, pero Amy no lo agradeció especialmente. Mientras nadaba hacia la orilla, sólo podía pensar en que era ella quien había puesto a Jase en aquella espantosa situación. ¡Qué necia había sido al creer que podía manejar a Dirk Haley!

Unos minutos después, sus pies tocaron el fondo arenoso y chapoteó hasta la orilla. La ropa empapada tiraba de sus miembros. Chorreando, se giró para observar la escena que tenía lugar en el agua.

En cuanto miró hacia él, Jase le hizo señas para que se ocultara en el palmeral que había a su derecha. Amy comprendió que la quería fuera de la línea de fuego. Pero ¿y él?

Debía tener algún plan, se dijo una y otra vez mientras corría hacia las palmeras. Sin duda no iba a dejarse matar después de entregar la máscara. Se adentró a toda prisa entre los árboles.

El disparo sonó en cuanto entró en la arboleda. Se giró, horrorizada, y miró hacia las embarcaciones.

—¡Dios mío! ¡Jase!

No había ni rastro de él.

Distinguió la figura de Haley en la popa del yate, escudriñando el agua. El cañón de la pistola oscilaba adelante y atrás. Mientras Amy observaba, hizo varios disparos al mar.

Jase tenía que haberse arrojado al agua a propósito, pensó Amy frenéticamente. ¿Confiaba en llegar a la orilla nadando? Haley sin duda lo vería cuando saliera del mar. Jase sería un blanco perfecto cuando chapoteara hasta la playa. ¿O acaso estaba conteniendo el aliento para que Haley creyera que lo había matado?

La única alternativa que se le ocurría era que de verdad hubiera muerto. Quizá Haley le hubiera dado cuando saltaba al agua.

—No —musitó, negándose a aceptar esa posibilidad. No. No soportaba la idea.

Haley disparó de nuevo al agua. Después se giró y la buscó rápidamente en la playa. Amy distinguió su expresión salvaje y furiosa en el momento en que levantaba el arma y apuntaba hacia ella. ¿La veía por entre las palmeras? Amy miró hacia el grueso brazo de lava que había a su derecha.

Dejándose llevar por su instinto, se arrojó tras la afloración rocosa. Un instante después, dos disparos rebotaron en la roca, y Amy cerró los ojos, agazapada.

—¡Amy!

La voz de Jase le hizo abrir los ojos.

—¡Jase! ¡Dios mío! ¿Cómo has llegado aquí? —susurró, atónita al verlo medio desnudo y empapado. Estaba a pocos metros de ella y parecía haber emergido en medio del brazo rocoso que flanqueaba la pequeña ensenada. Haley no podía verlo aún desde el barco. Otro disparo impactó en la pared de roca, tras ella–. Creía que estabas en el agua. Temía... –se interrumpió, incapaz de decirlo en voz alta.

–Conozco esta isla mucho mejor que Haley –Jase se incorporó ligeramente mientras avanzaba hacia ella–. Hay una caverna submarina que se abre muy por debajo de la línea del agua, al borde de la cala, y que acaba aquí –señaló con el mentón hacia un trecho de roca, confirmando la suposición de Amy–. He nadado mucho por aquí.

Amy no veía nada, pero oía vagamente el eco del agua entrando en el fondo de la cueva.

–Toda la isla es volcánica y hay muchas formaciones como ésta –Jase se agachó a su lado, manteniéndose fuera del alcance de la vista de Haley–. ¿Estás bien?

–Sí. Oh, Jase, lo siento muchísimo. Lo he echado todo a perder –gimió ella.

–Ya lo creo que sí –respondió él con marcada falta de simpatía–. Y aún no estamos a salvo. Ese Haley está como una cabra.

–Eso es quedarse corto –susurró ella cuando otro disparó golpeó la roca–. ¿Qué has hecho con la máscara?

–La tiré por la borda al saltar de la lancha –le dijo

él sin darle importancia–. Lo cual significa que tenemos un problema. Haley no tiene la máscara, pero tiene dos testigos de un secuestro y una agresión con arma de fuego. Y ni siquiera aquí, en esta isla perdida, nos tomamos a broma un intento de asesinato –otro disparo arrancó una lasca de roca que pasó silbando junto a la cabeza de Amy–. Vamos, tenemos que salir de aquí.

Sin esperar respuesta, tiró de ella y la condujo a través de la áspera roca volcánica.

–Agáchate.

Amy obedeció y siguió avanzando a gatas, intentando ignorar los estragos que la tosca superficie de la roca hacía en sus manos y sus rodillas. Si seguían mucho tiempo así, acabaría con las palmas hechas jirones, pensó apesadumbrada.

–Ha dejado de disparar –dijo unos minutos después, cuando Jase alcanzó el extremo de la afloración volcánica y saltó con ligereza a la playa arenosa del otro lado. Luego alargó los brazos para ayudarla a bajar.

–Será porque está remando hacia la orilla –explicó secamente y, agarrándola de las manos, se las volteó para mirarle las palmas arañadas–. ¡Maldita sea! ¡Mira tus manos!

Ella apartó los dedos.

–Las tuyas no pueden estar mucho mejor. Podemos compararlas luego. Ahora, ¿qué hacemos? –miró con preocupación hacia atrás, pero no vio nada. El brazo de roca volcánica les servía de escudo.

—Lo que hace cualquier persona sensata cuando se las ve con un pistolero armado: huir —la agarró de la cintura y, poniendo en práctica sus palabras, tiró de ella por la playa hasta que se adentraron entre la maraña de palmeras y helechos que había más allá.

Amy intentaba no tropezar mientras corrían por entre la maleza.

—¿Crees que viene a por nosotros? —jadeó.

Sobre sus cabezas chillaban algunos pájaros, enojados por el trasiego que reinaba en el suelo.

—No le he oído arrancar el motor del barco. Así que supongo que sí, que tenemos que ponernos en lo peor —le dijo Jase secamente.

—Tal vez… tal vez no sepa que has conseguido llegar a la orilla —sugirió Amy, esperanzada.

—Tal vez —Jase parecía poco convencido—. Pero pronto descubrirá que seguimos siendo dos. Estamos dejando un rastro de una milla de ancho.

Los helechos aplastados y las hojas rotas señalaban, en efecto, su camino. Amy lanzó una mirada desesperada tras ella y luego se concentró en ahorrar energías. Ya se sentía casi sin aliento. Justo cuando empezaba a pensar que no podía seguir adelante, comenzó a oír el ruido lejano de la persecución.

Jase miró hacia atrás, hacia el lugar por el que habían venido.

—Los pájaros —masculló.

Los pájaros, que habían chillado rabiosos al lanzarse ellos a la jungla, estaban formando de nuevo una algarabía. Haley había encontrado el lugar en el que sus presas habían emprendido su huida hacia el interior.

—Jase —suplicó Amy, girándose para mirarlo—, no creo que pueda seguir mucho más. Tal vez sea mejor que intente esconderme. Tú podrías seguir sin mí… —mientras permanecía allí parada, boqueando, notó que le temblaban las piernas—. Sólo conseguiré retrasarte.

En lugar de una súplica para que siguiera intentándolo o de una admisión a regañadientes de que tenía razón, recibió una mirada entornada y feroz. Los ojos turquesa de Jase ardían, brillantes y amenazadores.

—Vas a seguir corriendo hasta que diga que pares, ¿está claro? Has sido lo bastante estúpida como para meterte en este lío, así que habrá que asumir que no tienes luces suficientes para salir de él. De modo que vas a obedecer mis órdenes. Corre, Amy, o cuando esto acabe te juro que te daré una buena tunda en el trasero con el cinturón.

El miedo y la intimidación, pensó Amy, eran acicates infravalorados. Le asombró el renovado vigor que experimentó cuando Jase dio media vuelta y tiró de ella, adentrándose más profundamente en la espesura. Supuso que, al final, se derrumbaría, pero entre tanto sus piernas seguían funcionando. Lo único que le había permitido llegar tan lejos era la maleza, cuyo espesor no permitía una auténtica carrera. Varias veces tuvieron que aminorar el paso al adensarse los helechos y el follaje.

—¿Estamos huyendo a ciegas? —logró preguntar por fin, entre jadeos, cuando volvieron a aflojar el ritmo—. ¿O se te ocurre algún lugar donde ir? —añadió con sarcástico énfasis. Aún no había olvidado la amenaza de Jase, por eficaz que hubiera sido.

Él le lanzó una mirada levemente divertida.

—Se me ocurre uno, pero tenemos que llegar con un poco de tiempo de ventaja. Vamos, hay que seguir moviéndose.

—Dios mío —gruñó ella, y, tras respirar hondo, siguió avanzando todo lo rápido que pudo tras Jase. El ruido lejano de la persecución hizo brotar un chorro de adrenalina que recorrió su cuerpo—. ¿Por qué no se da por vencido? —farfulló—. ¿Por qué no aprovecha para escapar en el barco?

—Porque sabe lo que le haré cuando por fin lo encuentre —replicó Jase ásperamente—. Sabe que le conviene asegurarse de que estoy muerto.

—Ah —Amy llegó a la conclusión de que no tenía aliento suficiente para preguntarle qué se proponía hacer con Dirk Harley.

La selva comenzaba a cerrarse a su alrededor. Enormes helechos, del tamaño de arbolillos, se arqueaban sobre sus cabezas, y gigantescas flores tropicales golpeaban de cuando en cuando la cara de Amy. Si la situación no hubiera sido tan desesperada, la frondosidad de la jungla la habría dejado maravillada.

—Sólo un poco más, Amy.

Ella no respondió. No le quedaba aliento suficiente. Luego llegó a sus oídos un leve ruido de agua corriente. Unos instantes después, Jase tiró de ella a través de la entrada natural que formaban altos y ondulantes helechos y la introdujo en un escenario que parecía creado por un artista que hubiera intentado plasmar una seductora y paradisíaca visión de una isla del trópico. De hecho, pensó Amy de pronto, un artista había pintado aquel paraje. Aquél era el lugar que Ray había plasmado en su último cuadro.

Al detenerse Jase, lo miró todo con pasmo, intentando recobrar el aliento y asimilar la belleza del espectáculo que se ofrecía a sus ojos. Al otro lado del claro, una cascada velaba la entrada umbría de una enorme gruta rocosa. Una espaciosa laguna recibía el agua de la cascada. A su alrededor, el follaje crecía con exuberancia sobrenatural.

—Jase, es fantástico —musitó Amy, jadeando.

—También es un callejón sin salida —repuso él pragmáticamente—. Haley se dará cuenta en cuanto cruce la entrada. Pensará que nos tiene acorralados.

—Entonces, ¿qué hacemos aquí? —preguntó, extrañada, mirando a Jase.

—Vamos a intentar convertir este sitio en una trampa. Es nuestra única oportunidad, Amy —le soltó el brazo, se agachó y comenzó a arremangarse los bajos empapados del pantalón. Mientras Amy lo miraba, perpleja, dejó al descubierto un largo cordel de finísimo nailon que llevaba enrollado entre la pantorrilla y la rodilla. Entre las vueltas y revueltas del cordel, había un cuchillo de aspecto amenazador.

–Creía que le habías dicho a Haley que ibas desarmado –comentó ella secamente.

–Le mentí.

–Es curioso –logró decir ella con una sonrisa débil, respirando todavía con esfuerzo–. Confío en ti implícitamente.

Jase le lanzó una mirada breve y fija mientras se quitaba el cordel de nailon y se bajaba las perneras de los pantalones.

–Tú puedes confiar en mí, pero Haley no. Claro, que estoy seguro de que no se fía de mí ni un pelo.

–Es lógico. ¿Y ahora qué?

–Ahora, hay que montar una trampa y confiar en que Haley esté tan ansioso por atraparnos que caiga en ella –Jase había empezado a enrollar el cordel de manera extraña, formando en un extremo un amplio lazo que aseguró con un intrincado nudo.

–¿Le vas a echar el lazo como si fuera una ternera? –preguntó ella, incrédula.

–No. Nunca he hecho de *cowboy*. Seguramente erraría el tiro –repuso él, y colocó el lazo en la entrada del claro, sobre el suelo–. Pero algunos isleños han desarrollado sus propios métodos para atrapar presas de dos patas.

—¿Crees que entrará por el mismo sitio que nosotros? —preguntó Amy, poco convencida.

—No tendrá más remedio. No hay otro modo de entrar, y en cuanto vea que hay una cueva detrás de la cascada, pensará que nos hemos escondido en ella..., espero —dijo esta última palabra en un murmullo casi inaudible, mientras tiraba del cordel hacia un grupo de helechos y lo ataba al tronco de una pequeña palmera. Luego cruzó la musgosa entrada y tensó el otro extremo del cordel.

—¿Dónde vas a estar tú, Jase? —preguntó Amy. De pronto se había dado cuenta de que pensaba activar la trampa oculto entre la maleza.

—Aquí, detrás de estos helechos. Puedo usar esta roca para ocultarme. Tu te quedarás allí, junto a la catarata, entre la maleza. No quiero que te escondas en la gruta. Es demasiado obvio. Será el primer sitio donde mire Haley cuando llegue a la entrada.

—Pero, Jase, estarás a menos de tres metros de él cuando pase por ese montón de helechos. Si te ve, te tendrá a tiro.

—Esperemos que se me dé bien mimetizarme con el paisaje —masculló él—. Ahora escucha, Amy. Si no consigo detenerle, creo que se irá derecho a la gruta. En cuando pase detrás de la cascada para buscarte, corre hacia la salida, ¿entendido? No pares de correr. La gruta es bastante profunda. Con un poco de suerte, perderá mucho tiempo buscándote y tendrás una oportunidad de escapar.

—No pienso dejarte atrás —afirmó ella tercamente, furiosa porque hubiera sugerido tal cosa.

—¿Por qué no? Lo hiciste esta mañana, ¿no? —replicó él con aspereza.

Amy se quedó blanca. Le dolía terriblemente que Jase tergiversara la situación a propósito. Se quedó mirándolo en silencio, los ojos llenos de dolor.

—Demonios, no quería que sonara así —gruñó él—. Vamos, métete entre la maleza. Escóndete todo lo que puedas —el chillido distante de los pájaros se iba acercando—. Para bien o para mal, esto va a acabar enseguida. ¡Muévete, Amy!

No había nada que discutir. Amy dio media vuelta y obedeció. Se dirigió trastabillando hacia el denso follaje que había a un lado de la entrada de la gruta.

—Cruza por el agua para que no queden huellas alrededor del borde —le dijo Jase alzando la voz suavemente.

Ella se metió obedientemente en la burbujeante laguna y avanzó chapoteando hasta su destino sin apartarse del borde. Notaba que, hacia el centro, la laguna era muy profunda. Al llegar al extremo se giró para mirar a Jase. Él ya se había perdido de vista. Por un momento sintió la tentación de volver corriendo y arriesgarse a su lado. Lo único que la detuvo fue la seguridad de que Jase montaría en cólera. Dejando escapar un suspiro, se adentró en el muro sólido que formaba el follaje junto a la gruta. En cuanto hubo penetrado unos cuantos pasos, se dio cuenta de que tras la densa maleza había, en efecto, una pared de roca. Jase tenía razón. Se hallaban en una garganta sin salida. La pared rocosa se extendía por ambos lados hacia la entrada, donde Jase permanecía oculto.

Desde tan cerca, el fragor de la cascada resultaba ensordecedor. Amy vislumbró la negra entrada de la gruta tras el agua y se alegró de que Jase hubiera preferido no usarla como escondite. Parecía oscura y lóbrega. Prefería arriesgarse a cielo abierto.

El rugido de la cascada ahogaba el clamor creciente de los pájaros, de modo que cuando, unos minutos después, Dirk Haley apareció de repente en la boca de la garganta, Amy no había recibido ningún aviso de su presencia. Estaba agazapada, mirando fijamente en aquella dirección, y se sobresaltó cuando la pernera del pantalón de Haley apareció en su campo de visión. Apenas lo veía debido a la profundidad de su escondrijo, pero era evidente que seguía fuera del alcance de la trampa que le había tendido Jase.

«Dios mío», pensó, angustiada. Si Haley veía primero a Jase, el hombre al que amaba no tendría ninguna oportunidad de escapar. A esa distancia, sería un blanco perfecto. En silencio, rogó a Haley que se adentrara en el claro. Era evidente que él vacilaba mientras procuraba calibrar la situación.

—Vamos, Haley —musitó Amy, como si intentara ejercer sobre él su voluntad—. Un par de pasos más. Eso es.

El trozo de pernera que quedaba en su campo de visión se movió con precaución. Amy pensó que debía estar escudriñando la garganta. Quizá intuyera la trampa. Lo que necesitaba, pensó de pronto, era un empujoncito. Algo que lo convenciera de que valía la pena caminar hacia la gruta. ¿Por qué de pronto se mostraba tan cauto? Debía sospechar algo. Pero no podían perderlo ahora.

Si Haley llegaba a la conclusión de que no estaban en la gruta, tal vez decidiera esperar hasta que salieran. ¿Cuánto tiempo podrían permanecer agazapados en silencio en sus respectivos escondites?

—¡Lassiter!

Los pájaros renovaron sus protestas al oír el grito de Haley.

—¡Lassiter! ¡La chica y tú no tenéis nada que hacer!

No se acercó, sin embargo, a la trampa. «Maldita sea», pensó Amy, desesperada. «Todo esto es culpa mía». En cualquier momento, Haley decidiría esperar a su presa, o quizás vislumbrara a Jase en su guarida. ¡Estaba tan cerca de él! Sólo hacía falta que un soplo de brisa agitara la maleza o que un pájaro se posara sobre una rama y la hiciera mecerse.

Fue la convicción de que Jase se hallaba en peligro inminente lo que la hizo reaccionar. Sin darse tiempo para pensar, se levantó de un salto, atravesó corriendo la cascada y penetró en la oscura gruta. Durante unos segundos vitales, fue un blanco al que Haley no pudo resistirse.

Haley disparó una vez, movido por un reflejo, y luego echó a correr hacia delante, derecho a la trampa de Jase.

Fue la torpeza natural de Amy la que le salvó la vida. Al cruzar la cascada, tropezó con un pequeño saliente rocoso. Se tambaleó, asustada, y acabó tendida en el suelo, boca abajo. La bala de Haley pasó silbando junto a su cabeza y se incrustó al fondo de la cueva. Se quedó allí tumbada un momento. Por primera vez en su vida, se alegraba de ser físicamente tan torpe.

El grito de rabia de Haley, que penetró a través del fragor de la cascada, la hizo ponerse en pie. Se agarró con una mano a la roca pegajosa de la gruta e intentó escudriñar a través de la cortina de agua. Como no vio nada, se atrevió a acercarse un poco más a la entrada.

La batalla que estaba teniendo lugar en el suelo de la garganta era el espectáculo más violento que había visto nunca, muy distinto a la reyerta de marineros de La Serpiente. Aquella pelea, pensó con horror, figuraba bajo el encabezamiento «A vida o muerte».

Era evidente que uno de los tobillos de Haley había quedado atrapado en el lazo oculto, y que Jase había tirado del cordel, haciéndole caer. Luego debía de haberse levantado de un salto de su escondite, dispuesto a aprovechar la única oportunidad que se le ofrecía.

Se golpeaban furiosamente el uno al otro sobre el suelo. La impresión hizo que a Amy se le acelerara el pulso y que se le resecara la boca, pero pese a todo se obligó a correr hacia ellos. En algún lugar había aún una pistola a la que enfrentarse.

Vio el arma a unos palmos de la mano de Haley, que luchaba por recuperarla. El destello del cuchillo en la mano de Jase se imprimió al mismo tiempo en su conciencia. Pero Haley era fuerte, y logró mantener a raya a Jase mientras luchaba por asir la pistola.

Entonces Amy agarró el arma, sintió el peso del frío metal al levantarla y retrocedió inmediatamente, quitándose del alcance de Haley. Cuando éste vio que su oportunidad de recuperar la pistola se desvanecía, intentó echar mano del cuello de Jase. Pero éste, que tenía medio cuerpo bajo él, se retorció y se giró de lado. Cuando Haley cambió automáticamente de postura para compensar su peso, Jase se volteó y lo atrapó bajo su cuerpo. Un instante después, apoyó la punta del cuchillo en la base de su cuello.

—Muévete y te rebano el pescuezo —bufó.

Haley se quedó muy quieto. Su pecho subía y bajaba trabajosamente, agotado por el esfuerzo. Miraba con hosquedad llena de ira al hombre que sujetaba el cuchillo. Al parecer, daba crédito a la rabia fría y amenazadora que veía reflejada en los brillantes ojos turquesa de Jase.

Amy también se quedó muy quieta, inmovilizada momentáneamente por la violencia de la que acababa de ser testigo. El macho de la especie, pensó con cierta histeria, tenía una vena de barbarie cuyo primitivismo rivalizaba con la ancestral propensión de las mujeres a asumir riesgos.

Allí, en medio del bosque tropical, la civilización parecía de pronto muy lejana.

8

—¿Qué vamos a hacer con él? —gritó Amy por encima del rugido del motor de la lancha. Miró con desagrado hacia la popa de la pequeña embarcación, donde Dirk Haley yacía atado, encorvado sobre sí mismo y con una expresión hosca en el semblante. No había dicho casi nada durante la caminata de regreso a la playa, pero Amy tenía la sensación de que se mantenía atento a la más leve posibilidad de escapar.

—Vamos a sentarlo en las rodillas de Cowper —le dijo Jase, que estaba concentrado sacando la lancha fuera de la cala—. Él sabrá qué hacer.

—¿Cowper? —Amy frunció el ceño y entonces se acordó—. Ah, sí. El superintendente con el que me amenazaste una vez.

Jase miró de soslayo su semblante candoroso.

—Yo nunca te he amenazado con Cowper —gruñó. Amy apenas lo oía con el ruido del motor.

—Claro que sí —replicó con ligereza, recostándose cómodamente en el mamparo de la lancha—. Ibas a llevarme a verlo la noche que registraron mi habitación, ¿te acuerdas? Si no me iba a casa contigo, tendría que explicarle a Fred Cowper lo que estaba pasando. Yo a eso lo llamo una amenaza.

—Tal y como han salido las cosas, debí llevarla a la práctica. Si hubiéramos puesto este asunto en manos de las autoridades, ahora estaríamos durmiendo tranquilamente en la cama.

Amy decidió hacer caso omiso.

—Debió de ser Haley quien registró mi habitación esa noche.

Haley le lanzó una mirada gélida desde la popa y luego siguió contemplando con desinterés el horizonte.

—Puede que Cowper o alguien de más alto rango descubra qué tiene de especial esa maldita máscara —Jase condujo la pequeña embarcación más allá del rompiente de las olas, ciñéndose en lo posible a la línea costera—. Podemos sacarla del fondo con una bombona de oxígeno.

—Será emocionante —dijo Amy con entusiasmo, granjeándose otra mirada de reojo de Jase—. Quiero estar contigo cuando la recuperes.

—Estás muy entusiasmada ahora que todo ha acabado, ¿no? —dijo Jase tranquilamente—. ¿Has olvidado ya lo cerca que has estado de conseguir que nos mataran a los dos?

Amy se puso seria de repente. Le tocó impulsivamente el brazo y sus ojos se llenaron al instante de congoja.

—Claro que no lo he olvidado, Jase. Siento muchísimo haberte metido en este lío. No tenía derecho a hacerlo. Era problema mío y debí mantener al margen a los espectadores inocentes.

—¡Por el amor de Dios! —exclamó él, irritado—. No me refería a eso. Sabes perfectamente que fui yo quien se metió en esto desde el principio. Lo que quería decir es que tenías que haberme mantenido informado en todo momento. ¿Se puede saber por qué no me dijiste lo de la nota que te mandó ése? —señaló con la cabeza hacia Haley.

—Porque sabía que no me habrías dejado ir sola —le explicó Amy, manteniendo un tono juicioso. Era cada vez más evidente que Jase estaba a punto de perder la paciencia.

—En eso diste en el clavo —masculló él entre dientes—. Tienes razón, no te habría dejado ir sola a encontrarte con él. Pero no habríamos tenido que hacer tanto ejercicio si hubiera sabido lo que estaba pasando.

—Pero, Jase, tenía que averiguar lo que pudiera sobre la máscara. Para eso vine a Saint Clair. ¡Ésa era la razón de mi viaje!

—¿Y si te hubieran matado? ¿De qué habría servido, Amy? En ese caso, no habrías tenido ninguna respuesta, ¿no crees?

Amy dio un respingo.

—No sabía que iba a ser tan peligroso, Jase. ¡Por el amor de Dios! ¡No soy tan idiota!

—Respecto a eso, prefiero formarme mi propia opinión —replicó él con rudeza.

Enojada, Amy le lanzó una mirada abrasadora.

—Si tan poco respeto te merece mi inteligencia, habrá que concluir que tu coeficiente intelectual es más bien bajo. Sólo un idiota sería lo bastante necio como para llevarse a otra idiota a… —se interrumpió, furiosa consigo misma por haber permitido que la ira se apoderara de ella. Era por los nervios, se dijo sombríamente. Había soportado demasiada tensión.

—¿Sólo un idiota sería lo bastante necio como para llevarse a otra idiota a la cama? —concluyó Jase tranquilamente—. Puede que tengas razón.

Amy tragó saliva. Sabía que había metido la pata.

—Lo siento mucho, Jase —dijo. Resultaba difícil adoptar un tono adecuado de disculpa mientras intentaba hacerse oír por encima del ruido del motor.

—Ahórrate esfuerzos —le ordenó él bruscamente—. Podrás decirme cuánto lo sientes cuando lleguemos a la ciudad.

Amy cayó en un silencio casi tan hosco como el de su prisionero. A Jase no pareció importarle. Parecía tener la cabeza puesta en otras cosas. Amy observó su duro perfil. «Me he enamorado de él», pensó con tristeza. «Puede vociferar todo lo que quiera, y yo puedo intentar responderle a gritos, pero al final intentaré aplacarlo y hacer las paces». Esa mañana, Jase le había salvado la vida. En cierto modo, ello parecía reforzar el derecho de posesión física que había reclamado sobre ella. Amy se removió, inquieta, apoyándose con ambas manos en el marco del parabrisas de la lancha.

Era la primera que admitía ante sí misma que intuía aquella pretensión de Jase, una pretensión que de pronto le parecía turbadora y hasta amenazante. Por su propio bien, tenía que pensar en su relación con Jase Lassiter como en una aventura condenada a acabar cuando abandonara Saint Clair. Sería bastante duro recuperarse del dolor de amar a un hombre al que no podía tener. Pero, a fin de cuentas, el amor era una emoción civilizada, y ella era lo bastante realista como para saber que, mediando el tiempo y la distancia, acabaría arrumbando el recuerdo de Jase en un rincón lejano de su memoria, donde se iría disipando sin hacer ruido. El tiempo y la distancia podían restañar una emoción tan tierna y civilizada como el amor.

Aquel otro sentimiento, en cambio, aquella sensación de sentirse reclamada, de hallarse atada, era cualquier cosa menos civilizada. ¿Cuánto tiempo duraría aquella bárbara emoción una vez se hubiera ido de Saint Clair? ¿Toda la vida? Se estremeció bajo el calor del sol tropical.

Unos minutos después apareció ante su vista el acogedor panorama del muelle. Rebosante ya del bullicio cotidiano, a Amy le causó una agradable sensación de normalidad. Hubo preguntas y un sinfín de miradas curiosas cuando Jase amarró la lancha y urgió al prisionero a subir al muelle.

—¿Ya has salido de pesca esta mañana, Lassiter? —preguntó un hombre de un barco vecino mientras observaba a Haley.

—Sólo he llevado a los turistas a dar una vuelta por la isla —replicó Jase secamente.

—Cualquier cosa con tal de fomentar el turismo —rió el otro, enfundándose el cuchillo de pesca que empuñaba—. ¿Necesitas ayuda?

—Creo que puedo apañármelas, gracias. ¿Has visto a Cowper esta mañana?

—Lo creas o no, está en su oficina. Lo vi hace media hora, cuando fui a desayunar.

—Ya era hora —masculló Jase, que empujaba a Haley delante de él—. Vamos, Amy. Fred tendrá que hacernos un montón de preguntas.

Ella echó a andar obedientemente a su lado. Estaba incómoda; la ropa se le había secado, pero el agua de mar la había dejado tiesa. Haley miraba fijamente al frente, impasible. No se resistió cuando Jase lo condujo calle arriba, hacia el pequeño y desvencijado edificio no muy lejos del Marina Inn. Amy vio que en otro tiempo había habido un letrero pintado en la puerta principal, del que sólo quedaban la parte de arriba de una U mayúscula y la mitad inferior de una S.

Jase abrió de un empujón la puerta de la oficina, dejando al descubierto una vieja mesa gris metalizada de aspecto funcionarial, cubierta de papeles amarillentos, una silla giratoria rota y una pared llena de archivadores. Había también en un rincón una vieja máquina de teletipos que traqueteaba alegremente. Un individuo de unos cincuenta años, corpulento y con el pelo del color de la mesa, permanecía encorvado sobre la máquina, leyendo el mensaje que estaba entrando. Levantó la mirada al entrar ellos.

—¡Jase! ¿Qué demonios haces tú aquí? ¿Qué te trae por aquí?

—Buenos días, Fred. Te traigo un poco de trabajo, me temo.

—Las desgracias nunca vienen solas —dijo Fred Cowper de mala gana, arrancando el papel que había salido de la máquina de teletipos—. Llevo tres meses sin nada que hacer, ¿sabes? Nada de nada, desde que tuve que bajar al muelle a detener a ese cretino que intentaba sacar de la isla un cargamento de fruta sin fumigar. Y luego, esta mañana, descubro que hay toda clase de líos esperándome. Y ya sabes cómo odio los líos —añadió con un triste suspiro.

—Lo siento —Jase sonrió con ironía—. Yo también

he tenido unos cuantos esta mañana. Te presento a Dirk Haley, secuestrador de primera —empujó a Haley hacia el centro de la habitación—. Asesinato en grado de tentativa, asalto con arma de fuego y unas cuantas cosas más que sin duda se nos ocurrirán entre los dos. Un incordio de la cabeza a los pies.

—Vaya, que me ahorquen —Fred Cowper se dejó caer ruidosamente en la vieja silla giratoria y miró fascinado a Haley—. Que me ahorquen —repitió, y miró el teletipo que tenía en la mano—. Dirk Haley, alias Roger Henrick, Joe Mellon y Harry Dickson. Metro ochenta y cinco de estatura, pelo rubio, ojos grises, setenta kilos de peso —levantó la vista y sonrió a Jase con benevolencia—. ¿Crees que será el mismo?

—¿Me he pasado el último par de horas haciendo tu trabajo para nada? —preguntó Jase enarcando una ceja.

—¿Por qué no? Lo que me paga el gobierno no tiene nombre. Tú también podrías trabajar por el salario mínimo. Dime cómo has pasado la mañana, amigo —escuchó con atención mientras Jase le contaba en pocas palabras lo sucedido. Luego asintió con la cabeza, complacido—. Acabas de hacerme un gran favor. Gracias a ti voy a poder irme a pescar esta tarde. Y yo que pensaba que tendría que pasarme todo el santo día vigilando a los tipos que van y vienen por el muelle.

―¿Vas a decirnos a qué se debe esta pequeña coincidencia? ―preguntó Jase con curiosidad cuando Cowper se levantó de la silla para hacerse cargo del prisionero.

Cowper se disponía a contestar mientras metía a empujones a Haley en la celda de aspecto mohoso del fondo de la habitación cuando la puerta de la vieja oficina se abrió de nuevo y otro hombre apareció en el umbral.

―Creo que dejaré que os lo explique él ―dijo Cowper alegremente, cerrando la puerta de la celda―. Permitid que haga las presentaciones. Éste de aquí es…

―No será necesario, ¿verdad, Amy? ―dijo el recién llegado, que se había recostado tranquilamente en el cerco de la puerta.

Amy palideció mientras lo miraba. El sesgo sardónico y masculino de la boca, los ojos marrones oscuros, ligeramente divertidos, las facciones bellas y bronceadas, la alta y fibrosa figura, componían una estampa demasiado familiar. En San Francisco había un niño pequeño que algún día se parecería mucho a aquel hombre.

―Hola, Ty ―dijo en voz baja―. Tenía la impresión de que estabas muerto ―instintivamente, sin molestarse siquiera en cuestionar sus propios motivos, dio un pasito hacia Jase. Era vagamente consciente de la súbita e intensa quietud del hombre que permanecía a su lado. Jase le pasó un brazo por los hombros con gesto posesivo y aguardó sin decir nada, pero sin quitarle ojo a Ty Murdock.

—Me temo que tus informes eran un tanto exagerados —Ty sonrió y miró con sorna al prisionero. Haley lo miraba con fijeza, casi tan perplejo como Amy—. ¿Sorprendido de verme, Dirk? ¿No te dije una vez que el único modo de sobrevivir aquí era volverse impredecible? Tú, siento decirlo, eres muy predecible. No pudiste resistirte a la máscara, ¿eh?

—Siempre fuiste un canalla escurridizo, Murdock —masculló Haley, y se dejó caer en el pequeño catre como si estuviera cansado del procedimiento.

—Creo —dijo por fin Jase muy suavemente— que me agradaría una explicación.

—No eres el único —murmuró Fred Cowper tranquilamente—. Está bien, Murdock, he comprobado sus credenciales, he recibido la descripción del individuo en cuestión y he puesto a dicho sujeto bajo su custodia. Con un poco de ayuda de mis amigos, naturalmente. Oigamos su historia. ¿A qué viene todo esto? —había un hilo de acero bajo su agradable acento, y Amy pensó que Fred Cowper había hecho algunas otras cosas en su vida, aparte de detener a quienes intentaban sacar fruta sin fumigar de la isla. Otro hombre con un pasado interesante que había recalado en Saint Clair.

Ty se encogió de hombros y cruzó los brazos sobre el pecho. Mientras hablaba, fijó los ojos en Amy.

—Haley y yo trabajábamos juntos. Teníamos el mismo jefe: el Tío Sam. Pero, hace unos meses, Dirk decidió establecerse por su cuenta. Quería que desertara con él, y le seguí la corriente un tiempo. Luego empezó a sospechar de mí —Ty lanzó una mirada divertida al de la celda—. ¿O decidiste que no querías repartir el botín, Dirk? Siempre fuiste muy avaricioso —sus ojos oscuros volvieron a fijarse en el rostro crispado de Amy—. En todo caso, desapareció en Hong Kong después de organizarlo todo para quitarme de en medio. Pero logré eludir la cita que me había preparado con unos cuantos matones callejeros. Por desgracia, cuando comprendí quién me había tendido la trampa y por qué, Haley ya se había esfumado. No sabíamos por dónde empezar a buscarlo. Aquí, en el Pacífico, uno puede perderse sin problemas.

—A menos que se vuelva demasiado avaricioso —dijo con sorna Fred Cowper.

Ty esbozó una breve sonrisa.

—Exacto. Yo le había hablado de la máscara que había enviado a San Francisco. En aquel momento tenía la vaga idea de usar la máscara como celada. Si me ocurría algo inesperado, mis superiores podrían vigilarla. Iba a ser el cebo para sacar a Haley a la luz, en caso de que le perdiéramos en algún momento. Y ni que decir tiene que sobreviví a lo inesperado —se interrumpió para dejar que el impacto de su afirmación hiciera efecto.

Típico de Ty, pensó Amy fugazmente: siempre tan macho, siempre tan fanfarrón. Ty quería que todo el mundo supiera que había estado a punto de morir y que había sobrevivido gracias a su ingenio y sus capacidades físicas. Amy cerró el puño junto al costado con impaciencia.

—Haley había desaparecido —prosiguió Murdock, alargando la historia para sus atentos espectadores—. Lo único que podíamos hacer era vigilar y esperar. Una de las personas a las que el departamento vigilaba era a mi ex mujer, en San Francisco. Sabíamos que Haley no podría entrar en Estados Unidos sin que nos enterásemos, así que, si decidía ir tras la máscara, tendría que conseguir que Melissa se la enviara. O tendría que convencerla para que se la llevara en persona.

—Pero no fue Melissa quien trajo la máscara al Pacífico sur —dijo Amy con crispación—. Fui yo.

Ty inclinó la cabeza y su boca se curvó hacia arriba en un gesto que Amy recordaba muy bien.

—Fuiste tú. Pero el tipo que tenía que vigilar a Melissa no sabía que también tenía que vigilarte a ti, así que perdimos el hilo un par de días. Cuando alguien de San Francisco descubrió que te habías ido a Saint Clair y que probablemente te habías llevado la máscara contigo, las cosas se nos fueron de las manos.

—¿Cuándo se dieron cuenta de que era Amy quien

había decidido traerle la máscara a Haley? —preguntó Jase suavemente.

—Ayer —reconoció Ty—. He llegado esta mañana.

—Tal y como ha dicho —dijo Jase secamente—, las cosas ya se les habían escapado de las manos cuando descubrieron lo que estaba pasando —sus ojos turquesa se volvieron fríos y duros—. Amy ha estado a punto de morir, Murdock.

Los ojos oscuros de Murdock se apartaron del rostro implacable de Jase. Le lanzó a Amy una de sus sonrisas fáciles y encantadoras.

—Parece que últimamente has tenido muchas emociones, Amy. ¿Qué te ha parecido? Un cambio interesante, ¿um?

Antes de que a Amy se le ocurriera una respuesta, Jase estalló a su lado. Cruzó la habitación y empujó a Ty contra la pared con tal rapidez que Amy y Fred Cowper parpadearon, asombrados.

—Por aquí, Murdock —dijo entre dientes mientras le sujetaba contra la pared—, cuando a una mujer la secuestran y la disparan, no decimos que «ha tenido muchas emociones». Nosotros, a eso lo llamamos intento de asesinato. Puede que aquí, en las islas, seamos un poco rústicos, pero algunas cosas las tenemos muy claras. Por lo que a mí respecta, la culpa de lo que le ha ocurrido a Amy esta mañana es suya en parte. Recuérdelo antes de empezar a hacer chistes, ¿de acuerdo? Hoy no estoy de muy buen humor

—soltó a Murdock y se acercó a Amy, que lo miraba acongojada.

—Jase... —ni siquiera miró a Murdock, que sonreía lacónicamente mientras se enderezaba la camisa.

—Vamos —ordenó Jase bruscamente—. Voy a llevarte a casa —la agarró del brazo y se dirigió hacia la puerta, ignorando a los otros dos.

—Un segundo, Jase —dijo Fred Cowper suavemente, pero con firmeza—. Habrá que sacar el barco de Haley esta tarde y echar un vistazo al lugar de los hechos. Tendrás que enseñarnos dónde está esa cueva.

Jase asintió con la cabeza.

—Volveré cuando haya llevado a Amy a casa —masculló.

—Eh, una cosa más —dijo Murdock después de que hubieran cruzado la puerta—, ¿y la máscara? ¿Dónde está?

—Bajo el agua, a unos cinco metros de profundidad —le dijo Jase ásperamente—. Estoy seguro de que se lo va a pasar en grande buscándola. Así pondrá un poco de emoción en su vida —cerró de golpe la vieja puerta a su espalda.

Un denso silencio reinó entre Amy y Jase mientras regresaban hacia la vieja casa del capitán. Amy ignoraba qué estaba pensando su acompañante, pero sabía cuál era el hecho que más le había impresionado a ella esa mañana. Con voz suave y triste dijo:

—Ni siquiera ha preguntado por Craig. Su propio hijo, y ni siquiera ha preguntado por él.

—Ya sabías qué clase de padre era, Amy. Lo sabías desde hace tiempo, acuérdate.

—Sí —susurró ella, pensando en el pequeño Craig y en Melissa. ¿Qué iba a decirles?—. Puede que les diga que está muerto, de todas formas.

Jase respiró hondo.

—Nos preocuparemos de eso más tarde —dijo Jase enérgicamente—. Ahora quiero curarte las manos. Las tienes hechas trizas de trepar por la lava. Luego deberías echarte un rato.

—No estoy cansada —contestó ella automáticamente.

—Tienes que estar exhausta.

—¿Por qué? Hemos corrido mucho, pero he tenido tiempo de recuperarme. Sólo quiero lavarme los cortes de las manos y tal vez darme una ducha. Luego me cambiaré de ropa y estaré como nueva.

Jase la hizo pararse en medio de la calle. Un fiera expresión fruncía sus cejas y tensaba las arrugas de las comisuras de su boca.

—Estás agotada —dijo entre dientes— y vas a echarte la siesta esta tarde mientras yo le enseño a Cowper dónde está la cueva. ¿Me he explicado con claridad?

Ella lo miró fijamente, sin acabar de entender a qué respondía su vehemencia. La intuición, sin embargo, le decía que aquél no era momento de discutir.

—Sí, Jase —dijo dócilmente.

Él se quedó mirándola un momento como si no supiera si fiarse de su docilidad, y luego tiró de ella hacia la casa.

—Vamos a curarte las manos. Luego volveré a la oficina de Cowper. Y quizá, ya que estamos, podamos acabar de una vez con el resto de las formalidades. Cuanto antes se aclare todo este asunto, antes se irá Murdock de Saint Clair.

Amy estuvo pensando en esta última afirmación mientras duró la cura, algo dolorosa, de sus manos. Jase quería que Murdock abandonara la isla. Había montado toda una escena en la oficina de Cowper, amenazando a Ty y acusándolo a medias de ser el responsable del embrollo en el que Amy se había visto atrapada. Ty Murdock no le agradaba en absoluto.

Lo cual resultaba un tanto sorprendente en cierto modo, pensó Amy con objetividad. A decir verdad, ambos compartían ciertos rasgos y un bagaje similar. Se habían graduado en la peor de las escuelas. El hecho de vivir en los rincones más rudos del mundo había dejado huella en ambos. Ninguno de los dos buscaba el solaz y el confort de la civilización tal y como ella la conocía, ni se habría sentido a gusto rodeado de ellos.

Recordó entonces que Maggie le había dicho que, por su propia naturaleza, los hombres no se hallaban en casa en ningún sitio. Necesitaban que las mujeres los domesticaran. Pero la domesticación no había servido de nada en el caso de Ty Murdock. Ty había vuelto a entregarse a la aventura, a la libertad desaforada, a la búsqueda perpetua.

¿Sería demasiado tarde para que una mujer probara suerte domesticando a Jase?

Probablemente. Él mismo estaba convencido de que la vida que llevaba era la única en la que podía encajar. Amy miró su cabeza inclinada sobre la palma de su mano mientras le limpiaba los arañazos. Un cálido y dulce torrente de amor se apoderó de ella. Aquella sensación no tenía nada que ver con el deseo físico, pero formaba parte del mismo espectro de emociones.

—Hoy me has salvado la vida, Jase. No sé cómo darte las gracias.

Él levantó la vista bruscamente.

—Puedes dármelas no volviéndote a meter en una situación tan absurda.

Amy enarcó las cejas mientras el cálido afecto que sentía cedía en parte paso a su suspicacia natural.

—Qué galante —murmuró.

—No me interesan las galanterías, me interesa no tener que sacarte de otro lío como el de esta mañana —masculló él mientras limpiaba con cierta rudeza el último arañazo.

—¡Ay!

Jase le tomó la palma entre sus manos. Cuando sus ojos se encontraron, había en su mirada turquesa una intensidad que sorprendió a Amy.

—Amy, hoy me has dado un susto de muerte. Por favor, no vuelvas a hacerme nunca algo así.

Enternecida, Amy le tocó la mejilla con la mano herida.

—No, Jase. Nunca más. Siento haberte causado tantos problemas.

—Amy... —él cerró los dientes de forma casi audible, en un gesto de muda exasperación. Tomó la cara de Amy entre las manos y la atrajo hacia sí para darle un fuerte y rápido beso. Luego levantó la cabeza ligeramente—. Deja de disculparte, por el amor de Dios, y ve a darte esa ducha. Debemos alegrarnos de que todo haya acabado.

Ella asintió con la cabeza y se bajó del taburete en el que había estado encaramada mientras Jase le curaba las manos.

—¿Qué habríamos hecho si Haley no hubiera caído en la trampa? —preguntó retóricamente, sacudiendo la cabeza mientras se dirigía al cuarto de baño.

—No quiero ni pensarlo —confesó Jase de mala gana, y la vio entrar por la puerta del baño—. Si no hubiera perdido la paciencia y hubiera corrido hacia la gruta en ese momento...

Amy se quedó paralizada con una mano en la jamba de la puerta. No se giró. No se atrevía. Acababa de descubrir que Jase no sabía que esa mañana, en la jungla, se había ofrecido como blanco. En ese momento no estaba en su campo de visión, pensó mordiéndose el labio. Jase ignoraba que era ella quien había hecho precipitarse a Dirk Haley hacia el interior de la garganta.

Algunas cosas, pensó despegándose del marco de la puerta, era mejor callárselas. Cerró con cuidado la puerta del baño tras ella y comenzó a desvestirse. Tenía la sensación de haberse salvado por los pelos, igual que esa mañana en la jungla. Torció la boca con pesar, abrió los grifos y se metió en la ducha. ¿Qué habría dicho Jase de haber sabido la verdad? Era mejor no pensarlo. Comenzó a restregarse enérgicamente para quitarse el lodo de la selva y el salitre seco del cuerpo.

Media hora después, cuando Jase se marchó, Amy esperó hasta que oyó cerrarse la puerta y acto seguido se levantó de la cama y buscó su ropa. Como si alguien pudiera echarse a dormir después de una experiencia como la que acababa de vivir, pensó con fastidio mientras se ponía unos vaqueros limpios y una blusa de rayas de media manga.

No se había sentido con ánimo de discutir con Jase cuando él le había ordenado que se fuera a la cama, así que había obedecido y se había metido entre las sábanas inmediatamente. Su docilidad parecía haber complacido a Jase, y, haciendo gala de buen humor, Amy había llegado a la conclusión de que ello se debía a que no se había encontrado a menudo con esa clase de conducta en una mujer. No sabía, por ejemplo, cuándo era fingida.

Desde la terraza lo vio entrar en la oficina de Cowper, calle abajo. Un rato después, los tres hombres abandonaron el puerto en la lancha y se dirigieron a la cueva donde habían tenido lugar los hechos. Incluso desde lejos Amy notó que Jase procuraba ignorar en lo posible la presencia de Ty Murdock. Murdock no era de su agrado. Bueno, pues ya eran dos, pensó con un suspiro al regresar a la puerta cristalera que daba a su dormitorio. Ty Murdock tampoco era santo de su devoción.

Había acertado dos años antes, al no arriesgarse con él. Era una pena que Melissa no hubiera tenido un instinto tan agudo.

A simple vista, pensó mientras se guardaba algo de dinero en el bolsillo de atrás y echaba a andar calle abajo, hacia la tienda de Maggie, Jase y Ty tenían muchas cosas en común. Y aunque ella misma podía enumerar sus semejanzas superficiales con toda facilidad, sabía que el parecido entre ambos era engañoso.

En lo esencial eran muy distintos. Amy no lograba darle nombre a la diferencia básica entre ellos, pero la percibía con la misma claridad con que percibía el calor del sol de Saint Clair.

—Buenas tardes, Maggie. ¿Tienes alguna verdura rara que pueda probar hoy? —preguntó alegremente al adentrarse en la relativa frescura de la pequeña tienda de comestibles.

Maggie levantó la pulcra cabeza de la revista que

estaba leyendo, la cual parecía tener un año de antigüedad, y sonrió.

—¿Qué te parece esta moda nueva del esmoquin? Esta revista dice que va a hacer furor esta temporada.

Amy se acercó al mostrador y miró la revista.

—Creo que se refiere a la temporada pasada, Maggie. En California, la moda del esmoquin ya pasó.

—Sí, bueno, aquí en Saint Clair siempre vamos con un par de años de retraso —Maggie dejó la revista a un lado, se levantó y se acercó a la taquilla donde guardaba la cerveza—. ¿Quieres una? —levantó una lata.

—Vale —Amy miró una hilera de latas de comida—. ¿Tienes levadura que esté razonablemente fresca? Estoy pensando en hacer unas galletas esta tarde.

—Vas a volver loco a Jase —Maggie se echó a reír mientras abría las latas—. El pobre no sabe lo que le espera. Toma —le alargó una lata—. ¿Qué crees que será de él cuando te vayas, Amy?

Amy frunció el ceño.

—No voy a cambiar su vida de arriba abajo por hacerle unas galletas con miel, Maggie. Cuando me vaya, se sentará en La Serpiente y esperará a que aparezca otra turista despistada —aquella imagen era muy deprimente.

Maggie se encogió de hombros y bebió un largo sorbo de cerveza.

—¿Crees que volverás algún día?

—¿A Saint Clair? Lo dudo —la voz de Amy se disipó melancólicamente. Intentó concentrar su atención en los pasillos de latas y paquetes polvorientos–. ¿Tienes miel?

–Sí. Un amigo mío tiene un par de colmenas al otro lado de la isla y me mantiene surtida. Me he enterado de que esta mañana te has metido en un buen lío. ¿Qué ha pasado?

–Es una larga historia. Pero Jase fue a sacarme del atolladero –explicó Amy con una leve sonrisa.

–Eso he oído. ¿Quién es ese tipo al que ha encerrado Cowper?

–Responde al nombre de Dirk Haley.

–Ah –Maggie asintió con la cabeza sagazmente–. Entonces es el mismo por el que Jase iba preguntándole a todo el mundo.

Amy levantó la vista, sorprendida.

–¿Ah, sí? –ignoraba que Jase hubiera hecho averiguaciones sobre Haley.

–Sí, pero nadie sabía que era el del yate. Debía de usar otro nombre. Pero eso aquí es normal. Mucha gente lo hace. Me alegra que estés bien, en todo caso.

–Lo estoy –dijo Amy débilmente.

–¿Y quién es el otro forastero? ¿El que se fue en la lancha con Jase y Fred Cowper?

–El tipo que vino a detener a Haley –respondió Amy lentamente–. Por lo visto, el gobierno de Estados Unidos llevaba una temporada buscándolo.

Pasó las dos horas siguientes contándole aquella

complicada historia a Maggie, que, muy interesada, iba almacenando todos los detalles para poder relatárselos a su vez a otros interesados. A Amy no le preocupaba proporcionar información que las autoridades hubieran preferido mantener en secreto. A fin de cuentas, Murdock y sus colegas no habían tenido reparos en usar a Melissa y la máscara como cebo para su trampa. Se merecían que la historia se hiciera pública. Era una pequeña revancha por lo que había estado a punto de sucederle a Melissa. Habría podido ser su hermana quien fuera a Saint Clair y quien hubiera estado a punto de morir, pensó Amy con acritud. Además, lo que contara carecía de importancia. En Saint Clair, una historia tan jugosa no habría podido permanecer en secreto por mucho tiempo.

—Jase fue muy listo por llevarse el cordel y el cuchillo —rió Maggie, a la que la narración había hecho disfrutar enormemente—. Pero es propio de él. No me lo imagino metiéndose en un lío así a ciegas, sin tomar precauciones.

—Esa zona donde le tendió la trampa a Haley es fantástica, Maggie. Si el sector turístico se desarrolla alguna vez en Saint Clair, será una de las principales atracciones de la isla —Amy bebió pensativamente de su cerveza, recordando el fantástico escenario de la gruta tropical.

—Yo también tengo muy buenos recuerdos de ese sitio —murmuró Maggie suavemente—. Mi marido y yo íbamos de vez en cuando. No sé si quiero que lo pisoteen un montón de turistas.

Amy se echó a reír, dejó la lata de cerveza vacía y recogió la bolsa de comida que le había preparado Maggie.

—Ése es el problema de una economía basada en el turismo, Maggie: hay que contar con que se pisoteen unas cuantas cosas. Gracias por la cerveza. Nos vemos luego.

—¿Cuánto tiempo piensas quedarte en la isla? —dijo Maggie tras ella.

La sonrisa de Amy se borró. Había estado orillando aquella pregunta desde que empezara a cobrar conciencia de que el asunto que la había llevado a Saint Clair había tocado a su fin.

—No lo sé, Maggie. No hay ninguna razón para que me quede más tiempo.

—¿No? —Maggie sonrió benévolamente—. Piénsalo esta tarde, mientras le haces las galletas a Jase.

Amy se alejó deprisa. No quería pensar en aquello. De hecho, se esforzó tanto por no pensar en ello que estuvo a punto de chocar con Ty Murdock, el cual le salió al paso en el muelle.

—Vaya, Amy, ¿dónde vas tan deprisa? —preguntó arrastrando las palabras suavemente mientras la sujetaba por los hombros.

—¡Ty! —ella retrocedió, sorprendida. No le gustaba el contacto de sus dedos—. ¿Ya habéis acabado?

Él señaló con la cabeza el lado del muelle donde estaba amarrado el yate azul y blanco de Haley.

—Ya está todo resuelto, excepto el pequeño detalle de la recuperación de la máscara.

—¿Dónde está Jase?

—Les he dejado a Fred y a él en la oficina de Cowper —Ty se encogió de hombros desdeñosamente—. Tenía otras cosas que hacer. Quería hablar contigo, Amy, y supuse que sería difícil convencer a Lassiter para que diera su visto bueno. Así que he venido a buscarte por mi cuenta. Alguien me ha dicho que te había visto yendo hacia la tienda de comestibles de ahí abajo.

—Entiendo. Pero no tenemos nada de que hablar, ¿no crees, Ty? —respondió ella con precaución.

—¿Ah, no? Has venido hasta muy lejos por esa máscara, cariño —dijo en tono persuasivo—. Cuando me enteré de que eras tú y no Melissa quien había venido a Saint Clair, no podía creerlo. ¿Por qué lo hiciste, cariño? ¿Qué te hizo venir a Saint Clair en busca de respuestas? ¿Acaso estabas buscándome?

—No sé qué decir, Ty —comenzó Amy con cierta desesperación—. Es todo tan complicado y yo…

Él le quitó la bolsa de los brazos.

—Vamos, cielo. Deja que te invite a una copa. Es lo menos que puedo hacer por los viejos tiempo, ¿um? Pero creo que no vamos a ir al bar de Lassiter. No me apetece tenerlo encima, vigilándome con cara de pocos amigos cada vez que te miro.

Amy se recordó que había recorrido miles de kilómetros y cruzado el Pacífico con el único propósito de descubrir qué había sido de Ty, y permitió que la condujera al interior en sombras de una taberna del puerto llamada Cromwell's.

De pie en la terraza de La Serpiente, a poco más de una manzana de distancia, con las manos metidas en los bolsillos traseros de sus pantalones chinos, Jase observó a la pareja entrar en el otro bar. Se quedó muy quieto, consciente de que no se atrevía a sacar las manos de los bolsillos porque le temblaban los dedos.

Por fin, sintiendo que su capacidad de autocontrol se tensaba al máximo, giró sobre sus talones, entró en La Serpiente y se dirigió a su sitio de costumbre en un extremo de la barra. Ray no le preguntó enseguida. Sin que Jase se lo pidiera, abrió una botella de ron nueva, sirvió una copa y la deslizó delante de su jefe.

—¿La has encontrado? —preguntó por fin, apoyando un codo en la barra.

—Sí, la he encontrado. Acababa de salir de la tienda de Maggie con una bolsa de comida.

—Entonces ¿por qué tienes esa cara? Cualquiera diría que acabas de perder a tu mejor amigo —Ray quitó un trozo de piel de limón que había caído sobre la barra.

—Murdock le ha cortado el paso y la ha llevado a la taberna de Cromwell a tomar una copa y Dios sabe qué más —masculló Jase, echando mano del vaso de ron.

Ray disimuló una sonrisa. Nunca había visto a Jase así por una mujer.

—¿Y qué? Ha comprado comida para hacerte la cena a ti, no a él —dijo—. Quiero decir que no ha podido comprar la comida para hacerle la cena a él porque Murdock se aloja en el Marina Inn y allí no tienen cocinas. El que tiene cocina eres tú.

—¿Es eso un ejemplo del tipo de análisis que puedo esperar de un psiquiatra sin un diploma colgado detrás de la barra? —preguntó Jase sarcásticamente.

—Perdona —dijo Ray al instante, consciente de que había sobrepasado una línea invisible—. ¿De veras estás preocupado, Jase?

—Amy recorrió varios miles de kilómetros para buscar a ese tipo. A mí me conoció por casualidad.

Ray encendió un cigarrillo mientras sopesaba la cuestión.

—Tú le has salvado la vida —dijo por fin.

—No quiero su gratitud —Jase respiró hondo y cerró los ojos un instante—. Además, esta tarde he descubierto cómo le salvé la vida. Hicimos que Haley nos contara su versión de la historia, y ¿sabes qué dijo de pasada? —miró con enojo a su empleado.

—No tengo ni la menor idea.

—Haley afirmó como sin darle importancia que, mientras estaba parado a la entrada de la garganta, vio que Amy salía disparada de donde yo la había hecho esconderse y cruzaba la cascada. Por eso echó a correr y se metió en la trampa que le había tendido –gruñó Jase–. Fue pura casualidad que no le acertara cuando disparó. ¡Pura suerte de turista! Y ella debió salir corriendo a propósito, para alejarlo de mí.

Ray hizo una mueca al oír su tono furioso.

–No le ha pasado nada, Jase –dijo, intentando apaciguarlo–. La sacaste de ese lío.

–En peor lío se va a ver cuando le ponga las manos encima. Nunca antes había tenido ganas de pegar a una mujer –añadió con cierta perplejidad, algo asombrado por la intensidad de sus propios sentimientos.

–¿Por eso fuiste a buscarla en cuanto saliste de la oficina de Cowper? ¿Para darle una paliza? –Ray sonrió.

–Digamos que pensaba expresar mi opinión al respecto en términos contundentes. Amy no tenía por qué arriesgar el pellejo de esa manera. Haley hubiera caído en la trampa unos minutos después. No habría podido resistir la tentación de registrar la gruta. Tenía que saber si estábamos dentro.

–A Amy no se le da tan bien como a ti adivinar lo que va a hacer gente como Haley, Jase. Seguramente tenía miedo por ti, miedo de que Haley no pisara la cuerda –miró los nudillos de su jefe, que se habían cerrado alrededor del vaso de ron y empezaban a ponerse blancos–. Si quieres que un psicoanalista mal pagado te dé un pequeño consejo...

–¿Qué consejo? –gruñó Jase.

–Puede que pegarle no sea lo más sensato –Ray sonrió–. Hará que, comparado contigo, Murdock parezca un tipo simpático.

Jase masculló un juramento áspero y seco; apartó lentamente los dedos del vaso de ron y se levantó.

–¿Adónde vas? –preguntó Ray.

–A rescatar mi cena –Jase se dirigió a la entrada de La Serpiente y echó a andar hacia la taberna de Cromwell.

9

Tres minutos después de que Ty la sentara a una mesa y pidiera unas copas, Amy había deducido qué era lo que impulsaba a actuar a Ty Murdock. Miró el vaso de tónica que había pedido y luego levantó la vista hacia su cara con mirada especulativa.

—Esta copa no es por los viejos tiempos, ¿verdad, Ty? Te estás regodeando en otra fantasía, ¿no es eso?

Él se recostó en la silla. Parecía de la cabeza a los pies el vividor duro, cínico y socarrón que había sido siempre.

—Tropezarme contigo otra vez después de todo este tiempo tiene algo de fantasía, sí.

Amy se removió con impaciencia y se fijó automáticamente en el ambiente portuario que impregnaba la taberna de Cromwell. Aquel sitio no le gustaba tanto como La Serpiente. La taberna servía al mismo surtido de marineros de paso, pescadores, isleños y osados turistas que el bar de Jase, pero a Amy le resultaba ajena. La ponía nerviosa. Entonces recordó que se había sentido igual la primera noche en La Serpiente. Conocer al propietario ayudaba, pensó con ironía. Y al barman. Allí se sentía sola y rodeada de una atmósfera totalmente masculina. El sujeto que había detrás de la barra la había saludado inclinando la cabeza de forma curiosa al verla entrar con Ty, así que quizá supiera quién era. Parecía que casi todo en el mundo en la isla lo sabía ya.

—Hablamos de fantasías distintas, Ty, y creo que lo sabes. Para ti, el placer de verme consiste en la satisfacción que le produce a tu ego la idea de que haya venido hasta aquí impulsada por el deseo romántico de encontrarte. Crees que he viajado miles de kilómetros a través del Pacífico para averiguar qué fue de un hombre al que no podía olvidar, ¿verdad?

—¿Y no es así? —él se sonrió a medias; sus ojos oscuros se movían sobre ella con los primeros indicios del deseo—. Estás aquí, Amy, y eso dice mucho.

—Ty, creo que esto va a sorprenderte, pero no vine a Saint Clair para satisfacer una curiosidad personal acerca de tu paradero. Vine a averiguar qué le había sucedido al padre de Craig. Tu hijo tiene un año, Ty. ¿Es que eso no te interesa en absoluto?

—Craig fue un error —dijo él tranquilamente.

—Un error por el que Melissa acabó pagando. Tú no te quedaste a apoyarla, desde luego, ni emocional ni económicamente. Te fuiste impunemente, ¿no es eso? Te alejaste de todas tus responsabilidades, sin preocuparte de las facturas del médico ni de segar el césped, de cambiar pañales o preguntarte si a Craig le va bien en la escuela.

—Yo no estaba hecho para esa clase de vida, Amy, y tú lo sabes —replicó él con aspereza.

—Sí, lo sé. Lo sabía ya hace dos años. Por eso no me casé contigo cuando me lo pediste. Sólo desearía que mi hermana también se hubiera dado cuenta.

—Yo también, Amy, yo también —dijo Ty cansinamente, levantando su copa—. ¿Quieres saber qué pasó en realidad entre Melissa y yo? Te lo diré. Cuando tú me rechazaste, ella fue muy dulce. Tierna, femenina y cariñosa. Todo lo que tú no querías ser conmigo. ¿Tan raro te parece que fuera... en fin, un consuelo?

—Quieres decir que fue un bálsamo para tu ego herido y que la usaste para intentar darme un escarmiento por haber tenido la desfachatez de rechazar tu proposición de matrimonio —dijo Amy, crispada—. A eso lo llamo yo comportarse como un crío. Estás muy orgulloso de tus hazañas de machito, Ty, pero la verdad es que nunca te has convertido en un hombre. Afrontas las verdaderas responsabilidades de la vida como un niño. ¡Huyes de ellas!

Ty se echó hacia delante bruscamente y la agarró de la muñeca. Sus ojos oscuros relucían. Por un instante, a Amy le recordó a Dirk Haley. Sintió que sus nervios se disparaban y que un estremecimiento de temor se apoderaba de ella.

—Mira, Amy —gruñó él—, lo que ocurrió entre Melissa y yo fue una de esas cosas que pasan. A mí la que me importaba eras tú. Entre tú y yo podía haber habido algo especial. Si no hubieras sido tan condenadamente precavida, si te hubieras permitido quererme como me quería Melissa, todo habría sido distinto.

—Nada habría sido distinto y tú lo sabes. Si no hubiera sido tan condenadamente precavida, habría acabado como Melissa. Y a mí ningún hombre va a ponerme en esa situación, Ty Murdock. Sobre todo, un hombre capaz de hacerle lo que tú le has hecho a Melissa.

La boca de Murdock se tensó.

—Mi versión de la historia no te interesa, ¿eh? ¿Sabes lo que se siente al despertarse una mañana y encontrarse atrapado con una mujer y un niño de camino? ¿Ver cómo tu vida entera se va por el desagüe? La vida es demasiado corta para malgastarla varado en un barrio residencial. Yo necesito ser libre. Necesito ponerme a prueba constantemente, descubrir si soy capaz de sobrevivir. Mi trabajo es como una partida de ajedrez aderezada con una pizca de peligro para darle sabor. Nada de lo que podía ofrecerme Melissa podía compararse con el estilo de vida que llevo ahora.

—Lo sé —dijo Amy en voz baja—. Melissa te ofrecía un hogar. ¿Es que no lo ves, Ty? Habría pasado lo mismo si yo hubiera aceptado tu proposición de matrimonio. Porque lo único que puedo ofrecer es un hogar.

—Podríamos haber hecho que funcionara.

Amy sacudió la cabeza.

—No. Si te hubiera dado el hijo que decías querer, habría acabado criándolo sola. Que es exactamente como Melissa está criando al hijo que le diste. Es un niño precioso, Ty. Se parece mucho a ti.

—No intentes pulsar esas cuerdas, Amy —le espetó él—. No te servirá de nada. No podría volver para quedarme. Es mejor para Melissa y para Craig que no lo intente.

Por primera vez desde que Murdock había salido a su encuentro y la había llevado a la taberna de Cromwell, Amy logró esbozar una sonrisa tensa y triste.

—No podría estar más de acuerdo contigo. No vine aquí para encontrarte y llevarte a casa a rastras, Ty. Nos preguntábamos sinceramente si seguías vivo. Verás, Melissa necesitaba saberlo porque algún día tendrá que hablarle de ti a su hijo.

Él frunció el ceño.

—¡Que le diga la verdad!

—Intentábamos no tener que explicarle que su padre es un canalla.

—¡Serás…! —los dedos que sujetaban la muñeca de Amy se crisparon dolorosamente un instante mientras el rostro de Ty adquiría una expresión amenazante.

Amy intentó no acobardarse y se quedó muy quieta, esperando a ver qué pasaba. Luego, con un ademán de fastidio, Ty la soltó y volvió a recostarse en la silla. Sus ojos oscuros la miraban sombríamente.

—¿Qué vas a decirle a Melissa cuando vuelvas a casa?

Amy se encogió de hombros.

—Había pensado decirle que estás muerto.

—Eso sería un inconveniente si alguna vez se me ocurriera presentarme en San Francisco —dijo él maliciosamente.

—Si alguna vez cometes el error de presentarte en casa de Melissa, te encontrarás cara a cara con un hombre que sabe asumir sus responsabilidades. Melissa va a casarse muy pronto, Ty. Y Adam sabe cómo proteger a su familia. No te dejará cruzar el umbral. No permitirá que les hagas daño a Melissa o a tu hijo. ¿Por qué crees que soy yo quien vino a Saint Clair a averiguar la verdad sobre la máscara y sobre lo que había sido de ti? Porque Adam no quiso que viniera Melissa. Y, francamente, ella tampoco quería venir. Se ha olvidado de ti, Ty. El hogar que te ofreció una vez se lo ha ofrecido a otro hombre que ha tenido el buen sentido de aferrarse a él con las dos manos. Adam adoptará legalmente a Craig en cuanto sea posible.

—¡Adoptarlo! —aquélla fue una de las pocas veces, quizá la única, que Amy vio perder la compostura a Ty Murdock. Él se quedó mirándola con estupor, pero se recobró casi al instante–. Bueno, puede que sea lo mejor.

–Me inclino a darte la razón –dijo ella secamente. Se levantó y recogió la bolsa de la compra que había dejado en una silla, a su lado–. Adiós, Ty. No diré que ha sido un placer, pero ha sido esclarecedor. Sería interesante ver cuánto te gusta tu vida libre y aventurera dentro de veinte años, cuando empieces a desmoronarte físicamente y las mujeres no te encuentren ya tan atractivo. El hijo de Melissa y Adam estará para entonces en la universidad. Quizá se parezca a ti físicamente, pero puedes apostar a que sus padres no permitirán que se convierta en otro caso de desarrollo incompleto, como su padre biológico. Madurará y se convertirá en un hombre, no en un niño que quiere jugar eternamente –dio un paso hacia delante para marcharse y en ese momento sus ojos se posaron en Jase, que acababa de cruzar la puerta y la miraba con una expresión que no pudo definir, una expresión a medio camino entre la furia y el miedo, mezclada con una buena dosis de irritación.

Al quedarse parada junto a la mesa, Ty se levantó y le puso una mano sobre el hombro. Aún no había visto a Jase.

–Escúchame, Amy. Olvídate de Melissa, de Craig y de San Francisco. Aquí uno aprende a vivir el presente y a olvidarse del futuro. Y ahora mismo sólo estamos tú y yo. Déjame enseñarte lo que te has perdido estos dos años. Te llevaré a cenar y luego podemos pasar la noche juntos. Será divertido, Amy, te lo prometo.

Jase comenzó a cruzar el local con su paso ligero y eficaz. La furia dominaba ya su semblante.

—Me temo que eso es imposible, Ty —dijo Amy cuidadosamente, y sintió erizarse sus nervios al mirar a Jase. Ya había tenido suficientes emociones por un día, se dijo acongojada. Lo último que necesitaba era otro estallido de violencia masculina—. Ya tengo planes para cenar. Y también para después de la cena.

Ty giró la cabeza para seguir la dirección de su mirada y achicó los ojos.

—¿De veras te acuestas con Lassiter?

Amy dio un leve respingo cuando Jase llegó hasta ellos. Golpeó con el codo la tónica, que no se había acabado, y el vaso se tambaleó al borde de la mesa. Jase alargó automáticamente el brazo para enderezarlo. Tenía la atención fija en Ty Murdock, no en el vaso que acababa de rescatar.

—Sí —dijo entre dientes en respuesta a la pregunta de Murdock—, se acuesta conmigo. Y la comida de esa bolsa es para prepararme la cena. Además, soy yo quien le ha salvado la vida hoy. En resumidas cuentas, Murdock, no tienes ningún derecho sobre ella. Vuelve a acercarte a ella y te rompo el cuello. Vámonos, Amy.

Le quitó de las manos la bolsa de la compra y la sujetó en el hueco de un brazo. Con la otra mano agarró a Amy de la muñeca y la sacó de la taberna.

Amy no protestó mientras tiraba de ella sin ceremonias por el muelle. Tenía que ir al trote para mantenerse a su paso, y le dolía un poco la muñeca que él seguía apretándole con fuerza. Aun así, notaba una abrumadora sensación de alivio. Iba a dejar atrás a Ty Murdock para siempre, y aquella idea resultaba muy agradable.

Jase no dijo nada hasta que llegaron a casa. Tras abrir la puerta de la cocina y dejar la bolsa en la encimera, soltó a su prisionera y la contempló entornando los ojos con dureza.

—No le deseas, Amy.

—No —contestó ella al instante, y en sus labios tembló una suave sonrisa.

—Es un malnacido.

—Sí.

—Tu hermana y su hijo tampoco le necesitan. Nadie necesita a un tipo como ése.

—Muy cierto —dijo Amy, y su suave sonrisa se hizo un poco más amplia.

—No quiero que vuelvas a acercarte a él.

—Lo entiendo, Jase. Créeme, no quiero volver a acercarme a él.

Los ojos turquesa de Jase eran de pronto muy brillantes.

—Sé lo que hiciste en la gruta esta mañana, Amy. Haley nos dijo que te pusiste a tiro.

—Ah —dijo ella con una leve exclamación de sorpresa.

—Me puse furioso. De hecho, me dieron ganas de pegarte. Pero Ray me disuadió.

—¿Ah, sí? —Amy contuvo el aliento cuando él se acercó. El deseo empezaba a cobrar vida entre ellos nuevamente. Creyó derretirse bajo el fuego turquesa de sus ojos.

—Me dijo —explicó Jase cuidadosamente mientras escudriñaba su cara— que, si sucumbía a la tentación de molerte a palos, tal vez llegaras a la conclusión de que, comparado conmigo, Murdock era un buen tipo.

Amy levantó las manos para acariciar su cara.

—Ray se equivoca. Tú no te pareces nada a Murdock, y nada de lo que hagas le hará parecer un buen tipo —se puso de puntillas y le dio un leve beso en los labios—. Aunque decidieras darme una azotaina, seguiría haciéndote la cena esta noche —Amy sonrió.

—¿Y pasarías la noche en mi cama? —insistió él, y su voz oscura como el jerez fluyó sobre ella mientras le quitaba el pasador del pelo

—Sí —Amy le rodeó el cuello con los brazos y echó la cabeza hacia atrás al tiempo que su melena caía suelta. Por debajo de los párpados entornados sus ojos incitaban amorosamente a Jase—. Pero, en esas circunstancias, tendríamos que introducir algunos cambios en la rutina habitual.

—¿Qué quieres decir?

—Bueno, si tuviera el trasero muy dolorido, supongo que tendría que ponerme yo encima, en vez de debajo.

—Tengo la sensación de que no te estás tomando muy en serio mi enfado —gruñó él, acercándola para besarle el cuello.

—Estoy usando mis tretas de mujer para hacerte olvidarlo.

—Pues tus tretas están dando resultado. Cada vez estoy menos enfadado —le hizo cosquillas en la nuca con los labios—. Dios, Amy, cuánto te deseo. Ahora mismo me siento como si tuviera que darte una paliza o hacerte el amor. De un modo u otro, tengo que dejarte mi huella.

—¿Puedo elegir la técnica que vas a usar? —preguntó ella provocativamente.

Él se inclinó y la levantó en brazos. Tenía el semblante crispado por el deseo.

—No, creo que no. Llevas volviéndome loco todo el día, desde que me desperté esta mañana y descubrí que no estabas. Cuando recibí ese mensaje de Haley, casi perdí la cabeza. Y, nada más resolver ese lío, aparece Murdock. Entre unas cosas y otras, ha sido un día muy duro.

Mientras hablaba, la condujo a través de la cocina y la llevó al cuarto de estar. Se sentó con ella en el sofá y la recostó sobre sus muslos, acurrucándola en sus brazos. Mientras yacía así reclinada, la miró fijamente. Era consciente de que su frustración había alcanzado su grado máximo, y sabía que no era únicamente de índole física.

La frustración que sentía esa noche no desaparecería haciendo suya a Amy una vez más. Lo que sentía era una forma de insatisfacción mucho más profunda. Una insatisfacción que tenía sus raíces en el miedo. Amy había concluido los asuntos que la habían llevado a Saint Clair. No había ya nada que la retuviera a su lado, y él ansiaba arremeter violentamente contra esa convicción. No tenía nada que ofrecerle para que se quedara, y lo sabía.

Le temblaban las manos cuando empezó a desvestirla. Dejó que el deseo ahuyentara de su cabeza aquellas ideas perturbadoras. No tenía sentido pensar en el mañana. ¿Acaso no había aprendido aquella lección hacía mucho tiempo?

Pero con Amy se sentía tentado una y otra vez a hacer precisamente eso: pensar en el futuro. «Fantasear acerca del futuro» sería una descripción más precisa, se dijo a sí mismo. Amy tenía razón. A los hombres les gustaba regodearse en sus fantasías. Tenía que recordarse que Amy pertenecía a un mundo distinto, a un mundo del que él se había alejado hacía años. Contemplar un futuro con ella era, ciertamente, una simple fantasía.

Sintió los dedos de Amy jugueteando con los botones de su camisa mientras le quitaba la blusa. Su contacto le hizo proferir un gruñido, y la evidencia de su deseo pareció animar a Amy, que le quitó la camisa poco después de que su blusa hubiera caído al suelo. Luego, Jase sintió el leve aguijonazo de sus uñas rodeando sus pezones planos y viriles y tirando sensualmente del vello de su pecho. La boca de Amy comenzó a vagar por la piel bronceada de sus hombros, y un intenso temblor se apoderó de él cuando le mordió provocativamente.

La delicada curva de su pecho le llenaba la palma de la mano. Frotó ligeramente el pezón y se excitó ferozmente cuando éste comenzó a endurecerse bajo su contacto. Cuando la punta de su seno se hubo endurecido a su gusto, recostó a Amy contra el extremo del sofá y se tumbó agresivamente sobre ella. Luego bajó la cabeza para saborear los capullos que él mismo había cultivado.

El olor de Amy invadió sus sentidos mientras lamía cada pezón con la punta de la lengua. Nunca olvidaría su fragancia, pensó vagamente. Aquel perfume quedaría grabado en su memoria el resto de su vida. Aquella idea le hizo desear imprimir en la memoria de Amy un recuerdo de sí mismo que no se disipara jamás.

—Quiero que pienses en mí cuando vuelvas a San Francisco —se oyó decir con voz rasposa—. Quiero que me veas, que me sientas, que me recuerdes cada vez que mires a otro hombre. Quiero estar en medio cada vez que pienses en irte a la cama con otro.

—Jase, eres muy cruel… —musitó ella.

—Lo sé. Parece que contigo no puedo evitarlo. Me vuelves loco, cariño, haces salir una parte de mí que llevaba mucho tiempo enterrada —se deslizó por su cuerpo, depositando besos cálidos y húmedos sobre su vientre. Luego hundió los dedos bajo la cinturilla de sus vaqueros.

De un tirón le desabrochó los pantalones y le bajó la cremallera. Deslizó las manos por la curva de sus caderas y le quitó los vaqueros con un toque de desesperación. Mientras lo hacía, comprendió que no era así como se había imaginado haciéndole el amor. Había querido ser romántico y refinado, mostrarle toda clase de matices sutiles y excitantes que ella pudiera recordar más adelante.

Pero no podía sacudirse aquella sensación de desesperación, el deseo casi violento de imponerse a ella. Esa tarde, era la certeza de que pronto la perdería lo que le impulsaba a hacerle el amor en el ventilado cuarto de estar.

Ella no se resistió, no intentó que aflojara el ritmo, ni le pidió que fuera más tierno. Su sumisión aumentaba el osado deseo de Jase y nutría su satisfacción. Parecía tan atrapada como él por aquel frenesí primitivo y apremiante, y esa idea hacía perder la cabeza a Jase.

Él hundió las manos en los redondeados globos de sus nalgas y contuvo el aliento, notando que la sangre se le aceleraba. Oyó el suave gemido gutural de Amy al enterrar los labios en el hueco de sus hombros.

Luego ella desabrochó con dedos temblorosos el botón de sus pantalones, y Jase se apartó un poco para que acabara de desvestirlo.

—¡Amy! ¡Amy! ¡Te deseo tanto...!

—Sí, Jase. ¡Oh, sí!

Él se quitó a puntapiés los pantalones, volvió a tumbarse sobre ella y le separó con ansia los muslos para deleitarse por completo en su perfume y su ardor. Cuando los dedos de Amy se cerraron con fuerza entre su cabello, Jase se regodeó pensando que era capaz de hacer florecer, llena de vida y de belleza, a aquella mujer. El modo en que ella se rendía a sus caricias no se parecía a nada que él hubiera conocido antes.

Con infinito asombro exploró los secretos de su cuerpo, buscando los lugares más sensibles e incitando su carne acogedora hasta que Amy comenzó a retorcerse bajo él.

Levantó la cabeza para mirarla. Ella tenía los ojos cerrados con fuerza y jadeaba con los labios entreabiertos y húmedos. Gimió suavemente, arqueando las caderas hacia su mano, como si le suplicara con el cuerpo la satisfacción que Jase le prometía.

Hechizado, Jase introdujo la mano en el húmedo y palpitante corazón de su deseo y se maravilló al sentir su calor.

—Estás en llamas, cariño. Eres como fuego líquido.

—Ven a mí, Jase —musitó ella con voz gutural, tirándole de los hombros—. Ven a mí, por favor...

Jase se deslizó lentamente hacia arriba para tomar lo que Amy le ofrecía, y notó que sus manos tiernas y suaves se movían sobre su cintura. Cuando ella asió entre los dedos su miembro viril, dejó escapar un gruñido de deseo y comenzó a susurrar en su oído palabras breves y explícitas, animándola a seguir adelante.

Las manos de Amy le incitaban, lo mismo que él la

había incitado a ella. Se lo prometían todo, y le seducían con temerario abandono.

—Guíame —dijo con aspereza—. Llévame dentro de ti, cariño. Enséñame dónde quieres que vaya.

Pero, en lugar de hacer lo que le ordenaba, Amy lo mantuvo en un exquisito cautiverio. Sujetaba con las palmas su miembro mientras sus dedos lo exploraban con tierna emoción.

—¡Amy!

Ella siguió provocándolo e incitándolo. Sus piernas se movieron lánguidamente a lo largo de Jase, y él sintió la suavidad satinada de su piel sobre su muslo cubierto de áspero vello.

—Cariño, no puedes tenerme a la intemperie mucho más tiempo —dijo.

Traspasó fácilmente la suave barrera de sus manos y, al hallar esperándolo la promesa de su sexo, se hundió profundamente en su calor oscuro y aterciopelado.

Bajo él, Amy dejó escapar un gemido, como hacía siempre cuando la penetraba. Jase sintió que su cuerpo se amoldaba a él, cerrándose alrededor de su sexo, y experimentó de nuevo el abrumador deseo de darle un hijo. Un hijo suyo. Dejó que aquella fantasía se apoderara de él, como las otras veces que habían hecho el amor. Ansiaba satisfacerla como mujer, hacerla experimentar el placer físico del amor. Pero, a un nivel más profundo, quería mucho más. Quería saber que había dejado una semilla fértil dentro de ella, como un talismán contra el futuro.

La fantasía de dejar embarazada a Amy era tan fuerte que no podía resistirse a ella. El deseo de engendrar un hijo había permanecido latente durante diez años, y ahora había emergido de nuevo con tal fuerza que se sentía incapaz de sofocarlo. Cuando abrazaba a Amy, no podía pensar en otra cosa.

Pero aquella fantasía no era ni sutil ni refinada. No era una cosa lánguida e inerme que pudiera alargarse y prolongarse en infinitos matices que, a su vez, dilataran el acto amoroso.

Con Amy bajo él y aquella fantasía en la cabeza, todo parecía estallar en un fuego blanco. La poseyó como un vendaval de ansia y de deseo, y se deleitó en su respuesta, tan explosiva como la suya propia. Al sentir que un delicioso temblor se apoderaba de ella, comprendió que había alcanzado el clímax, y aquella certeza desató su propio orgasmo.

Arqueándose sobre ella, se entregó a aquella palpitante descarga y gritó el nombre de Amy en una agonía de placer al tiempo que se derrumbaba sobre sus pechos.

Pasó largo rato antes de que Amy se moviera. Notaba sobre ella el peso de Jase, que seguía aplastándola sobre los cojines del sofá. Levantó lentamente los párpados y una sonrisa suave se dibujó en la comisura de su boca al encontrarse con la mirada de Jase.

—Qué bonitos —murmuró mientras acariciaba el pelo caoba que le caía sobre la frente. Él la miró inquisitivamente—. Tus ojos —musitó—. Tienes los ojos más bonitos del mundo. Nunca había visto nada parecido.

Él sonrió con desgana, obligándose a adoptar un tono burlón.

—Son para verte mejor, cariño mío.

—Si vas a jugar a eso, será mejor que no siga enumerando tus mejores atributos —se quejó ella—. Podría ser embarazoso.

—No seas tímida.

—¿Buscas cumplidos? —bromeó ella, deleitándose en el suave reflujo de su pasión.

Aquellos momentos especiales no durarían, y quería almacenar su ternura y su recuerdo. Eran únicos y seguirían siéndolo el resto de su vida. Amy lo sabía sin asomo de duda. Jase había logrado lo que se proponía: había dejado en ella la impronta de su cuerpo. Nunca lo olvidaría. Claro, que eso lo sabía desde la primera noche que pasaron juntos.

—Te cambio un halago por otro —sugirió Jase—. A cambio de decirme que tengo los ojos bonitos, yo te diré que los tuyos son del color del mar por la mañana o después de una tormenta.

A Amy se le iluminó la cara, a pesar de que no era más que un juego.

—Eso está muy bien. Veamos. Tienes unos hombros magníficos. No abultados, como los de un levantador de pesas, sino fuertes y suaves. Será de tanto nadar.

—Y tú —murmuró él, inclinándose para tocar con la punta de la lengua uno de sus pezones—, tienes unos pechos preciosos. Suaves y sensibles. Igual que tú.

Amy sonrió y dejó que su mano se deslizara sobre el muslo de Jase.

—Tu cintura es fibrosa y tensa. No tienes ni un gramo de grasa. No está mal, para ganarte la vida llevando un bar —añadió, complacida.

—Y tu tripa tiene una curvita monísima —repuso él.

—Tú además tienes buenas piernas —añadió ella.

—Las tuyas son increíblemente excitantes cuando me rodeas con ellas —dijo él arrastrando las palabras con un brillo en la mirada. Luego alargó una mano y hundió los dedos en una de las nalgas de Amy—. Pero si tuviera que elegir lo que más me gusta...

—¡Te dije que esto iba a ser embarazoso!

—¡Qué va! —dijo él, y le rozó la boca con un beso lento y satisfecho—. Nada tuyo puede resultar embarazoso. Salvo, quizás, el efecto que surtes sobre mí.

—Oh, no —protestó ella con una suave nota de buen humor—. Eso es lo que más me gusta.

—¿Te gusta verme perder el control?

—Um. Me da cierta sensación de poder.

Jase la miró fijamente. Mientras observaba su cara, el humor abandonó sus ojos.

—Soy yo el que se siente poderoso. Pero no es más que una fantasía, ¿verdad?

—¿Qué? ¿Qué ocurre, Jase? —Amy lo miró sin comprender mientras él se sentaba a su lado.

Jase se giró de repente y le dio una suave palmada en el trasero.

—Arriba, nena. He cumplido con mi deber de hombre, me he hecho valer y te he puesto en tu sitio con toda firmeza. Ahora, tengo hambre.

—¿Me estás desterrando a la cocina? —preguntó ella haciendo un mohín.

—Eso será después de la ducha —respondió él, y bajó los brazos para ayudarla a levantarse—. ¿Qué has traído para cenar?

—Sexo y comida, ¿es que no piensas en otra cosa?

—La humanidad tiene dos acicates básicos —la enlazó con ligereza por la cintura y se la echó a los hombros que ella acababa de alabar—. Vamos a la ducha, señorita. Luego puedes irte a los fogones. No has contestado a mi pregunta. ¿Qué me has traído para cenar?

—¿Cuánto tiempo hace que no comes galletas de miel y pollo estofado a la vieja usanza?

—Dios mío, se me hace la boca agua.

La ensoñación que habían creado en las postrimerías de su pasión, la fantasía de ser dos amantes felices y sin ninguna preocupación en el mundo ni un futuro en el que pensar, persistió durante la cena. Amy sabía que intentaba dilatar deliberadamente aquella fantasía, y Jase, por su parte, parecía deseoso de prolongar la ilusión.

Amy lo estaba observando comerse la última galleta cuando se acordó de algo.

—¿Qué ocurre? —preguntó Jase al ver que arrugaba el ceño.

—Me estaba preguntando… ¿sabe alguien por qué es tan valiosa la máscara?

Jase titubeó.

—Murdock dejó creer a Haley que contenía una lista de agentes estadounidenses en el Pacífico. Le dio a entender que pensaba vendérsela al mejor postor algún día, si tenía dificultades económicas o necesitaba ayuda.

—¿Y existe tal lista?

—Murdock asegura que no. Dice que sólo la usó como cebo para atrapar a Haley. El único valor de la máscara es el valor sentimental que pueda tener algún día para el hijo de Melissa. Puedo sacarla del fondo, si quieres recuperarla, Amy.

Ella se quedó pensando un momento. Había ido hasta allí para descubrir el secreto de la máscara y averiguar qué había sido de Ty Murdock. Ahora sabía la respuesta a ambas preguntas.

—No —dijo por fin—, no te molestes en sacarla. Craig tendrá pronto un nuevo padre…, un padre de verdad, espero. No necesita recuerdos de un hombre como Ty Murdock.

—¿Vas a decirle a Melissa la verdad sobre Murdock? ¿Que sigue vivo?

—Sí. Seguramente es lo mejor. Pero no cambiará nada. Está muy enamorada de Adam y no creo que renuncie a la certeza de su amor por la quimera del amor de Ty.

—¿Y tú, Amy?

—Yo nunca me he hecho ilusiones respecto a Ty Murdock, Jase —dijo con firmeza. «Ahora», pensó sombríamente, «sólo me hago ilusiones contigo».

Ignoraba cuándo o dónde había nacido aquella ilusión que ardía en su cabeza en todo su esplendor, con colores vivos y palpitantes. Aquella fantasía consistía en una imagen de Jase en medio de un hogar confortable, envuelto en su amor, llevando una vida normal y civilizada.

Aquél era el hombre para el que quería crear un hogar.

Por fin había escogido a un hombre, y con su inveterada torpeza había ido a elegir precisamente a uno que se había apartado voluntariamente de la civilización. Un hombre al que no le interesaba fundar un hogar.

10

La frágil telaraña de ilusión que había surgido al calor de la pasión entre Jase y Amy comenzó a desvanecerse tan pronto acabó la cena. La realidad regresó de golpe.

Amy sabía lo que estaba pasando, conocía la causa de su malestar, pero sólo podía hacer conjeturas respecto a los motivos del creciente mal humor de Jase.

Desde su punto de vista, era bastante sencillo definir las razones de su desasosiego. Al disiparse aquella rosada ilusión de felicidad, se veía obligada a encarar la pregunta inevitable: ¿cuánto tiempo podía prolongar su estancia en Saint Clair tras zanjar el asunto de la máscara? Aquel interrogante zumbaba en su cabeza mientras caminaba junto a Jase hacia La Serpiente, después de la cena. ¿Cuánto tiempo podía estirar el pretexto, ya de por sí penosamente endeble, de concederse un par de días más de vacaciones para ver la isla antes de tomar el avión de regreso a casa?

¿Cuánto tiempo quería en realidad prolongar aquel pretexto? Cuanto más se quedara con Jase, más dura sería la despedida. Quedándose en Saint Clair no se haría ningún favor.

Como por acuerdo tácito, ni Jase ni ella hablaban abiertamente de la fecha de su partida. Pero su inminencia se abría ante Amy como una vasta sima vacía. Sospechaba que Jase estaba haciendo honor a su filosofía, elaborada trabajosamente, de tomarse cada día según venía. Aceptaría lo que ella quisiera darle mientras durara. Ella sabía que rara vez pensaba en el porvenir. Era así como había aprendido a sobrevivir emocionalmente durante los diez años anteriores, y le funcionaba. Ella no tenía derecho a criticar aquel punto de vista. Pero, aun así, el hecho de que fueran tan distintos incluso a un nivel tan fundamental resultaba deprimente.

En La Serpiente, el público comenzaba a animarse. Había otro barco de la Armada en el puerto, y además de los marineros que ya habían descubierto el bar, había cierto número de isleños que se pasaban por allí a tomar una cerveza y a chismorrear un rato sobre los sucesos del día. Fred Cowper estaba sentado a una mesa con un par de pescadores a los que Amy había visto en los muelles. Los tres la saludaron con una cordial inclinación de cabeza cuando Jase la condujo a una mesa de las que miraban al malecón.

Ray sonrió alegremente al llevarles una copa de vino tinto para Amy y un vaso de ron con hielo para su jefe. Amy levantó una bolsita que había llevado consigo.

—Aquí tienes, Ray. El postre.

La sonrisa del barman se hizo más amplia cuando agarró la bolsa con entusiasmo y la abrió.

—¡Galletas de chocolate! ¡Mis preferidas!

—Dijiste que tu postre preferido era la tarta de crema de coco —gruñó Jase y, levantando el vaso de ron, bebió un largo trago.

—Eso fue porque Amy me la trajo un jueves. Los jueves, mi postre predilecto es la tarta de crema de coco. Pero hoy no es jueves. ¿Cuándo las has hecho, Amy? Tengo entendido que hoy has estado muy liada.

—Hice la masa antes de cenar y las horneé mientras comíamos —dijo ella suavemente.

—¿Cuántas se ha comido ya Jase? —preguntó Ray.

—No te preocupes, no me ha dado más que a ti —le informó su jefe secamente.

—Vaya, veo que esta noche está de un humor excelente —le dijo Ray a Amy mientras engullía las galletas—. Puede que no le hayas dado suficientes galletas. Están deliciosas.

—Gracias, Ray.

Amy lo miró mientras se alejaba a toda prisa hacia la barra. A su lado, Jase permanecía arrellanado en el sillón de mimbre de respaldo alto, bebiendo ron con un denuedo que la asustaba. Había bebido menos durante los días anteriores, y de pronto parecía empeñado en recuperar el tiempo perdido. La inquietud de Amy se manifestó en una extraña forma de enojo.

—¿Piensas quedarte ahí sentado cada noche el resto de tu vida, bebiendo ron? —masculló cuando no pudo soportar más que él siguiera bebiendo en silencio.

Jase le lanzó una mirada de soslayo. Parecía estar pendiente de la entrada del bar.

—Puede ser. ¿Acaso importa?

Amy tensó la boca al sentir la frialdad de su réplica. Paseó la mirada por el interior del bar, ansiosa por quitarse de la cabeza la tensión que crecía sin cesar entre ellos.

La Serpiente no le parecía ya el lugar extraño y peligroso de la primera noche, pensó con cierto asombro. Tal vez porque conocía ya, al menos de vista, a algunas de las personas que lo frecuentaban. En realidad, había trabado cierta amistad con dos o tres isleños, amistad con la que al principio ni siquiera había soñado. Pensó en Maggie, tan pragmática y alegre, y en Ray, aquel pintor despreocupado y tranquilo. Saint Clair no había resultado ser como esperaba. Había en la isla algunas personas muy agradables.

—¿En qué estás pensando, Amy? —la pregunta, pronunciada con calma, rompió un largo trecho de silencio. Jase casi se había acabado el ron y le había hecho una seña con la cabeza a Ray para que le llevara otro.

Amy miró el ron casi consumido.

—Estaba pensando en el futuro del turismo en Saint Clair —contestó evasivamente—. La Serpiente podría tener mucho éxito si los cruceros comenzaran a hacer escala aquí.

—Sí, supongo que sí —Jase no parecía muy interesado en el tema.

—¿Nunca piensas en el futuro, Jase? —musitó ella con cierta desesperación.

—No, si puedo evitarlo. No le saco ningún provecho.

Ray le llevó otro vaso de ron. Su expresión ya no era alegre, sino más bien impasible y cortés. Amy tuvo la impresión de que desaprobaba el renovado interés de su jefe por la bebida.

La conversación flaqueó de nuevo. Amy flexionaba nerviosamente los dedos alrededor del tallo de su copa de vino y se esforzaba por relajarlos. No quería volver a pasar por la vergüenza de tirar otra copa. ¿Qué estaba pasando? Quería que sus últimas horas con Jase fueran perfectas, todo lo especiales que pudieran ser. Ansiaba desesperadamente atesorar recuerdos. Pero todo empezaba a volverse incomprensible y caótico. Las lágrimas brillaron un instante en sus ojos antes de que las refrenara parpadeando a toda prisa.

Cuando su visión se aclaró, le reveló un desastre inminente.

Ty Murdock acababa de entrar en La Serpiente dando tumbos. Saltaba a la vista que llevaba ya algún tiempo empinando el codo. Incluso Amy advirtió la tensión, de una variedad nueva, que de pronto cobró vida en el hombre sentado a su lado. No hacía falta que nadie le dijera que se avecinaban problemas. Miró con nerviosismo a Ty, que acababa de apoyar una bota en el estribo metálico de la barra y estaba pidiendo una copa mientras su mirada oscura barría el local.

—Mierda —masculló Jase, malhumorado—. Lo que me hacía falta esta noche.

Se hundió aún más en las sombras del sillón de mimbre y observó a Murdock con una mirada fría y meditativa que multiplicó por mil el mal presentimiento de Amy.

—¿Jase? —él ignoró su mirada ansiosa—. Jase, no quiero problemas esta noche.

Pero sentía el desafío que aleteaba en el aire entre los dos hombres, y no sabía cómo disolverlo. Allí, las normas habituales de cortesía no siempre se aplicaban. Una sacudida de pánico se apoderó de ella.

—No está haciendo nada, Jase. Por el amor de Dios, sólo está tomando una copa.

Aquello consiguió atraer un instante la atención de Jase.

—Eso es lo que estoy haciendo yo también. Tomar una copa. Pero hay una diferencia fundamental.

—¿Cuál?

—Que yo estoy tomando una copa contigo —explicó cortésmente, como si Amy no fura muy brillante—. Tu viejo amigo Murdock sabe perfectamente que esta tarde te llevé a casa y te hice el amor después de sacarte del bar delante de sus narices. Él pensaba hacer lo mismo. Ahora se ha tomado unas copas y ha tenido tiempo de reflexionar. Y no está de muy buen humor que digamos, cariño. No me culpes a mí por lo que vaya a ocurrir.

—Basta ya —siseó ella, alarmada por el fatalismo con que Jase parecía estar preparándose para una pelea. Incluso parecía esperarla con extraño placer—. No digas esas cosas. No es posible que sepa que hemos pasado la tarde... —su voz se disipó cuando la mirada sombría de Ty se posó en su mesa. El rubor inundó sus mejillas.

—¿Que no sabe que hemos pasado la tarde en la cama? Claro que lo sabe. Sabía perfectamente lo que me proponía cuando te saqué a rastras del bar de Cromwell. Seguramente no ha parado de beber desde entonces. Habrá estado dándole vueltas una y otra vez al asunto, imaginándote en mis brazos.

Amy estaba atónita.

—¡Jase!

—Los hombres y sus fantasías, ¿recuerdas, cariño? —dijo él con aire burlón.

—Jase, por favor, no quiero peleas.

—Pues Murdock está buscando bronca. A estas alturas ya se habrá convencido de que tiene que demostrar que es lo bastante hombre como para aplastar al amante que has elegido. Y querrá que presencies la prueba de su hombría.

—¿No hablarás en serio? ¡Eso es una estupidez! Es infantil. ¡Es una prueba de inmadurez!

—Los hombres son así a veces. Tú no paras de decírmelo.

—Está bien, admito que Ty puede hacer cosas muy infantiles, como ponerse a fanfarronear para demostrar su hombría, pero de ti espero algo mejor, ¿me oyes? —dijo enérgicamente, en tono admonitorio.

—¿Y por qué esperas que me comporte con más sutileza? Sólo soy un tipo corriente que vino a parar a Saint Clair. Uno más que se alejó de tu civilizado mundo hace mucho tiempo.

Amy lo miró con enojo. Se sentía incapaz de evitar el desastre.

—Tú también buscas pelea, ¿no es cierto? Estás deseando que Ty te dé pie.

—Te estás convirtiendo en una buena psiquiatra aficionada. Quédate una temporada en el Pacífico y llegarás a hacerlo muy bien. Es lo propio del país.

Amy vio por el rabillo del ojo que Murdock apuraba su bebida y comenzaba a cruzar el local con paso decidido. Había en cada línea de su cuerpo una hostilidad elemental.

Jase no se movió, pero Amy sintió su tensión y sintió ganas de gritar.

—Jase, esto es una locura. No dejes que se te escape de las manos. Controlar la situación depende de ti.

—La controlaré —él no le prestaba ya ninguna atención. Estaba atento a Murdock, que se detuvo ante la mesa con aire desafiante.

—¿Te has cansado ya del segundón, Amy? Mi oferta sigue en pie, ¿sabes? Será un placer enseñarte la diferencia entre un hombre y un niño —sus palabras iban dirigidas a Amy, pero no había duda de que la pulla tenía como destinatario a Jase.

—Ty, por favor —comenzó a decir Amy débilmente.

—Creo que es hora de que te largues, Murdock —dijo Jase fríamente, atajando la súplica de Amy.

—Cuando me vaya esta noche, me llevaré a Amy conmigo —contestó el otro con insolencia—. Voy a demostrarle lo que se perdió hace dos años.

—Ella sabe que no se perdió gran cosa —replicó Jase suavemente. Apenas se movía. Sólo sus ojos turquesa ardían con el fuego del desafío—. Y no va a ir ninguna parte contigo. Así que piérdete, Murdock.

Murdock enganchó los pulgares en el cinturón, achicó los ojos y se quedó allí parado, con los pies ligeramente separados.

—La conocí mucho antes que tú, Lassiter. Y esta noche vamos a recuperar el tiempo perdido. Vamos, Amy.

—¡No, Ty! —exclamó ella, asustada, cuando Murdock la agarró del brazo y la levantó de un tirón. Como cabía esperar, aquello hizo que su mano izquierda saliera disparada hacia la copa medio llena de vino. Cuando la copa se volcó, Jase no hizo esfuerzo alguno por agarrarla. El vino tinto se derramó sobre la mesa y comenzó a gotear hacia el suelo sin que nadie lo notara.

—Te dije que, si volvías a acercarte a ella, te rompería el cuello —le recordó Jase a su oponente. Había un intenso deje de satisfacción en su voz. Amy dio un respingo al oírlo. Jase deseaba aquella confrontación tanto como Murdock. Ella estaba furiosa con los dos y se sentía completamente impotente.

—Suéltame, Ty, por favor —rogó suavemente, y volvió sus ojos suplicantes hacia él.

—Ya has oído a la señorita.

Un instante después, Murdock soltó a Amy con aterradora rapidez y Jase y él se enzarzaron en una violenta pelea ante sus ojos. Jase se había levantado de la silla de un salto, lanzando un puñetazo a la mandíbula de Ty.

Murdock, que por fin había logrado hacerle morder el anzuelo, soltó a su presa y logró por poco eludir el puñetazo, que aterrizó en su hombro, lanzándolo hacia atrás. Jase se precipitó sobre él, intentando aprovechar su ventaja.

—Dios mío —susurró Amy, llevándose la mano a la boca mientras retrocedía instintivamente.

El resto de la clientela del bar se apartó respetuosamente y observó el espectáculo con gran interés. Amy vio que en una mesa cercana dos hombres hacían apuestas sobre el resultado. Otros jaleaban a los contendientes. Ray lo observaba todo desde el otro lado de la barra, pero no hizo ademán de sacar la manguera que había usado la noche de la pelea de los marineros.

—¡Que alguien los detenga! —gritó Amy, furiosa. Nadie le prestó atención. Jase y Ty seguían luchando salvajemente. Volcaron mesas, tumbaron sillas y rompieron vasos. Aquello era un caos, y las emociones de Amy oscilaban entre la histeria y la furia. Por fin venció la furia.

Mientras Jase y Ty rodaban por el suelo y el espantoso golpeteo de los puños contra la carne llegaba a sus oídos, se giró desesperada hacia Ray, que seguía impasible detrás de la barra.

—¡Ray, haz algo! ¡Páralos! ¡Usa la manguera! —gritó.

—Es la pelea de Jase —dijo el barman filosóficamente, como si ella no entendiera los sutiles matices de aquellas cosas—. Él lo arreglará.

—¡No digas tonterías! ¡Van a matarse!

—No le pasará nada —le aseguró él.

—¡Quiero que paren! —chilló ella.

—Jase seguramente me mataría si intentara meterme de por medio —explicó Ray con suavidad—. Por lo menos, perdería mi trabajo.

—¡Pues yo no tengo trabajo que perder! ¡Dame esa manguera! —Amy se metió tras la barra y agarró la manguera que había enrollada bajo el fregadero.

—¡Eh, espera un momento! —exclamó Ray, adivinando sus intenciones.

Pero ella ya había abierto el grifo. Con manos temblorosas apuntó el chorro hacia los dos hombres, que seguían entrelazados en el suelo, delante de la barra.

Los espectadores prorrumpieron en carcajadas cuando el agua fría regó a la pareja. Jase y Ty se separaron, empapados, y buscaron a la vez, con ojos furiosos, el lugar de donde provenía el agua. Al ver que era Amy quien empuñaba la manguera, se quedaron boquiabiertos.

–Por el amor de Dios, Amy –exclamó Jase, cuyo pecho subía y bajaba con esfuerzo mientras intentaba recuperar el aliento–. ¿Se puede saber qué demonios estás haciendo?

–¡Cierra la maldita manguera! –gritó Ty, que intentaba evitar el chorro con que Amy seguía apuntándoles.

Amy metió la mano debajo del fregadero y cerró el grifo. Se quedó detrás de la barra, sujetando la manguera goteante, y miró fijamente a Jase.

–Juro que volveré a abrirla si no dejáis de comportaros como un par de *cowboys*. Quiero que sepáis que no me había sentido tan humillada en toda mi vida. Sois un par de machotes, ¿eh? ¿Ya habéis demostrado vuestra hombría? Francamente, debería daros vergüenza. Si creéis que esto es necesario para probar vuestra hombría, tengo noticias para vosotros: ahora mismo parecéis un par de gamberros de tres al cuarto, un par de críos empeñados en demostrarle a todo el mundo que siguen siendo eso, unos críos.

¡No hombres! ¡Críos! Todo esto forma parte de la fantasía, ¿no? Tomarse un par de copas y liarse a puñetazos por una mujer.

—Amy —dijo Jase mientras se limpiaba la boca llena de sangre con el dorso de la mano—, baja la manguera.

—No pienso bajarla hasta que haya dicho lo que pienso —gritó ella, consciente de que la gente que había en el bar estaba disfrutando del espectáculo. Se concentró en la cara pétrea de Jase—. ¿Es así como vas a pasar el resto de tu vida, Jase Lassiter? ¿Bebiendo ron? ¿Metiéndote en absurdas peleas por culpa de alguna turista? ¿Intentando demostrar lo hombre que eres luchando con tipos como Ty Murdock, que tampoco han madurado?

—Amy... —esta vez, fue Ray quien intentó interrumpirla. Ella le ignoró y siguió con su diatriba con ardor imperturbable.

—Escúchame, Jase Lassiter —prosiguió enérgicamente, atropellándose al hablar, sin pararse a ordenar sus ideas—. Voy a darte a elegir. Escoge entre un hogar y un futuro compuesto de noches como ésta. ¿Me estás oyendo? Te estoy ofreciendo un hogar, con comidas caseras y las pantuflas junto al fuego y... y una mujer en tu cama cada noche. Te estoy ofreciendo el futuro, no sólo el presente. Te estoy ofreciendo algo sólido, real y duradero. Te estoy ofreciendo todo lo que puedo darle a un hombre. Nunca he querido correr ese riesgo con otra persona. Cuando decidas si te interesa o no aceptar mi oferta, ve a buscarme. ¡Mañana por la mañana tomo el vuelo a San Francisco!

Arrojó al suelo la manguera, dio media vuelta y salió del local lleno de hombres estupefactos. No miró ni a derecha ni a izquierda e ignoró por completo a los dos hombres vapuleados que seguían sentados en el suelo. Una vez estuvo en la calle, se dirigió a toda prisa a casa de Jase.

Al llegar corrió a su habitación, recogió su ropa y la metió en la maleta. Sin detenerse ni un instante volvió a salir a la cálida noche y se fue corriendo al Marina Inn.

—Vaya, vaya, señorita Shannon —dijo alegremente Sam, el recepcionista, al levantar la vista del póster central de su revista y ver delante de él a su antigua clienta—. ¿Qué se le ofrece esta noche? —paseó la mirada con curiosidad por su desastrada apariencia, pero evitó hacer preguntas.

—Puede darme mi antigua habitación, Sam, y cuidar de que nadie me moleste esta noche.

—Sí, señora —murmuró él, recogiendo un manojo de llaves—. Tenga, llévese todas las llaves de la ciento cinco. Así no tendré ninguna, por si acaso viene alguien preguntando.

Ella sonrió con ironía.

—En otras palabras, así te evitas líos.

—Exacto. Que pase una buena noche, señorita Shannon. ¿Cuánto tiempo piensa quedarse?

—Me voy al amanecer.

—¿En el vuelo de las seis y media? —preguntó él cansinamente.

—Sí —Amy se dio la vuelta y subió las escaleras arrastrando la maleta tras ella.

Había lanzado un envite. No podía hacer nada más. Ahora, todo dependía de Jase. Sabía sin necesidad de que nadie se lo dijera que era improbable que él aceptara su oferta. Jase había decidido hacía mucho tiempo que no estaba hecho para vivir en un hogar estable y cómodo.

¿Por qué tenía que ser él?, se preguntaba, desalentada, mientras se desvestía y se metía en la cama con el camisón de color champán. ¿Por qué no se había buscado a alguien que quisiera lo que ella podía ofrecer? ¿Por qué se empeñaba su corazón en arriesgarse con un hombre que probablemente no se dejaría domesticar por ninguna mujer?

No era justo, pero ¿desde cuándo era justa la vida?

Cayó en un sueño extenuado y soñó con un hombre de ojos turquesa que no se doblegaba ni se enternecía bajo la mano de una mujer. Pasó el resto de la noche persiguiéndolo, ofreciéndole todos los alicientes que se le ocurrieron, siempre en vano. Por la mañana, se despertó tan cansada como al acostarse. Nadie la había molestado durante la noche.

Lo cual significaba que probablemente había perdido la apuesta.

Hizo cansinamente la maleta, confiando en que

hubiera una plaza libre en el vuelo que salía hacia los Estados Unidos una vez al día. Rara vez había muchos pasajeros que llegaran o salieran de Saint Clair. En aquella ruta del Pacífico, el grueso del pasaje embarcaba en Hawai.

Puso fin a sus preparativos con un largo suspiro y paseó la mirada por la habitación una última vez. Mientras lo hacía, alguien tocó a la puerta. A pesar de sí misma le dio un vuelco el corazón. Abrió la puerta con cierto recelo y encontró a Jase al otro lado.

—Estás hecho un asco —le dijo sin pensárselo dos veces. Él tenía la cara arañada y el corte de su boca todavía parecía en carne viva.

—Gracias. Deberías ver al otro tipo —gruñó él—. He venido a llevarte al aeropuerto.

Una sensación de derrota embargó a Amy. Al parecer, Jase no iba a arrojarse en sus brazos y a aceptar su oferta. Bueno, ¿y qué esperaba?

—Gracias —logró decir, insuflando con esfuerzo a su voz un tono calmado y distante—. Eres muy amable.

Jase recogió su maleta sin decir nada. El breve trayecto al aeropuerto transcurrió en silencio. Amy esperó impasible a que llegara el avión. Sentía que todo se disolvía a su alrededor y no sabía cómo evitarlo. ¿Qué más podía decir? Había hecho su mejor oferta. Dependía de Jase el aceptarla o rechazarla.

Y todo indicaba que pensaba rechazarla.

El pequeño avión descendió del cielo y aterrizó

haciendo una floritura en la corta pista. Ya no quedaba tiempo. Unos minutos después, Saint Clair quedaría muy lejos. Amy recogió su maleta y echó a andar hacia la puerta de la zona de embarque.

—¿Amy?

Jase la hizo detenerse y ella levantó la mirada hacia él. La expresión de sus ojos era ilegible, pero Amy creyó ver dolor en ella. Dolor y una especie de desesperación.

—¿Sí, Jase?

—Amy, ¿lo que dijiste anoche iba en serio?

A ella se le encogió la garganta.

—Sí, Jase.

Él exhaló un largo suspiro y le apretó el brazo con fuerza.

—Amy, no creo que pudiera volver a Estados Unidos ahora. Ha pasado demasiado tiempo.

—Por favor, no te justifiques, Jase. Era una oferta muy sencilla. Basta con que digas sí o no —sabía, sin embargo, que la respuesta era no.

—Amy...

Se había desplegado la escalerilla del avión y Amy echó a andar hacia ella.

—Adiós, Jase. Sé cuál es tu respuesta. No hace falta que digas nada —se detuvo una vez más, se puso de puntillas y le dio un suave beso en los labios. Luego, antes de que pudiera ponerse en ridículo, subió corriendo la escalerilla.

Al despegar el avión, contempló por la ventanilla

la figura, cada vez más lejana, del hombre al que amaba. Sabía que su última imagen de Jase permanecería grabada en su memoria para siempre: su pelo revuelto por el viento, su porte, las manos metidas en los bolsillos de atrás y la expresión severa e intensa de su cara. Luego, Jase y su isla se perdieron de vista.

Cuarenta y ocho horas después, sentada a la mesa de la cocina de Melissa, Amy acunaba en brazos a su sobrino mientras le relataba a su hermana lo sucedido. Sentado junto a Melissa, Adam Trembach rodeaba con el brazo a su futura esposa con gesto protector. No era un hombre muy agraciado, pensó Amy con afecto. Era algo bajo y un tanto recio, pero también sumamente tierno con Melissa y Craig, y tan responsable como sugería su nombre. Un buen hombre que había asumido de manera natural la responsabilidad de ser marido y padre.

—Bueno, eso lo aclara todo —dijo cuando Amy llegó al fin de la historia—. Si alguna vez aparece por aquí, sólo será para causar problemas. Si eso ocurre, me ocuparé de él.

Melissa le sonrió con ternura mientras hablaba. Si estaba recordando que Ty Murdock era mucho más alto y más fuerte que Adam y que se crecía ante la violencia, no lo demostró. Se comportaba como si, llegado el caso, Adam pudiera enfrentarse a Ty con una mano atada a la espalda. Al observar el bello semblante de su hermana, Amy se dio cuenta de que no estaba fingiendo para complacer a Adam. Melissa confiaba plenamente en que aquel hombre cuidara de ella. Y quizás, en un enfrentamiento real, Adam acabara alzándose con la victoria. Su motivación sería mucho más fuerte que la de Ty, y eso había que tenerlo en cuenta. Además, Amy no creía que Ty fuera a volver.

–Dejé la máscara en el fondo del mar, Melissa. No valía nada, al parecer, y pensé que Craig no la necesitaba.

–No –respondió Melissa mientras miraba jugar a su hermana con su hijo, un niño alegre y de pelo oscuro–. No, no necesita recuerdos de Ty. Adam es su padre en el verdadero sentido de la palabra.

Craig se rió alegremente y sonrió a su tía, que lo balanceaba sobre las rodillas.

–Un día de éstos, el jovencito tendrá hermanos o hermanas –Adam sonrió, orgulloso–. Tendrá toda la familia que necesita.

Amy levantó la vista y miró a su hermana. «¿Más niños, Melissa?», le preguntó en silencio. «¿De veras estás dispuesta a afrontar ese riesgo? ¿Incluso por Adam?». Pero no hizo falta que hiciera la pregunta en voz alta. La respuesta afirmativa estaba en los ojos de Melissa.

–¿Cuándo vuelves al trabajo? –preguntó su hermana mientras servía más café para los tres adultos sentados a la mesa.

—Mañana. Hoy todavía estoy bajo los efectos del *jet lag*.

—Pareces agotada —le dijo Adam con franqueza—. ¿Seguro que sólo es el *jet lag*?

Amy compuso una sonrisa.

—Sí, estoy bien —le aseguró. Les había hecho un escueto relato de su asociación con Jase Lassiter, sin darles a entender que habían sido amantes durante su estancia en Saint Clair. Pero era consciente de que Melissa la miraba con curiosidad.

Amy, sin embargo, no tuvo que contestar a sus preguntas hasta el día siguiente, cuando su hermana se presentó con Craig en la boutique Shannon's, junto a Union Square, y la invitó a comer.

—Háblame de él, Amy —le ordenó Melissa mientras comían unos cruasanes rellenos en una tienda cercana—. ¿Qué pasó en Saint Clair?

—Que encontré a un hombre con el que deseé fundar un hogar —contestó Amy en voz baja—. Pero él no estaba por la labor —azuzada por su hermana, Amy le contó toda la historia, y se sintió extrañamente aliviada cuando concluyó—. Supongo que es una suerte para mí que Jase tuviera suficiente sentido del honor como para no dejarme asumir el riesgo, ¿no crees? —concluyó con cierto deje humorístico.

—Oh, Amy, cuánto lo siento —susurró Melissa con simpatía—. Tienes tantas cosas que ofrecer y llevas tanto tiempo siendo cautelosa... Y luego, cuando por fin te arriesgas, ¡te lo tiran a la cara!

—Sobreviviré. Las mujeres siempre salen adelante, ¿sabes? Fíjate en ti y en el pequeño Craig. Una mujer llamada Maggie me dijo que es la hembra de la especie la que hace que la humanidad siga en marcha. Somos nosotras las que asumimos los mayores riesgos.

Melissa esbozó una sonrisa poco convincente.

—Puede que tenga razón. Es un poco duro para nosotras, pero supongo que sirve para la perpetuación de la especie. Esa mujer tiene razón en una cosa: ¡no me imagino a un hombre arriesgándose a quedarse embarazado!

Amy se echó a reír al recordar que Maggie había dicho casi lo mismo. Luego se dio cuenta de que su hermana la miraba con consternación y se puso seria.

—¿Qué ocurre, Mel?

—Hablando de quedarse embarazada... —comenzó a decir Melissa con énfasis.

—Ah, eso —Amy parpadeó y apartó la mirada, sonrojándose—. No, no hay peligro, Mel.

Su hermana enarcó una ceja.

—Sé que no tienes por costumbre andar por ahí llevando preservativos, Amy. ¿Me estás diciendo que ese tal Jase Lassiter estaba, eh, completamente equipado para entretener a las turistas?

—No seas vulgar, Melissa. Acepta mi palabra. En ese sentido, estoy completamente tranquila.

Por suerte, Craig eligió ese momento para escupir un buen pedazo de cruasán untado de paté. Amy, que le tenía en brazos, tomó una servilleta.

—¿Sabes, Amy?, serías una buena madre —comentó Melissa con desenfado mientras se preparaban para marcharse—. Mira lo bien que te apañas con Craig. Os lleváis muy bien.

—Eso es porque los dos sabemos que no estamos pegados el uno al otro. En cuanto acaba la visita, cada uno se va por su lado —Amy se echó a reír mientras limpiaba el paté de las comisuras de la boca de Craig. El niño se rió alegremente y agarró la servilleta.

—No creo que seas tan cobarde como piensas en lo que se refiere a los niños —dijo Melissa suavemente—. Dime una cosa. Cuando te acostabas con Jase, ¿pensabas de verdad en tomar precauciones?

El rubor de las mejillas de Amy hablaba por sí solo.

—Vámonos, Mel, se está haciendo tarde y tengo que volver a la tienda —le devolvió el niño a su madre.

Melissa suspiró y se levantó mientras ponía al niño en el carrito.

—Para confiar tan poco en el amor, te has metido en un buen lío.

Los días se sucedían con su pauta de costumbre. Los recuerdos de Jase y de Saint Clair parecían aletear a su alrededor, más cerca que nunca, pero Amy intentaba quitárselos de la cabeza. Cuando caía la noche, sin embargo, se iba a la cama preguntándose si Jase estaría sentado en su rincón de La Serpiente, esperando a alguna turista que buscara un souvenir de las islas.

¿Sería su relación nada más que un recuerdo agradable para Jase? «Por favor, Dios mío», pensaba, «que signifique algo más para él». Quizá no pudiera tener a Jase, pero en parte quería que la recordara. Como ella guardaría para siempre su recuerdo.

Unas semanas después de su regreso a San Francisco se vio forzada a reconocer que el tiempo no era tan buena cura para el mal de amores como había supuesto. ¿Cuánto tiempo hacía falta para quitarse a un hombre de la cabeza? Se entregó a una actividad frenética, aceptando invitaciones, asistiendo a conciertos y quedándose a trabajar hasta tarde. Pero, por más ajetreados que fueran sus días, sus noches parecían más vacías que nunca.

Fue Melissa quien por fin se hizo cargo de la situación una tarde.

—Amy, tienes un aspecto horrible. A ti te pasa algo.

—Sólo estoy un poco cansada, Mel.

—No puedes seguir usando el *jet lag* como excusa. Hace más de tres semanas que volviste. Y tampoco creo que estés languideciendo por amor.

Amy enarcó una ceja.

—Espero que no.

—Creo que deberías ver a tu médico.

—¡No seas ridícula! A mí no me pasa nada.

—No a cualquier médico, Amy. Creo que deberías ver a la doctora Carson —afirmó Melissa.

—¿A mi ginecóloga? ¿Para qué? Hace un par de meses que me hice la revisión anual.

—Sabes muy bien para qué, Amy Shannon. Ya eres mayorcita. ¿Cuánto tiempo hace?

—¿Cuánto tiempo hace de qué? —preguntó Amy, pasmada.

—¿Cuánto hace que no…? —Melissa dejó la pregunta en suspenso al ver que una dependienta se acercaba a hacerle una consulta a Amy.

Cuando acabó de contestar a la dependienta, Amy había deducido ya a qué se refería su hermana.

—Oh, no, Mel —musitó. De pronto se sentía muy débil—. Eso es imposible. No puede ser. Jase me lo prometió.

—Los hombres —afirmó Melissa con la voz de la experiencia— llevan varios miles de años prometiéndoles cosas como ésa a las mujeres. Seguramente más. Y las mujeres —prosiguió— llevan el mismo tiempo creyéndose sus promesas, aunque ya deberían estar escarmentadas.

—Pero, Mel, tú no lo entiendes. Jase me dijo que no podía… Quiero decir que me aseguró que le habían dicho que nunca sería capaz de…

Una semana después, Amy estaba en la consulta de su ginecóloga, intentando explicarle lo mismo a la mujer de mediana edad sentada al otro lado de la mesa.

—No puedo estar embarazada —concluyó con voz ronca, como si le suplicara que refrendara su afirmación.

La doctora Jessica Carson se dispuso a explicarle con expresión compasiva los hechos de la vida a su paciente de veintiocho años.

—Sufrir oligoespermia no es lo mismo que ser estéril, Amy. Nada de eso. Podría presentarte a unas cuantas parejas que se dieron por vencidas y adoptaron niños, y sólo unos meses después engendraron un hijo propio. No es probable que un hombre deje embarazada a una mujer si produce pocos espermatozoides, pero eso no significa que sea imposible.

Amy la miraba con estupor. Recordaba con asombrosa claridad la escena en su dormitorio la mañana posterior a acostarse con Jase por primera vez. Le había dado un ataque de ansiedad y él se había apresurado a tranquilizarla.

¿Qué probabilidad había de que su historia fuera una pura invención, de que Jase hubiera ideado aquella excusa con el solo propósito de retenerla donde quería: en su cama?

Iba temblando cuando abandonó la consulta. Jase la había engañado. En medio del pánico, del dolor y la ansiedad, eso era lo único que le parecía claro.

Jase la había utilizado a sabiendas de que nunca volvería a verla. Como muchos otros hombres, se había desentendido de las consecuencias de sus actos.

Lo único que le preocupaba era disponer de una amante durante una temporada.

Y, al igual que muchas mujeres antes que ella, Amy tenía que cargar con las consecuencias de su propia inconsciencia.

Una furia como ninguna otra que hubiera conocido antes echó raíces en las profundidades de su alma.

11

San Francisco estaba de pronto repleto de bebés. Durante los días siguientes, Amy los veía en todas partes: delante de ella en las escaleras mecánicas de los centros comerciales, acurrucados en mochilas especiales; en el ascensor de su edificio, que siempre parecía atestado de carritos llenos, a su vez, de infantes; y en el autobús, donde siempre había algún bebé que la miraba desde el regazo de su madre. Incluso había bebés que haraganeaban sentados en los carritos de la compra en el supermercado y que pasaban por la línea de cajas con el resto de los productos de la cesta. Nunca se había fijado tanto en los bebés. Normalmente prestaba poca atención a los niños, aparte de Craig. Ahora, parecía no poder esquivarlos.

Era psicológico, lo sabía. Se decía una y otra vez que la impresión que le había producido la noticia de su embarazo la hacía prestar demasiada atención a los niños que había a su alrededor. «Dios mío», pensaba constantemente, «¿qué voy a hacer?». Una cosa era segura: tenía que dejar de entrar como por equivocación en los departamentos de ropa para bebés de los grandes almacenes y de quedarse fascinada mirando a cada niño de menos de dos años que veía. Ni siquiera podía dormir por las noches porque sus sueños estaban repletos de niños.

Una semana después de que la doctora Carson le diera la noticia, se sentó a la mesa de la cocina de su hermana y repitió aquel cansino lamento.

—Me estoy volviendo loca, Mel —musitó con sinceridad—. Parece que no puedo pensar con claridad. ¿Qué demonios voy a hacer?

—Bueno, hay una salida obvia —respondió Mel suavemente mientras servía el café—. Y lo sabes tan bien como yo. Toda mujer tiene esa alternativa.

Amy se quedó mirando a su hermana. Sus ojos negros adquirieron una expresión desolada al comprender lo que quería decir.

—¿Un aborto? —se forzó a preguntar. ¿Por qué le costaba tanto pronunciar aquella palabra?—. Sigo diciéndome que no voy a dejarme atrapar por ningún hombre, pero... —se interrumpió y sacudió la cabeza, desconcertada—. Me niego a que me utilicen y luego me dejen abandonada para criar a un hijo sola. Pero ¿un aborto? ¡No puedo pensar, Mel! ¿Qué es lo que me pasa? —concluyó con una suave súplica.

Melissa contempló a su hermana con preocupación cuando la taza de café que ésta sostenía en la mano chocó estrepitosamente con el platillo. La propensión natural de Amy hacia la torpeza se había agravado últimamente. Amy tenía los nervios de punta, y se le notaba.

—¿Quién abandonó a quién en este caso? —dijo por fin Mel con suavidad.

Amy la miró con pasmo.

—¿Qué estás sugiriendo? ¿Que regrese a Saint Clair y le pida en matrimonio?

—¿Por qué no?

—No pienso suplicarle a un hombre que se case conmigo —replicó Amy—. Si Jase me quisiera, habría venido a buscarme. Si quieres saber la verdad, creo que le alegró verme marchar. Nuestra relación no iba a ninguna parte y los dos lo sabíamos desde el principio. El momento equivocado, el lugar equivocado y las personas equivocadas. Él mismo me lo dijo, Mel. Dijo que no era mujer para él —concluyó melancólicamente.

—Pues estabais empatados, ¿no? Tú también pensabas que no te convenía.

—¿Cómo he podido ser tan estúpida? —se preguntó Amy en voz alta no por primera vez desde su regreso a San Francisco.

—¿Pensarás al menos en la posibilidad de abortar? —preguntó su hermana con delicadeza.

Amy la miró con el ceño fruncido.

—Yo llegué hasta ese extremo, ¿sabes? —le confesó Melissa en voz baja.

—¡No! ¡No lo sabía! Mel, ¿me estás diciendo que estuviste a punto de abortar cuando descubriste que estabas embarazada de Craig? No tenía ni idea de que...

—Sabía que seguramente las cosas no iban a irme bien con Ty. Creo que lo supe desde el principio. Ty era como tú decías. No se podía confiar en él, era desleal, irresponsable, desconsiderado... Yo sabía que en realidad no quería al bebé. Me entró pánico cuando me di cuenta de que estaba embarazada y pedí cita para abortar.

—¿Qué ocurrió?

La boca de Melissa se curvó hacia abajo con una expresión irónica.

—Esto va a parecerte una locura, pero cancelé la cita en el último minuto porque me sentí como una idiota. Es increíble lo bueno que es a veces para el sentido común sentirse como una idiota.

—No te entiendo —dijo Amy débilmente.

—Entré en la sala de espera de la clínica y descubrí que casi todas las mujeres que había allí tenían unos catorce años.

—¡Oh, Dios mío! —Amy la miraba con asombro.

—Exacto —prosiguió Melissa enfáticamente—. Me miraban como diciendo: «Yo sólo tengo catorce años, así que tengo una excusa para estar aquí. Cualquier cría de catorce años comete errores. Pero tú tienes casi treinta. ¿Qué excusa tienes para haberte metido en este lío?». Te aseguro, Amy, que fue horroroso —concluyó con una risa desganada—. Allí estaba yo, pasando por uno de los momentos más traumáticos de mi vida, y mi primera reacción fue avergonzarme de mi propia estupidez, como una mojigata chapada a la antigua. Una locura. Pero bastó para que saliera corriendo de la clínica y recapacitara.

—Y, obviamente, cambiaste de idea por completo —Amy sacudió la cabeza y apoyó la frente sobre la palma de su mano. Se sentía cansada y llena de frustración—. Ojalá pudiera pensar con claridad. Pero no logro considerar todo este asunto desde un punto de vista racional. No dejo de pensar que Jase me mintió. ¡Me dijo que no podía dejarme embarazada!

—¿Eso fue antes o después de que tú te arriesgaras? —preguntó Melissa con suavidad.

Amy se azoró. Sus mejillas izaron banderas de vivos colores.

—¿Quieres que llame a la doctora Carson y le diga que te pida cita en la clínica? —preguntó Melissa con naturalidad—. Sólo son las cuatro y media. Seguramente aún estará en la consulta.

Amy sintió crecer la presión y temió perder por completo el control. ¿Era eso lo que quería? ¿Abortar? ¿Por qué no había más alternativas para una mujer en su situación? ¡La vida podía ser tan injusta! Pero ese hecho innegable no le daba derecho a cometer una injusticia con la vida que crecía dentro de ella. Llevaba en su vientre un hijo de Jase, no un espécimen médico. No, no sólo un hijo de Jase: un hijo suyo. Levantó la mirada hacia su hermana con súbita determinación.

—No, Mel. El aborto no es opción para mí.

—Hay una posibilidad que estás pasando por alto. La doctora Carson puede ponerte en contacto con organismos de asistencia social que podrían organizar la adopción.

—La adopción —repitió Amy inexpresivamente. Sí, era una posibilidad. Pero ¿por qué le resultaba casi tan difícil pensar en ella como en el aborto?

Una profunda comprensión iluminaba los ojos de Melissa. Sabía, aunque Amy no se lo hubiera dicho aún, cuál sería la decisión final de su hermana.

—¿Sigues pensando en celebrar la fiesta que habías planeado para el próximo viernes? —preguntó en tono práctico mientras su hermana se ponía en pie y echaba mano de su bolsito de cuero rojo.

—Claro que sí —contestó Amy—. Debo hacer mi vida normal. No pienso permitir que esta... situación la altere.

No había modo, sin embargo, de ignorar la situación. Tarde o temprano habría que tomar una decisión. Sabía que debía llamar a la doctora Carson e iniciar los trámites de la adopción.

Pero a la mañana siguiente surgió un asunto en una de las dos tiendas de las que era propietaria, un asunto que parecía requerir su inmediata presencia, y al final dieron las tres sin que hubiera llamado a la doctora Carson. Se dijo que esperaría un día más. Pero por alguna razón tampoco hizo la llamada al día siguiente.

Dos días después entró por accidente en el departamento de recién nacidos de uno de los inmensos centros comerciales de Union Square. Se quedó mirando inexpresivamente una bonita canastilla confeccionada en encaje amarillo y blanco. Se imaginó un bebé en su cunita, un bebé con los ojos de color turquesa. Y le flaquearon las rodillas.

De pronto se dio cuenta de que se sentía muy débil. Le zumbaba la cabeza y había empezado a arderle el estómago. ¡Cielo santo! ¡Iba a desmayarse allí mismo, en el departamento de bebés!

El espanto de aquella idea la mantuvo en pie a duras penas hasta que logró encontrar el aseo de señoras. Mientras atravesaba el departamento de recién nacidos, tiró accidentalmente dos gruesos ositos de peluche y una cajita de patucos de regalo. Ni siquiera se fijó en los pequeños desastres que iba dejando a su paso. Sólo podía pensar en llegar al aseo antes de ponerse en evidencia. Media hora después, tras recuperarse lo suficiente como para salir del centro comercial, miró un reloj. Se estaba haciendo tarde. Demasiado tarde para telefonear a la doctora Carson.

Veinticuatro horas después del incidente del departamento de bebés, Amy se fue del trabajo temprano y entró en una cafetería cercana para tomar una infusión y mantener una charla privada consigo misma.

Había pasado casi una semana y aún no había concertado la cita con la doctora Carson para hablar de la posibilidad de dar al bebé en adopción. Se bebió su infusión mirando la acera mojada por la lluvia y se obligó a afrontar los hechos.

No le quedaban excusas razonables para seguir posponiendo la llamada telefónica. Nunca las había tenido. Había dejado pasar deliberadamente la semana anterior para ganar tiempo, y era hora de encarar lo que eso significaba.

Una parte de ella se resistía a tomar la única vía de escape que se le ofrecía. Una parte de ella quería quedarse con el niño de Jase.

Fue casi un alivio admitirlo. Con un largo y cansino suspiro, bebió otro trago de infusión y se preguntó qué iba a hacer a continuación. Llevaba tanto tiempo resistiéndose a la idea de ser madre que le costaba trabajo sopesar la cuestión de manera lógica. Pero no le quedaba más remedio que hacerlo. Su corazón femenino, la parte de ella que todavía amaba a Jase, no soportaba la idea de perder la semilla de su unión.

Sin embargo, esa decisión, por recta y positiva que fuera, no aclaraba la turbiedad de sus sentimientos hacia Jase. Quedaba aún el hecho de que él le había mentido sin ningún género de dudas, de que no había querido fundar un hogar con ella, ni la había seguido hasta San Francisco. Tal vez ella quisiera a su hijo, pero eso no hacía disminuir la rabia que sentía hacia Jase. Aquella rabia era el producto de la furia salvaje, desordenada y medio histérica que sólo una mujer enamorada podía experimentar. Jase había aceptado lo que ella le había dado, pero había rechazado el futuro que le ofrecía.

Regresó a la oficina de Boutiques Shannon, apartó a un lado un montón de vaporosas braguitas azules que había sobre su mesa y levantó el teléfono. Cuando Melissa se puso, Amy le dijo que la decisión estaba tomada.

—No estarás sola, Amy —le aseguró su hermana con profunda comprensión—. Yo estaré ahí, como tú conmigo.

—Gracias, Mel. Muchísimas gracias.

Hubo un largo silencio mientras las dos consideraban el futuro. Luego Melissa dijo en tono pragmático:

—Nos vemos el viernes, en la fiesta.

—¡Ay, Dios! —exclamó Amy—. Con tantos quebraderos de cabeza, ¡se me había olvidado!

Amy se vistió para la fiesta del viernes por la noche con cuidado y determinación. Quería estar más guapa que nunca, demostrarse a sí misma que estaba al mando de su propio destino. Seguir con sus actividades de costumbre —dar fiestas, entre ellas— era como afirmar tácitamente ante el mundo entero que era dueña de sí misma y de su porvenir. Tener al bebé había sido una decisión consciente, al igual que lo había sido montar su propio negocio. Podía controlar su propia vida. Por primera vez desde hacía días, sus nervios comenzaron a aplacarse. No volcó ni un solo vaso mientras colocaba la cristalería en la mesa del bufé. Ni siquiera tiró una sola bandeja de canapés.

Cuando todo estuvo listo, se miró mecánicamente en el gran espejo de pared que había tras la zona del comedor. Iba vestida de azul, de un curioso tono de turquesa. El vestido tenía un sinfín de diminutos pliegues y un corpiño ajustado que realzaba las suaves curvas de sus pechos. La falda le caía sobre las caderas redondeadas y se agitaba delicadamente a la altura de las rodillas cuando caminaba. Las largas mangas estilo Renacimiento acababan justo por debajo del codo. Se había recogido el cabello castaño en un moño informal y al mismo tiempo sofisticado, y había reducido el maquillaje al mínimo. Los taconcitos de sus zapatos negros iban ribeteados de oro. Frunció el ceño pensativamente al verse en el espejo y se llevó la mano al vientre. ¿Cuánto tiempo le quedaba para tener que empezar a comprarse ropa de premamá? El timbre de la puerta la distrajo, y fue a contestar con una sonrisa en los labios.

Una hora después, el apartamento estaba lleno de amigos. Amy circulaba entre ellos tranquilamente en su papel de amable anfitriona, dueña de sí misma y de la fiesta. Nadie, salvo Melissa y Adam, sabía que esperaba un hijo. Había decidido esperar un poco antes de dar la noticia. Como consecuencia de ello, se movía por el cuarto de estar abarrotado sintiéndose como si tuviera un secreto muy especial que ocultaba celosamente a los demás. Aquella idea hacía asomar un destello de regocijo a sus ojos y una sonrisa de contento a sus labios.

–No te había visto tan relajada desde que regresaste de Saint Clair –dijo Adam mientras Melissa y él charlaban con Amy junto a la mesa del bufé.

–¿Quieres decir que aún no he volcado nada ni he tirado una bandeja de comida al suelo?

Adam soltó una risa remolona y sonrió a Melissa.

–Mel me ha dicho que siempre has sido más bien… patosa.

–Sólo cuando estoy nerviosa –dijo Amy con una sonrisa. Estaba a punto de servirse una copa de vino cuando sonó de nuevo el timbre. Dudó un momento, bebió un rápido sorbo e hizo una mueca. Por alguna razón, no le sabía bien. ¿Otra peculiaridad del embarazo? Quizá fuera mejor así, pensó mientras se disculpaba para ir a contestar a la puerta. Había leído en alguna parte que era mejor evitar el alcohol durante el embarazo.

Tenía aún la copa en la mano cuando abrió la puerta con una sonrisa de bienvenida. Un instante después, al ver quién esperaba en el umbral, la copa se deslizó entre sus dedos temblorosos y cayó al suelo.

—¡Jase!

Él estaba allí, imponente y vestido como de costumbre con su ropa caqui. Llevaba el pelo color caoba cuidadosamente peinado y humedecido por la niebla de San Francisco. Su única concesión al estado del tiempo parecía ser una vieja gabardina que le colgaba del brazo. Allí de pie, en el pasillo enmoquetado, parecía fuera de lugar, un tanto tosco y desacostumbrado a la sofisticación de la vida en la gran urbe. Parecía también más corpulento de lo que Amy le recordaba, más alto y más intenso, más amenazador.

Ella se había quedado paralizada por la sorpresa.

—Amy... —sus ojos turquesa se deslizaron sobre ella con ansia, un ansia que Amy recordaba muy bien. El sonido, dulce como el jerez, de su voz la sacó de su parálisis. Sin vacilar un instante, su mano se alzó describiendo un arco breve y violento.

El restallido de la bofetada hizo girar la cabeza a todos los presentes.

También a Jase. De hecho, aquel golpe totalmente inesperado le hizo tambalearse y dar un paso hacia atrás. Amy lo siguió y cerró la puerta del apartamento con firmeza. Mientras Jase la observaba con estupor, llevándose la mano a la marca roja que le había dejado en la mejilla, Amy lo miró cara a cara con los brazos en jarras.

—¡Estoy embarazada, capullo! ¡Y es culpa tuya! ¿Qué demonios vas a hacer al respecto?

Jase se quedó allí parada, con los fijos en su cara

mientras ella lo miraba con furia. No se le ocurrió nada que decir, salvo lo obvio.

—Eso es imposible, Amy. No puedes estar embarazada —musitó. Estaba aún tan asombrado que no podía pensar con claridad. De todas las bienvenidas que había imaginado, aquélla era la que menos se esperaba. Era como si la fantasía que había abrigado aquella última noche, al hacerle el amor a Amy, se hubiera apoderado repentinamente de sus facultades. ¡Amy no podía estar embarazada!

—¡Eso díselo a mi ginecóloga! —siseó ella—. Pero no le vayas con ese cuento de la oligospermia, porque no colará. ¿Cómo pudiste mentirme así, Jase? ¡Confiaba en ti! Te confié mi vida, de hecho. ¿Cómo pudiste mentirme?

Él tragó saliva e intentó recuperar el dominio de sí mismo. Parecía capaz de responder sólo a una cosa cada vez.

—No te mentí, Amy —dijo—. Nunca te he mentido.

—¿Tienes la caradura de decirme que de verdad no creías que pudieras dejarme embarazada? —preguntó ella, rabiosa.

—¿Y tú tienes la caradura de decirme que estás embarazada de *mí*? —replicó él.

Amy se quedó blanca. Sus ojos se agrandaron cuando cayó en la cuenta de que, si Jase le estaba diciendo la verdad, si creía sinceramente que no podía tener hijos, de ello se deducía que no la creería cuando lo acusara de ser el padre de su hijo.

—Oh, Dios mío —musitó—. Oh, Dios mío.

La puerta se abrió tras ella antes de que alguno de los dos pudiera romper el tenso silencio. Melissa y Adam salieron al pasillo y cerraron de nuevo. Melissa sostenía en la mano la copa de vino que Amy había tirado a la moqueta, y Adam todavía llevaba una servilleta de papel manchada. Los dos miraron a Jase.

—¿Es éste el padre, Amy? —preguntó Melissa sin apartar los ojos de Jase.

—Sí —logró decir Amy, temblorosa—. Pero no me cree. ¿No es gracioso, Mel? La única posibilidad que no se me había ocurrido. Que me estuviera diciendo la verdad y que no me creyera al decirle que estaba embarazada —esbozó una sonrisa valerosa y un tanto extraña, dio media vuelta y abrió la puerta de su apartamento. Melissa acudió a su lado, acercándose discretamente para prestarle apoyo al enfrentarse a la habitación repleta de invitados curiosos.

En el pasillo, Adam observó el hombre alto que seguía de pie delante de él. Jase miraba inexpresivamente la puerta cerrada.

—Tienes cara de que te vendría bien una copa —dijo Adam tranquilamente.

—Puede que tengas razón.

—Vamos dentro, te prepararé una —Adam abrió la puerta y se quedó esperando.

Jase miró la habitación atestada de gente, aturdido momentáneamente por el bullicio, las ropas elegantes y la perspectiva de ver de nuevo a Amy.

—Yo... eh... no estoy acostumbrado a esta clase de cosas —le explicó con fastidio al desconocido que sujetaba la puerta.

—Amy dice que sabes cómo arreglártelas en un bar lleno de marineros borrachos. Enfrentarte a una habitación llena de juerguistas californianos debería ser pan comido para ti.

Jase titubeó.

—¿Amy habla de mí?

—Sin parar —Adam sonrió secamente—. Cuando no está hablando del bebé, claro.

—El bebé —Jase repitió aquellas palabras como si pertenecieran a una lengua extranjera.

—Vamos, voy a servirte una copa —Adam sonrió—. Soy Adam Trembach, por cierto.

Jase llegó a la conclusión de que Adam Trembach iba a caerle bien.

—Jase Lassiter.

Adam se echó a reír.

—Ya lo sé.

Veinte minutos después, Jase encontró un rincón relativamente tranquilo en la habitación. Llevaba en la mano un whisky con soda. En la mesa de los licores no había ron. Así que se había preparado el whisky con soda él mismo mientras Adam volvía a servirse un Manhattan. Se quedaron callados mientras bebían y observaban a la bulliciosa multitud. Un par de invitados, los más atrevidos de la fiesta, fueron a presentarse. Adam los trató con gran diplomacia, hizo las presentaciones y los despachó a su debido tiempo.

—Tienes mano izquierda —dijo Jase con sorna cuando Adam se deshizo de una rubia con mechas, ataviada con un vestido negro pegado a la piel—. No me vendría mal alguien como tú en La Serpiente.

Adam se echó a reír.

—Algo me dice que hace falta algo más que mano izquierda para tratar a la gente de Saint Clair.

—Bueno, no sé. La gente está cambiando rápidamente. Ayer, justo antes de irme de la isla, un amigo me dijo que una línea de cruceros estaba tanteando la posibilidad de incluir a Saint Clair entre sus escalas.

Pero, mientras hablaba, Jase sólo prestaba atención a medias a la conversación que intentaba mantener con Adam. No lograba apartar los ojos de Amy. Ella se movía por la habitación charlando con los invitados, se reía de las bromas que le gastaban algunos hombres y se aseguraba de que todo el mundo comiera y bebiera.

Aunque lo hacía bastante bien, Jase notaba que eran únicamente los nervios lo que la mantenía en pie, y bien sabía Dios que eso la convertía en una calamidad inminente. Él vigilaba el exquisito cuidado que ponía cada vez que le daba una copa a alguien. Cuando pasó una bandeja de canapés, lo hizo con las dos manos a pesar de que, evidentemente, no pesaba tanto.

Estaba embarazada.

—¿Perdona? —dijo Adam amablemente.

Jase se dio cuenta de que había mascullado algo en voz alta y enrojeció.

—He dicho que no puedo creer que esté embarazada —farfulló.

—Pues lo está. No hay duda. Mel se ha pasado las últimas semanas exponiéndole las alternativas que tenía. Y no son tantas, ¿sabes? Adopción, aborto, o quedarse con el crío.

—¡Un aborto!

—Ajá —Adam asintió con la cabeza, como si estuvieran hablando del tiempo—. Pero Amy no quiso ni oír hablar de ello. Ni de la adopción tampoco. Ha sido bastante traumático para ella. Acababa de empezar a relajarse. Estaba muy nerviosa desde que llegó de Saint Clair, ¿sabes?

—Se pone así cuando está un poco ansiosa. Y se vuelve un poco torpe —explicó Jase casi con afecto—. Me pasé la mitad del tiempo que estuvo en Saint Clair rescatando los vasos que ella tiraba.

—¿Ah, sí? —la voz de Adam sonaba amable y neutral.

—No puede estar embarazada —repitió Jase, incrédulo, al recordar cómo había pasado la otra mitad del tiempo con Amy en Saint Clair. Esta vez, Adam no dijo nada. Una mujer como Amy no se inventaría aquello, pensó Jase, desconcertado. En los pocos días que habían pasado juntos, había llegado a conocerla bien. Había confiado en ella como en ninguna otra mujer. Y ella en él. Le había creído aquella mañana, cuando le explicó que acostarse con él no suponía ningún riesgo, como ella creía. Y Amy le había confiado su vida. Sabía desde el principio que la salvaría de Haley, le había dicho después.

Incluso le había ofrecido un hogar, hasta tal punto confiaba en él.

Jase había recorrido varios miles de kilómetros y atravesado diversas culturas para aceptar el hogar que ella le había ofrecido. Pero ni en el más atrevido de sus sueños había esperado que ese hogar incluyera un hijo.

La noche pareció alargarse interminablemente. Jase empezaba a pensar que la fiesta no se acabaría nunca cuando, de improviso, mucho antes de que estuviera preparado para enfrentarse a solas con ella, se acabó. Incluso Melissa y Adam se estaban despidiendo. Eran los últimos que quedaban.

Amy cerró la puerta tras ellos y se giró para encararse con la única persona que quedaba en la habitación. Jase sintió la tensión de sus ojos brillantes y notó que se aferraba al pomo de la puerta mientras lo miraba con las manos a la espalda. «Dios mío», pensó, «qué vulnerable es. Se hace la dura, pero en el fondo es tierna y vulnerable». Dio instintivamente un paso hacia ella y dejó su copa vacía sobre una mesita cercana.

Las secas palabras de Amy lo detuvieron.

—¿A qué has venido, Jase?

Él la miró.

—¿No salta a la vista, Amy? He venido por ti. A buscarte. Me hablaste de un hogar...

Ella se apartó de la puerta y curvó la boca con expresión amarga.

—Estoy segura de que habrás tenido tiempo de arrepentirte a lo largo de la noche, ¿no es cierto? El hogar que te ofrecí viene equipado con el hijo de otro hombre. Supongo que, dadas las circunstancias, querrás reconsiderar la oferta. A fin de cuentas, no tienes por qué sentirte responsable... ¡Jase! —interrumpió su áspero monólogo con un gemido de sorpresa al ver que él cruzaba la habitación en tres zancadas y la enlazaba por la cintura.

Jase la levantó del suelo lo justo para que se viera obligada a mirarlo a los ojos. Su cara tensa y demacrada estaba a unos pocos centímetros de la de ella, y su mirada ardía con una intensidad aterradora. Amy contuvo el aliento. Estaba más asustada de lo que había creído posible.

—¿El hijo de otro, Amy? —preguntó Jase con mortífera calma.

—Eso es lo que crees, ¿no? ¿Que el hijo que espero es de otro hombre? No crees que me hayas dejado embarazada, ¿verdad? —murmuró ella, escudriñando su cara.

—¿Ha habido alguien más desde que volviste de Saint Clair? —preguntó él con vehemencia, sus manos fuertes aferrando aún la cintura de Amy.

—No —balbució ella, y procuró equilibrarse apoyando las manos sobre sus hombros. La familiaridad de su contacto resultaba reconfortante. Pero su expresión no lo era.

—¿Y no estabas embarazada cuando llegaste a Saint Clair? —insistió él.

—Jase, hacía años que no estaba con nadie —tenía la boca seca cuando respondió. Sus grandes ojos verdosos reflejaban nerviosismo y una sinceridad esencial.

—Entonces sólo quedo yo, ¿no? —dijo Jase fríamente.

Amy bajó los párpados, desanimada.

—Sí.

—Pues será mejor que nos casemos cuanto antes, ¿no crees? —preguntó Jase mientras la dejaba lentamente en el suelo.

—¡Jase! ¿Estás diciendo que me crees? ¿Crees que el niño es tuyo?

—¿Me mentirías sobre una cosa así, Amy?

—Oh, no, Jase. Nunca. No podría mentirte sobre esto —murmuró, incapaz de asumir las consecuencias de lo que Jase acababa de decir.

Jase cerró las manos alrededor de la curva de sus hombros.

—¿Y de veras crees que yo sería capaz de mentirte? —agregó—. ¿Crees que te mentí esa mañana, cuando te dije que estaba convencido de que no podía dejarte embarazada?

Ella dejó escapar un profundo suspiro.

—No —reconoció—. Sé que lo creías cuando me lo dijiste. Pero, cuando volví a San Francisco y me di cuenta de que iba a tener un bebé, estuve a punto de volverme loca. Estaba tan enfadada contigo, tan dolida porque no hubieras venido a buscarme... La idea de que me hubieras utilizado deliberadamente, sin pensar en las consecuencias que tendría que afrontar sola, me ponía tan furiosa que ni siquiera podía pensar con claridad. Y, encima, me sentía completamente estúpida.

—¿Porque habías confiado en mí?

Ella asintió, aturdida.

—Pero no era sólo eso. Estaba enfadada contigo porque te había creído, pero también estaba furiosa conmigo misma porque aquella primera noche ni siquiera pensé en el futuro. La primera noche, no tuve excusa, Jase —dijo con voz ronca.

Él levantó las manos y acarició su cara.

—Cariño, es imposible que te sintieras más estúpido que yo aquella noche en La Serpiente, cuando intenté hacer pedazos a Murdock y nos regaste con la manguera. Oí cómo me ofrecías un hogar delante de cincuenta testigos y te dejé marchar.

Ella aguardó, indecisa.

—¿Y la mañana siguiente? Jase, la mañana siguiente dijiste que no creías que pudieras volver a vivir en Estados Unidos. Desde el principio me dijiste que no te convenía.

—Eres lo único bueno que me ha pasado en los últimos diez años. Puede que en toda mi vida —dijo él con voz rasposa—. Cariño, por favor, créeme. Creía de verdad que no tenía sentido venir a buscarte a San Francisco. Me decía que estabas mejor sin mí, que con el tiempo olvidarías lo nuestro y te alegrarías de que no hubiera intentado aceptar tu oferta. Amy, yo no tengo nada que ofrecerte, ¿es que no lo ves?

Ella esbozó una sonrisa trémula.

—Yo no diría eso. Parece que me he traído de Saint Clair un souvenir en toda regla.

—¡Oh, Amy! —exclamó él con voz áspera, y la apretó contra sí, la boca en su pelo. Se quedó callado un rato, saboreando su cercanía y la maravilla de lo que le acababa de decir—. ¿De veras vamos a tener un bebé?

—Creo —dijo ella con la voz sofocada contra la tela de su camisa— que te convendría mantener una charla con mi ginecóloga.

Él deslizó las manos por su espalda.

—Te creo, cariño. No dudo de lo que me has dicho.

Ella levantó la cabeza.

—Lo sé. Pero supongo que tendrás algunas preguntas. ¡Yo las tenía!

Él soltó una risa ronca y medio estrangulada.

—Apuesto a que sí. Dios, Amy, lo siento muchísimo... —se interrumpió y sacudió la cabeza, apesadumbrado—. No, no lo siento. ¿Cómo iba a sentirlo? En Saint Clair te dije que daría cualquier cosa por ser capaz de dejarte embarazada, por ver crecer un hijo mío en tu vientre. Había abandonado la esperanza de tener una familia de verdad. ¿Cómo voy a decir que lo siento, cuando por fin tengo todo lo que quería? Lo que lamento es que tuvieras que volver a San Francisco y te enfrentaras sola a todo esto.

Amy se dejaba abrazar en silencio, pensando en lo que había sufrido durante las semanas anteriores. Al cabo de un momento él prosiguió lentamente.

—Adam me ha dicho que Melissa te habló de dar al niño en adopción, pero que no quisiste —observó su cara como si buscara en ella algo crucial—. ¿Por qué no?

Ella hizo acopio de valor.

—Por la misma razón por la que me planté delante de cincuentas personas en La Serpiente y me puse en ridículo ofreciéndote un hogar. Porque te quiero, Jase.

—Oh, Dios, Amy...

—¿Por qué has recorrido tú varios miles de kilómetros para aceptar la oferta de una mujer que no te convenía? —musitó ella, acariciando delicadamente su mejilla con la punta de los dedos.

Jase esbozó una sonrisa torcida. Sus ojos relucían.

—Porque te quiero. Y el amor parecer volverlo a uno egoísta, celoso y capaz de hacer cualquier cosa. He pasado estas últimas semanas diciéndome que, si de veras me importabas, debía mantenerme alejado de ti. Pero hace dos días me desperté con una resaca que estuvo a punto de matarme y de pronto comprendí que, para bien o para mal, no podía vivir ni un día más sin ti. Tenía que averiguar si la oferta seguía en pie.

—La oferta habría seguido en pie el resto de mi vida —le dijo Amy con la voz enronquecida por la pasión.

—¿Aunque estuvieras dispuesta a arrancarme la cabeza en cuanto apareciera? —bromeó él suavemente.

—Sospecho que amar significa en parte dar algún que otro coscorrón al ser amado.

La sonrisa de Jase se hizo más amplia y masculina.

—Recuerdo el día que quise darte una buena tunda por arriesgarte a que Haley te pegara un tiro.

—Ahora ya sabemos cuál de los dos es el más peligroso. Yo me dejé llevar por mis impulsos y te he pegado.

—¿Mientras que yo me refrené? Um, seguramente tienes razón —repuso él mientras acariciaba con su cálida boca la nuca de Amy—. Claro, que se suele decir que las hembras son siempre más peligrosas que los machos.

—Tienen que ser duras. Son ellas las que corren los mayores riesgos —explicó Amy con complacencia.

Levantó la cabeza, invitándole a un beso. Jase aceptó la invitación con todo el ansia y la pasión que había en él. Se apoderó de su boca y dejó sobre ella su impronta de nuevo. Luego levantó la cabeza. Sus ojos turquesa tenían una expresión meditabunda y honda.

–Esto no va a ser fácil, ¿sabes, Amy? Lo único que sé hacer es llevar un local como La Serpiente. Cuando nazca el bebé, voy a llevarme a mi familia a Saint Clair. ¿Eso te preocupa?

Amy lo miró con fijeza. Parte del rosado resplandor que la había envuelto empezaba a desvanecerse a medida que la realidad se insinuaba de nuevo.

–No hace falta volver a Saint Clair, Jase. Yo gano suficiente con mis tiendas para mantenernos a los tres. Habrá tiempo de sobra para que eches un vistazo y encuentres algo en San Francisco que te convenga.

Él suspiró. Se sentía incapaz de aguar la cálida magia de aquel momento.

–He venido para llevarte a Saint Clair conmigo, Amy, no para establecerme en San Francisco. Ya no encajo en la vida de una ciudad. No puedo volver.

Ella le hizo callar tapándole la boca con la mano y sus labios se curvaron en un suave gesto de negación.

–Tenemos meses y meses por delante para hablar de eso, Jase. Nos preocuparemos de ello cuando nazca el bebé. Te quiero.

–¡Y yo a ti! –Jase se estremeció, sacudido por la fuerza de sus sentimientos, mientras la abrazaba de nuevo–. Mi mujer, mi compañera, la madre de mi hijo… ¡Dios mío, cuánto te quiero! –le dio un beso reverencial–. He pasado tantas noches deseándote, cariño… Tantas noches…

Ella le enlazó el cuello con los brazos.

—Pues ahora estoy aquí.

—En mis brazos —susurró él, incrédulo—. Y embarazada. ¡Oh, Dios, Amy! Tendré mucho cuidado, pero tengo que poseerte otra vez.

Los ojos de Amy brillaron.

—No hace falta que tengas tanto cuidado —bromeó cariñosamente—. No me he convertido de repente en una frágil pieza de cristal.

—¿Ah, no?

Y le hizo el amor esa noche como si fuera, en efecto, una pieza de delicado cristal. Al menos, hasta que la evidencia más obvia de la pasión que recordaba tan bien lo convenció de que no iba a romperse en sus brazos.

Era él quien se sentía roto cuando todo acabó. Roto y recompuesto.

12

Después de la primera visita de Jase a la doctora Jessica Carson, Amy llegó a la conclusión de que jamás olvidaría la sonrisa bobalicona que llevaba en la cara cuando salió de la consulta.

–Parece –le explicó él con mucho cuidado a una Amy que lo miraba con irónico regocijo– que hay muy pocas certezas en lo que se refiere a la psicología del ser humano. Sobre todo, en cuanto a la psicología reproductiva.

–Dímelo a mí –bromeó ella, recordando la impresión que se había llevado al explicarle la doctora Carson algunos datos científicos acerca de la vida.

–Dice –continuó Jase, que parecía agradablemente aturdido– que podría volver a ocurrir.

–¡Ay, Dios! –gruñó Amy–. No hace falta que pongas esa cara de pasmo –pero en el fondo estaba encantada. Hasta la noche anterior, al encontrarse cara a cara con Jase en la fiesta, no se había dado cuenta de lo fácil que le habría sido desentenderse de sus responsabilidades. Habría podido dar crédito al veredicto médico de diez años atrás y haberse negado a aceptar que era el padre del hijo de Amy con la conciencia tranquila. La confianza que le había demostrado la noche anterior reconfortaría a Amy el resto de su vida.

La noche después de la consulta con la doctora Carson, mientras yacía en sus brazos, Amy le dijo con toda seriedad lo mucho que había significado para ella su confianza. Jase sonrió y le puso con deleite una mano sobre el vientre todavía plano.

—Te quiero, Amy. Te confiaría mi vida y mi honor, y, al final, te he confiado la vida de mi hijo. ¿Qué más puede pedir un hombre de una mujer?

La atrajo hacia sí y buscó con los dedos el reborde de encaje del elegante camisón que ella llevaba. Acarició su delicada figura, disfrutando de la curva de sus muslos y de la redondez de sus caderas. Amy había descubierto la noche anterior que ahora su forma de hacerle el amor estaba teñida de una nueva clase de ternura, de una pasión lujuriosamente suave, como si supiera que disponía de todo el tiempo del mundo. Se acurrucó a su lado, buscando su calor.

Sus besos, profundos y embriagadores, llenaron su boca y regaron luego sus pechos. Cuando la poseyó por completo, introduciendo suave pero firmemente una rodilla entre sus muslos y hundiéndose con fuerza entre los pliegues delicados de su sexo, fue un acto claro de posesión, pero no cabía duda de que Jase estaba tan extasiado como la mujer a la que poseía.

Se casaron al día siguiente de la primera visita de Jase a la doctora Carson. Melissa y Adam fueron los únicos invitados, y después de la ceremonia llevaron a los recién casados a cenar.

—Vosotros podéis invitarnos el mes que viene —anunció Adam con entusiasmo mientras servía el champán.

—¿Habéis fijado la fecha? —preguntó Amy, llena de alegría, y levantó su copa. Su hermana asintió con la cabeza y esbozó una sonrisa radiante—. ¡Eso es estupendo! —exclamó Amy, eufórica—. ¡Por la boda del mes que viene! —alzó su copa y todos los demás la imitaron. El vino no le había sabido tan bien como debiera la noche de la fiesta, el champán no le pareció tan rico como de costumbre. Aun así, podía beberse, y unos minutos después del brindis, volvió a echar mano de la copa que tenía delante.

Pero, antes de que pudiera cerrar los dedos a su alrededor, Jase la apartó a un lado. Amy parpadeó, asombrada, y luego sonrió.

—No iba a tirarla. No se me ha caído nada desde la noche de la fiesta.

Él le sonrió, divertido.

—Lo sé. Parece que no hay nada como el embarazado para calmar a una mujer nerviosa.

—Bueno, entonces... —comenzó a decir ella con decisión, echando de nuevo mano de la copa.

—Ya has tomado suficiente —le dijo Jase con suavidad, y puso la copa fuera de su alcance.

Amy se quedó boquiabierta.

—¡Jase! ¡Pero si sólo he bebido un sorbito!

—Con eso basta. La doctora Carson dice que hay que evitar el alcohol durante el embarazo.

—¡La doctora Carson!

—Ayer, cuando hablé con ella, me dio una larga lista de cosas que pueden y cosas que no pueden hacerse —le explicó él tranquilamente.

—Pero Jase... —desconcertada, estuvo a punto de replicar, pero luego se dio cuenta de lo ridículo que sería ponerse a discutir en su noche de bodas. Se calló de inmediato y logró esbozar una sonrisa amable, pero pesarosa, que hizo reír a Melissa.

—Amy no está acostumbrada a que cuiden de ella, Jase. Y, después de llevar varios años dirigiendo su propio negocio, está acostumbrada a dar órdenes.

—Las cosas cambiarán, ahora que está casada —predijo Jase con complacencia.

—¿Ah, sí? —dijo Amy con aire desafiante, sin poder remediarlo.

—Ahora tienes marido —respondió él, más serio—. Y el marido es el cabeza de familia.

—Jase, querido, aquí las cosas han cambiado un

poco desde que te fuiste –comenzó a decir Amy con dulzura, pero la interrumpió el camarero que, vestido elegantemente, le llevó en una bandeja de plata un vaso de leche que puso delante de ella.

–Bébete la leche, Amy. Necesitas el calcio.

Amy se quedó mirando enfurruñada el vaso de leche.

–Jase, a mí no me gusta la leche.

–La doctora Carson dice que tienes que beberla –como si eso zanjara la cuestión, Jase se volvió hacia Adam y comenzó a hacerle preguntas acerca de los cambios en las nuevas leyes fiscales. Amy se dijo que no quería estropear el día de su boda discutiendo por un vaso de leche y se tragó el líquido a regañadientes, sin decir nada.

–Entonces, ¿tu amigo Ray se ocupará de La Serpiente mientras estés en California? –preguntó Adam con interés unos minutos después.

Jase asintió con la cabeza.

–Mientras esperamos el bebé, voy a ser un amo de casa a tiempo completo. Será una experiencia interesante. Cuando nazca el bebé y el pediatra lo permita, nos iremos todos a Saint Clair.

A Amy se le escurrió entre los dedos el tenedor, que golpeó con estrépito el plato. Jase giró la cabeza, preocupado.

–¿Hay médico en la isla? –se apresuró a preguntar Melissa, viendo el rubor que había cubierto las mejillas de su hermana.

Jase asintió con la cabeza, distraído.

—El doctor Kenton. Su mujer y él se retiraron allí hace un par de años. Marsha Kenton es enfermera. No os preocupéis, en Saint Clair hay buena asistencia médica básica. En situaciones críticas, se lleva a los pacientes a Hawai por avión para que reciban un tratamiento más sofisticado. Amy, si vuelves a intentar beberte esa copa de champán, voy a perder los estribos.

Amy retiró la mano.

—Creo que la necesito, Jase —dijo con intención—. Creo que me están entrando los nervios de la recién casada —deseaba que Jase dejara de hablar de regresar a Saint Clair. La había seguido hasta San Francisco, y allí se quedarían. Allí, en un ambiente civilizado, establecerían su hogar.

—Si estás nerviosa —dijo Jase suavemente—, será mejor que te lleve a casa. Nos costaría una fortuna reemplazar los platos y la cristalería de la mesa.

La primera consulta de Jase con la doctora Carson no fue, ni mucho menos, la última. Jase no sólo acompañaba a Amy a la visita rutinaria de cada mes, sino que mantenía siempre por separado una conversación muy seria con la doctora, que se mostraba más bien divertida e indulgente. Para consternación de Amy, ningún tema era sagrado. Jase y la ginecóloga hablaban de su estado de cabo a rabo mientras ella permanecía al margen, sin saber si echarse a reír o desesperarse.

—Creo que no está ganando suficiente peso —declaró Jase en una de sus visitas, mirando a su mujer con expresión crítica—. Ese libro que me dio el mes pasado dice que debería estar engordando un poco más.

La doctora Carson se hizo cargo de su preocupación, pero le aseguró que Amy estaba dentro de los límites normales.

En la siguiente visita, deliberaron acerca de los pechos de Amy, que cada vez estaban más sensibles, y Amy deseó fervorosamente haberse refrenado la noche anterior cuando, al rozar ligeramente Jase uno de sus pezones con la palma de la mano mientras hacían el amor, había dado un respingo.

—Puede que esté más cómoda con un sujetador de una talla mayor —sugirió la doctora.

—Iremos a comprarlo esta misma tarde —anunció Jase sin perder un momento.

—¿Habéis olvidado los dos que tengo una tienda de lencería? —les interrumpió Amy con aspereza. Los dos se giraron para mirarla como si aquello no fuera asunto suyo. Y siguieron así.

Mientras Amy se pasaba los días trabajando, Jase se zambulló en la Biblioteca Pública de San Francisco para entregarse al estudio de las últimas novedades en lo que al parto se refería. Sus conversaciones con la doctora Carson tenían un sesgo cada vez más clínico.

Cuando estaba en el sexto mes, Amy comenzó a sentirse como si estuviera en presencia de dos médicos, y no de una ginecóloga y de su marido.

Un día, mientras comía con Melissa, intentó explicarle lo que estaba sucediendo.

—Me vigila como un halcón, Mel. Cada comida que tomo tiene que ser de un equilibrio nutricional perfecto. ¡Hace dos meses que no me deja comer patatas fritas! Y me controla tanto las vitaminas que, cuando la semana pasada una mañana se me olvidó tomármelas, bajó a la tienda con el frasco y se quedó allí parado, en medio de un montón de camisones, hasta que me tragué las píldoras. Se ha hecho cargo de todo, Mel. Él es el que manda. Y da miedo.

Melissa se echó a reír.

—A mí me parece muy tierno.

—El problema —dijo Amy— es que no tiene trabajo. Nos está dedicando toda su atención al niño y a mí, y está convencido de que, cuando dé a luz, nos iremos todos a Saint Clair felices y contentos.

—Pero tiene un negocio, Amy. La Serpiente funciona muy bien, por lo que dice Adam. Jase lleva diez años ganándose la vida en Saint Clair. No va a renunciar a eso. Sobre todo ahora, que tiene una familia que mantener.

—Pero, Mel, yo quería que viniera a San Francisco para fundar un hogar aquí. Un hogar civilizado.

Cuando se presentó en mi casa, pensé que era eso lo que quería.

—Jase se toma sus responsabilidades muy en serio, Amy. Como siempre has creído que debía tomárselas un hombre —puntualizó Melissa suavemente—. En estas cosas, tiene un punto de vista muy chapado a la antigua. Quiere darles lo mejor a su mujer y a su hijo, y en Saint Clair tiene todo lo que necesita para conseguirlo.

—¡Podría buscarse trabajo aquí!

—¿Haciendo qué? Lleva diez años fuera, Amy. Tendría que dedicarse a lo mismo que en Saint Clair.

—¿A llevar un bar?

—Exacto. Y llevaría mucho tiempo levantar un bar hasta el nivel de beneficios que tiene La Serpiente. Aunque Jase quisiera intentarlo. Ya sabes lo competitiva que es esta ciudad en cuanto a bares y restaurantes.

Amy se quedó mirando por la ventana del restaurante donde estaban sentadas.

—Odia la ciudad, Mel. Intenta disimular, pero la verdad es que se siente fuera de lugar.

—Lo sé —musitó su hermana compasivamente—. Algunos hombres no están hechos para vivir en la ciudad.

—Dios mío, Mel, ¿qué va a pasar cuando nazca el niño? —susurró Amy, cada vez más acongojada.

—Que tendrás que tomar algunas decisiones muy serias —afirmó su hermana tranquilamente.

—No podría soportar que Jase se marchara ahora —sintió el escozor de las lágrimas al pensar en tal posibilidad.

—Jase nunca abandonaría a su mujer y su hijo —dijo Melissa con toda convicción.

Amy se había visto forzada a reconocer que a Jase no le gustaba la ciudad al poco de que él se instalara en su apartamento. Por lo que a él concernía, sólo estaba allí para que el bebé pudiera nacer en un hospital de primera clase y bajo el cuidado de un médico de la confianza de Amy. San Francisco no era más que una escala temporal. La única zona de la ciudad que parecía gustarle era el puerto. A medida que se acercaba el momento del parto, los miedos de Amy fueron haciéndose más concretos. ¿Cuánto tiempo se quedaría Jase cuando naciera el bebé? ¿Cuánto tardaría en anunciarle que se iban todos a Saint Clair? ¿Qué haría ella cuando le diera un ultimátum? En los tiempos que corrían, se decía, las mujeres no abandonaban su carrera profesional y su estilo de vida para seguir a un marido que se empeñaba en vivir en el fin del mundo. El hogar que soñaba con crear tenía como escenario un lugar civilizado, como San Francisco.

Damon Brandon Lassiter vino al mundo a las cuatro de la mañana, tan sólo un día antes de la fecha que la doctora Carson había previsto para su nacimiento. Por primera vez desde que Jase y la doctora se habían convertido en colegas, se vieron obligados a reconocer que, a pesar de sus planes, instrucciones y consejos, era Amy la que tenía que hacer todo el trabajo. Por alguna razón, aquello conmocionó a Jase más de lo que había previsto.

—¿Creías que esto ibas a poder hacerlo tú? —bromeó débilmente entre contracciones cada vez más fuertes. Jase estaba a su lado, sujetándole la mano como si temiera soltársela.

—Demonios, cariño —masculló él, enojado—. Ojalá pudiera. Supongo que no me había dado cuenta de que, en estos tiempos, todavía doliera tanto.

—Vamos a hacer los ejercicios de respiración —le dijo Amy con viveza, consciente de que el único modo de evitar que se derrumbara era mantenerlo ocupado. Para alivio suyo, Jase se entregó de buena gana a la tarea, recordando el papel que había aprendido durante las clases de preparación al parto a las que había asistido puntualmente con Amy.

—Me siento más bien superflua —comentó la doctora Carson al llegar. Sonrió a su paciente—. Creo que mi estimado colega, el señor Lassiter, es muy capaz de acompañarla solo en este trance.

Amy apretó la mano de su marido con más fuerza al sentir que le sobrevenía otra contracción.

—Sí —jadeó—. Podría hacerlo. Jase puede con todo.

Él permaneció a su lado durante todo el proceso, agarrándola de la mano, enjugándole la frente, dándole ánimos con voz tierna. Al final, cuando el agotador y doloroso esfuerzo de dar a luz había consumido casi todas sus energías y su fortaleza, Amy se aferró a la voz, dulce como el jerez, de su marido, y clavó las uñas salvajemente en la palma de su mano, extrayendo fuerzas de él. Y Jase estaba allí, a su lado.

Comprendió entonces que Jase siempre estaría a su lado. Era su forma de ser. Aquella convicción la liberó de un modo que no alcanzaba a describir por completo.

Cuando se despertó, horas más tarde, estaba de nuevo en la habitación privada que Jase había insistido en reservar. La blanquísima habitación apenas se veía tras el muro de flores que parecía rodear su cama: flores enormes, que le recordaban los capullos frondosos y gigantescos que había visto en Saint Clair. No costaba mucho esfuerzo imaginar quién las había enviado.

El hombre responsable de las flores estaba de pie junto a la ventana, acunando en sus brazos un pequeño fardo. Miraba a su hijo como si no pudiera creer lo que veía. Amy estuvo observando su perfil un rato, sonriéndose con expresión soñadora. «Va a ser un buen padre», pensó con absoluta convicción.

Jase levantó la mirada. Sus ojos turquesa brillaban, llenos de asombro y de felicidad. Se quedó callado un momento, mirando a su esposa mientras acunaba a su hijo. Luego devolvió al bebé dormido a su cunita, junto a la cama de Amy, y se acercó a su mujer.

—¿Ha salido todo bien? —preguntó ella con suavidad. La felicidad de la mirada de Jase la hacía más feliz de lo que había sido nunca.

—Ha salido todo de maravilla —susurró su marido—. Oh, Amy, es perfecto. Tú eres perfecta. Dios mío, soy el hombre más feliz del mundo —titubeó y luego gruñó con esfuerzo—: Pero nunca más. No quiero que vuelvas a pasar por esto nunca más.

—Tengo entendido que luego es más fácil —musitó ella.

—¡Oh, Amy!

—Jase, no habría podido conseguirlo sin ti.

Él sacudió la cabeza.

—No, Amy. Podrías haberlo hecho sin mí. Las mujeres son muy fuertes cuando tienen que serlo. Soy yo quien no podría haber pasado sin ti. Ahora me doy cuenta. Me has dado tantas cosas… Te has entregado a mí y ahora me has dado un hijo. ¿Cómo puedo darte las gracias? Te quiero muchísimo, cariño. Sé que te preocupa volver a Saint Clair, pero ya puedes dejar de darle vueltas al asunto. Mientras dormías he decidido que vamos a quedarnos aquí, en San Francisco.

—Pero Jase… —empezó a decir ella con premura. Él sacudió la cabeza con firmeza.

—No, aquí es donde serás más feliz. Aquí tienes tu negocio y es aquí donde están tus amigos. Tienes una vida ajetreada y estimulante. Y yo voy a formar parte de ella —afirmó.

—No seas ridículo —le dijo Amy con ternura mientras se volvía para mirar a su hijo dormido—. Damon Brandon y yo seguiremos encantados al cabeza de familia allá donde decida ir.

—Amy, tú querías un hogar —dijo Jase suavemente.

—Podemos fundarlo en cualquier parte. Eso es algo de lo que no me he dado cuenta hasta hace poco. Verás, tenía algunos prejuicios acerca de lo que constituía un hogar como es debido. Pero ahora sé que me sentiré en casa allá donde tú estés. Y Damon también.

Jase le apretó la mano.

—Ésa no es una actitud muy moderna —dijo como si se sintiera obligado a hacerlo—. Las mujeres ya no dicen esas cosas.

—Será seguramente porque no hay muchos hombres por los que merezca la pena arriesgarse. Yo he tenido suerte, ¿no? —Amy sonrió.

—Pero, cariño, ¿vas a ser feliz sin un negocio que dirigir? —preguntó él, algo ansioso.

—¿Quién dice que no voy a tener un negocio que dirigir?

—¿De qué estás hablando?

—Las cartas que nos manda Ray todos los meses dicen que una o dos líneas de cruceros van a incluir a Saint Clair entre sus puertos de escala, ¿no?

—Bueno, sí, pero…

—Pues déjame decirte algo sobre los turistas que creía que ya sabías —repuso ella con sorna—. Les encanta llevarse recuerdos a casa.

Él parecía perplejo.

—¿Estás pensando en abrir una tienda de regalos en Saint Clair?

—Ajá. Con cosas de primera clase, no un montón de cachivaches de poca monta. Seguro que los cuadros de Ray se venderán muy bien entre los turistas, ¿no crees? Y apuesto a que hay un montón de cosas interesantes que se pueden conseguir. Aunque —añadió con fastidio—, creo que debería dejar bien claro que el dueño de La Serpiente ya no está en la lista de souvenirs.

Los ojos turquesa de Jase adquirieron un brillo sospechoso. Amy tardó un momento en darse cuenta de que su marido tenía lágrimas en los ojos. Aquello la dejó pasmada. Nunca había visto a un hombre con lágrimas en los ojos.

—Amy —musitó él temblorosamente—, el dueño de La Serpiente está ahora muy ocupado con su familia. No tiene tiempo para atender a las cazadoras de souvenirs.

La modernidad había dado a las mujeres más oportunidades, pero no les había concedido todas las respuestas. Amy meditaba sobre aquella sencilla verdad un par de meses después, mientras el avión aterrizaba en la pista de Saint Clair. Mientras siguiera sin haber respuestas perfectas, las mujeres seguirían arriesgándose. Y a veces el resultado merecía cualquier sacrificio. No todos sus amigos de San Francisco habían entendido su decisión de vender las tiendas, invertir el dinero y marcharse a los confines del planeta con su marido y su hijito. Pero mientras contemplaba el exuberante escenario tropical que la aguardaba, comprendió que nunca se arrepentiría de los riesgos que había asumido.

El avión se detuvo chirriando en la escuálida pista de aterrizaje y Jase se echó a reír.

—Me imagino lo que dicen los pilotos cada vez que aterrizan en Saint Clair. Seguro que se oyen muchas maldiciones en la cabina. Aunque teniendo en cuenta que ahora va a despegar el turismo, habrá que añadirle unos metros más a la pista.

Amy sonrió y miró de nuevo por la ventanilla.

—Tenemos comité de bienvenida. Veo a Ray, y ahí están Maggie y hasta Fred Cowper.

—¿En serio? —Jase siguió ansiosamente su mirada y ella se dio cuenta de que para él iba a ser un regreso a casa muy especial. Estaba ansioso por enseñarles su familia a sus viejos amigos.

—Toma —le dijo Amy, dándole a su bebé—. Agarra a Damon. Yo llevaré la bolsa del bebé. No quiero ponerme nerviosa y que se me caiga el niño delante de tus amigos. Sería muy embarazoso.

Jase se echó a reír, pero tomó en brazos al bebé.

—Sabes perfectamente que con Damon eres firme como una roca. Tienes madera de madre. Siempre lo he sabido, ¿sabes?

El avión se detuvo por completo delante del viejo edificio que servía de terminal y Jase salió al pasillo para que su mujer pudiera levantarse. Luego, con todo el aspecto de un patriarca orgulloso, condujo a su pequeña familia fuera del avión y hacia el suelo de su nuevo hogar.

El comité de recepción se mostró tan entusiasta como Amy podía haber deseado. Ray, Maggie y Fred rodearon a los recién llegados, dándoles una bienvenida firme y sincera. Varias personas que trabajaban en la terminal salieron a saludarlos.

—Ya era hora de que volvieras, Amy. Sabía que te veríamos por aquí uno de estos días. Cuando Jase se marchó a buscarte, comprendí que sólo era cuestión de tiempo —Maggie, que le había dado a Amy un gran abrazo, la soltó por fin y se acercó al niño que Jase sostenía en brazos—. Déjame ver qué te ha retenido en San Francisco tanto tiempo.

Con una sonrisa que no hizo ningún esfuerzo por ocultar, Jase le dio a su hijo para que le inspeccionara.

—Vaya, que me ahorquen —se rió Ray, que observaba a Damon mientras Maggie lo sujetaba—. ¡Fijaos en esos ojos!

—Sólo he visto otro ser humano con los ojos de ese color azul turquesa —dijo Maggie. Levantó la vista hacia Jase y sonrió—. Tienes un hijo precioso, Jase. Crecerá fuerte y sano aquí, en Saint Clair.

Mucho más tarde, esa noche, Amy abandonó el

dormitorio principal de su nuevo hogar y salió a la terraza para inhalar la perfumada brisa tropical. Saint Clair era un hermoso rincón del Pacífico, se dijo. A una podían pasarle cosas mucho peores que emprender la tarea de fundar un hogar en el paraíso.

Giró la cabeza y miró hacia atrás cuando Jase apareció tras ella, recién salido de la ducha. Llevaba sólo una toalla anudada alrededor de la estrecha cintura.

—No sé si estás más sexy embarazada o sin embarazar. En cualquier caso, me vuelves loco —dijo y, acercándose a ella por detrás, le puso las manos sobre las caderas.

—Es el camisón —explicó Amy lánguidamente mientras alisaba los pliegues del lujoso camisón color melocotón—. Los diseñadores franceses hacen maravillas. Me he traído lencería para un año entero.

—Pues cuando termine el año tendremos que volar a San Francisco a comparte una nueva remesa —dijo Jase—. Pero, para serte sincero, no creo que el camisón tenga nada que ver.

—¿En serio?

—Sí. Te lo enseñaré. Mira lo que ocurre cuando te quito el camisón —con un lento movimiento de las manos, le bajó el camisón hasta las caderas y se lo pasó luego por encima de sus redondeadas curvas hasta que cayó al suelo.

—¡Jase! —exclamó ella, entre divertida y enojada. Se sentía absurdamente vulnerable allí en la terraza, sin nada puesto, a pesar de que sabía que nadie podía verla. Levantó automáticamente las manos para cubrirse.

—Esto es un experimento, ¿recuerdas? Intentamos descubrir si eres tú o el vestido lo que me pone así.

—¿Y? —preguntó ella.

—Y no hay duda de que eres tú —la apretó con firmeza contra sus muslos, encajado su trasero redondeado en el ardor abrasador de su cuerpo—. ¿Alguna duda?

—Creo —musitó Amy con sorna— que fue así como me metí en líos la última vez que estuve en Saint Clair.

Él deslizó las manos alrededor de su vientre y más abajo mientras inclinaba la cabeza para besar la línea de su garganta.

—No te preocupes —dijo en broma—, la doctora Carson me ha asegurado que ahora tienes las mismas probabilidades de quedarte embarazada que la otra vez.

—Sí, lo sé, pero a veces soy tan asombrosamente patosa... —Amy se giró y le rodeó el cuello con los brazos. Levantó la vista hacia sus ojos brillantes y esbozó una sonrisa soñadora—. Oh, Jase, te quiero tanto...

Con una ronca exclamación de deseo, Jase deslizó su pierna áspera entre los muslos suaves de Amy, obligándola a acercarse a él. Ella sintió su pesada masculinidad, que parecía en compás de espera, y suspiró apasionadamente.

—Tú eres mi vida, Amy —dijo él—. Juntos veremos crecer a Damon y nos tendremos el uno al otro el resto de nuestras vidas. Dios mío, te quiero, señora Lassiter. Ven a la cama y déjame demostrarte cuánto.

Amy puso confiadamente la mano en la de su marido y dejó que la llevara hacia la cama en sombras que los aguardaba. Amar a Jase no suponía riesgo alguno. Su amor y su pasión eran una garantía para toda la vida.

Títulos publicados en Top Novel

¿Por qué a Jane...? – Erica Spindler
Atrapado por sus besos – Stephanie Laurens
Corazones heridos – Diana Palmer
Sin aliento – Alex Kava
La noche del mirlo – Heather Graham
Escándalo – Candace Camp
Placeres furtivos – Linda Howard
Fruta prohibida – Erica Spindler
Escándalo y pasión – Stephanie Laurens
Juego sin nombre – Nora Roberts
Cazador de almas – Alex Kava
La huérfana – Stella Cameron
Un velo de misterio – Candace Camp
Emma y yo – Elisabeth Flock
Nunca duermas con extraños – Heather Graham
Pasiones culpables – Linda Howard
Sombras en el desierto – Shannon Drake
Reencuentro – Nora Roberts

www.ingramcontent.com/pod-product-compliance
Lightning Source LLC
LaVergne TN
LVHW030340070526
838199LV00067B/6374